U0097190

中國語言文字研究輯刊

三 編

許 錟 輝 主編

第14冊

清代訓詁理論之發展及其在現代之轉型（上）

鐘 明 彥 著

花木蘭文化出版社

國家圖書館出版品預行編目資料

清代訓詁理論之發展及其在現代之轉型（上）／鐘明彥 著
— 初版 — 新北市：花木蘭文化出版社，2012〔民 101〕
目 4+190 面；21×29.7 公分
（中國語言文字研究輯刊　三編；第 14 冊）
ISBN：978-986-322-059-6（精裝）
1. 訓詁學　2. 清代
802.08　　101015996

ISBN-978-986-322-059-6

中國語言文字研究輯刊
三　編　　第十四冊　　ISBN：978-986-322-059-6

清代訓詁理論之發展及其在現代之轉型（上）

作　　者　鐘明彥
主　　編　許錟輝
總 編 輯　杜潔祥
出　　版　花木蘭文化出版社
發 行 所　花木蘭文化出版社
發 行 人　高小娟
聯絡地址　新北市永和區中正路五九五號七樓之三
　　　　　電話：02-2923-1455／傳真：02-2923-1452
網　　址　http://www.huamulan.tw 信箱 sut81518@gmil.com
印　　刷　普羅文化出版廣告事業
初　　版　2012 年 9 月
定　　價　三編 18 冊（精裝）新台幣 40,000 元

清代訓詁理論之發展及其在現代之轉型（上）

鍾明彥　著

作者簡介

鐘明彥，1970 年生，東海大學中國文學系博士，文藻外語學院應用華語文系助理教授。主要研治在訓詁學 漢字教學。著有《聲訓及《說文》聲訓研判》〈論訓詁的解釋限度:以「學而時習之」爲例〉等。

提　要

本文試圖理解現代訓詁學的具體樣貌，期能就中發現訓詁研究的可能藍圖。

簡而言之，現代訓詁學可謂仍舊保持傳統小學的本質，然為因應時代潮流，卻承受了許多語言學的要求與任務，在名實不相符的情況底下，誤解、乃至於瓶頸的產生，似乎是可以預期的。以是本文之首務，便是呈現其實質，正視其誤差，期能掌握更為合理、精準的研究定位。

循此概念，本文主要分為上下二編，上編「清代訓詁理論之發展」，是為現代訓詁學之底層；下編「清代訓詁理論在現代之轉型」，則是其名實錯置之癥結。

緣於力圖發掘傳統訓詁之本質，本文嘗試回到其本然的語境，重新理解各單一訓詁概念、技術之內涵，由是，權且不採一般純粹針對訓詁為說的途徑，而意欲從時代思潮，以至經學義理，層層而下，在各家學術體系中去掌握各訓詁理論、操作的發生與發展意義。具體而言，上編因而首論「清代訓詁學發展之歷史背景」，次之則以顧亭林、戴東原、高郵王氏，以及章太炎等四（五）人之專論，而為清代訓詁「先導」、「奠基」、「深化」、「新猷」四個階段，構成前代訓詁學之主軸，同時也是現代訓詁學之主要基礎。

隨即在此理解下，本文擇其較為重要之研究命題，計聯綿詞、反訓、同源詞三者，逐一更追本溯源，並藉以檢視其現代轉型的實際與落差，因而構成下編的討論。

大體說來，現代訓詁學固然有其一定的成就與發展，然而倘吹毛求疵，在傳統理論的認識與西方科學、語言學的掌握上，其實都還有待進一步的深化。也許，訓詁學未來的發展，不是任何單一的個人可以去擘劃、決定的，然而卻不妨礙個人仍可以依其各自的理想、目標去努力、推動，在此本文所欲強調的是，傳統的訓詁學與西方的語言學其實是二個本質大異的不同學科，率爾等視，不免大謬，然而果欲在原有的基礎下想其轉型，在各自的體系中論其相輔，則應正視其應然、本然，直指其差距、疑義，卻不宜守其舊制，想爲新學；習於局限，安於假說而已。

目次

上 冊

中　冊

下　冊

上編　清代訓詁理論之發展

第一章　緒　論

一、研究動機

在訓詁學的發展上，自漢代而下，有清之乾嘉幾乎可以說是一個絕對的高峰，其中又以高郵王氏最爲箇中翹楚。這樣的一段描述，置於前朝，自將不會有人質疑。然而以言現今，如欲標舉王氏父子仍是訓詁學中不可移易的典範、無以超越的標的，相信也不會招致太大、太多的反對。在此提出如此的現狀，或是心態，自然不是要去檢討、或是反駁王氏的成就，只是王氏父子之距今，畢竟已近二百年，在絕對推崇其貢獻的同時，也許更應該思考的是其中緣由究竟如何？是王氏父子確實已將訓詁學推向極致，還是後人始終亦步亦趨，以是無法超越？倘如前者，則目前訓詁學中似乎不應仍存在許多的疑義。如爲後者，則是否應該考慮，在時空背景已然大異的情況下，吾人是否存在超越的可能？王力曾謂：

> 王氏父子治學謹嚴，所證也還不能盡是。俞樾、章炳麟則每況愈下，借聲近義通的原則來助成武斷，此風迄今未泯。（《中國語言學史》，頁 214）

所議或者只在一端，所言也還有待商榷，然其批評寧不値得見微深省？

然則吾人所須斟酌者也還不止一端，另一股無形的壓力則來自於西方世界。在清末民初那一段重大的挫折後，中國對西方的態度從反抗轉爲屈服，再轉爲追隨。由是西方的科學觀念籠罩著中國學術，科學幾乎成了一切的指標。這種現象著實不免令人置疑，究竟在西化百餘年後的今日，學術的現狀呈現出何種樣貌？中學爲體、西學爲用的實質，其實是以西方的標準來框架、衡量固有學術，合於彼則善，不合彼則不善，於是「固有」蒙上了落後的色彩，「傳統」因此顯得尷尬。

也許不能否認的是，西方的理路確實使得許多學術內容變得清晰，同時也開啓了許多前所未見的領域，然則是否曾覺知、正視，傳統學術因而失去了本質，學者也競相成了一路西行的取經人？而究其實者，學術是否「眞的」超越了？誠如上述，如果後人仍只能極度地推尊王氏父子，這一點恐怕便値得懷疑。重點在於，一旦將自己定位爲追隨者，或者便只能永無止境地拾人牙慧。本文以爲値得深思的是，爲何學術的發展只能是一線的？在學習而後超越西方的邏輯下，潛在地限定了學術的發展不會、也不該是多元的，而此畢竟不甚合理。以是，少數不平之聲試圖回到固有學術去尋找相與抗衡的力量，然而如果具體的方式只能是紬繹相應於西方既有的概念與思維來做爲比較、維持尊嚴的話，不免又將落入另一種泥淖。孔子曰：「吾道一以貫之。」〔註1〕同樣的，一個具有深厚歷史背景的文化必然有其一貫的學術淵源與核心，如果只是相應他者，而截取零碎的概念與之對應，那麼最終的結果只是解散了原有的主體與結構。於是本文以爲，正視自身的學術主體，重新思索比較的意義才是最重要的，在失衡的基礎上，以此貶彼，以彼譏此，都將無濟於事。至於放棄主體，不問是非地趨附主流，則又等而下之了。

不可否認，古學與西學都有其値得贊賞、學習之處，殆亦毋需刻意去排斥。只是在此更想強調的是，在「時過」、「境遷」之後，處於現代這一個獨一無二的時空中，如何找到自己的定位，去截長補短，發揮優勢。這是本文撰作的第一個前提。

上項前提，是本文面對現代訓詁研究的一種隱性的心態，而回到具體研究中，以下的這個現象恐怕也値得吾人特別注意，亦即，在所謂古學、西學「左右逢源」的表象下，實際上常常是力圖將古學轉爲西學。這一點在上述曾經約略提及，於此則進而更論其實情與影響。

〔註1〕見《論語・里仁》。

這首先反映在吾人常欲將訓詁學比擬爲西方語言學，或置入西方語言學體系的心態。正如陸宗達、王寧對訓詁學所作的描述：

> 經過清代"小學"鼎盛時期之後，晚近學者章炳麟（太炎），正式使用了"語言文字學"的名稱，確定了其中包括文字學、音韻學、訓詁學三個門類。中國的傳統語言文字學，才由此作了總結。（〈訓詁學的復生發展與訓詁方法的科學化〉，《訓詁與訓詁學》，頁 6）

> 它實際上就是古漢語詞義學。如果把它的研究對象範圍擴大到各時期的漢語，包括現代方言口語的詞義，就產生漢語詞義學。可見，訓詁學就是歷史語義學，也就是科學的漢語詞義學的前身。（同上，頁 8）

即以訓詁學可等同於西方之「歷史語義學」。

且以陸、王此例爲述，固然不能否認的是，訓詁學與歷史語義學二者，在研究對象上確有其一致性，皆指向古代的語言，然而論其宗旨，卻是有其絕異的，蓋歷史語義學研究的是「語言」本身，而訓詁者，若林尹之謂：

> 訓字《說文》解釋爲「說教」。段玉裁說「說教者，說釋而教之，必順其理。」詁字《說文》釋作「訓故言」，段玉裁注「故言者，舊言也，十口所識前言也。訓詁言者，說釋故言以教人，是謂之詁。」根據許慎與段玉裁的解釋，我們把訓詁二字合起來就是順其條理解說故舊之言以教人。（《訓詁學概要》，頁 5）

又如胡師楚生所云：

> 訓詁二字，分別地說，「訓」是依順名物的本性，而解釋它的形貌、性質、和意義。「詁」是依順語言的本性，用今字去解釋古字，用今語去解釋古語，或是用方言雅言去互相解釋。……實際上，在古籍中，訓詁二字複合使用，往往是代表一種比較籠統的意義，那就是對於古籍詞義的解釋，而且，在古籍中，即使是單用訓字或詁字，它們的意義，也都表示對於詞義的解釋，而很少只是專門指稱名物，或只是專門指稱語言的。（《訓詁學大綱》，頁 23）

重點皆傾向於「解釋」，這是做爲經學工具之學的小學最不可忽略的本質。姑且不論捨棄了「解釋」，訓詁是否將無以立足，至少在「解釋」的意圖上，訓詁之範圍實亦不局限於語言一端。這一點。陸、王二氏並非無見：

> 漢代以來，“小學”一直是經學的附庸，直至發展到乾嘉鼎盛時期，仍舊未能全然擺脱作爲經學釋讀術的附庸地位。因此，它的內容包羅萬象，與經書內容有關的無不需要涉及，可以説，還沒有一個與其他科學分工的固定範圍。而章太炎將它確定爲語言文字學，便確定了它的研究範圍，找到了它在近代科學中應有的位置。(〈章太炎與中國的語言文字學〉，《訓詁與訓詁學》，頁 328)

只是執於找到其「近代科學中應有的位置」，陸、王便傾向於往語言的一端靠攏，殊不知如此一來，「訓」、「詁」二字便由是而失去了所以命名之意。陸、王並標榜：

> 把“小學”改稱爲“語言文字學”，不是簡單的易名，而是標志著這門學科的根本變化。(同上，頁 328)

換個角度說，這不啻也正表示小學與語言文字學「根本」不同？〔註 2〕

令人難以理解的是，爲何在現代裏，我們便不能堂而皇之地去研究這一門古老、傳統，而又只爲經學附庸的工具之學？就不能名正言順地主張訓詁學就是訓詁學，在固有學術傳統中有其特定的目的與技術，不能等同、也不必類比於西方語言學的任一分支？其中之心態也許不無可議之處，不過在此，更值得著重指出的還在於，處於如此概念中，訓詁學其實屢屢受到誤解，由是並產生了許多不合理的批評與要求。

陸、王二氏論及傳統訓詁時曾指出這樣一個概念：

> 傳統訓詁學曾經經過一個以隨文解義爲主要形式的階段。因此，訓詁家們對使用狀態中的具體詞義是有過特殊注意的。這表現在注釋家們很少孤立和抽象地解釋詞義，而是十分注重句、段、章對詞義的確定作用，注重專書、專門的作者、特定的體裁和特有的寫作意

〔註 2〕章太炎的「語言文字學」與傳統小學其實並無大異，只是認爲古人小學發展到後代，在時空改變下，已須多所考辨，而非純粹識字之學，故依其現狀重新定位耳。然而陸、王卻以爲章氏所謂即近於現代語言學，故有此論。本文於此，談的是後人主觀的認知與心態，故而姑且不論所理解之章氏是否眞確，只就其評論之意爲述。

圖所賦予某一古代文獻用詞的特點和習慣。因此，許多訓詁材料離開了原文有時是很難理解的。(〈談比較互證的訓詁方法〉，《訓詁與訓詁學》，頁 106)

這裏談的雖然是詞義的理解，然而推而廣之，一門學術的理解又何嘗未是？脫離了文化賦予的「語境」、抑是任意置換了「語境」，又如何能夠輕易地掌握其內涵？其間的問題，也許値得正視。

具體言之，如「讀九經自考文始，考文自知音始」一句，〔註3〕其「考文」原本談的是校讎異文，這是亭林在歷經宋儒束書、明人刻書後，〔註4〕引發對校讎板本的特別重視，並在實際操作中發現異文的產生常常來自音訛與假借，由是構擬、強調的一套治經理路。其後歷經戴段二王，雖然又突顯了文字學的作用，卻也一向未曾輕置者。然則在現代學術中，校讎漸與小學分途，在習於文字形音義的三位一體，又得乾嘉學術體系的「支持」，遂自然而然地將「考文」二字解爲字形之學，以爲亭林於清有此之發軔。

又如聲訓，原本是一種同音借義的修辭手法，其後在正名主義、天人感應的交相影響下，漸次形成了一種哲學、神學性的「語源」之學，旨在「深察名號」，〔註5〕以循名責實。〔註6〕這原本與現代語言學者略不相涉，然而卻在後代被有意無意地對等於語源學（etymology），而直斥爲唯心、不科學。如任繼昉以爲：

至於從非語言學的目的出發，如漢代今文經學家用音訓解釋禮制專名，爲闡述自己的政治學說而作的“君者元也，君者原也，君者權也，君者溫也，君者群也”，“王者皇也，王者方也，王者匡也，王者黃也，王者往也”之類濫用音訓的作法，則如王力所說，是“唯心主義的”，“是應該批判的”。(《漢語語源學》，頁 245)

既知其從「非語言學的目的出發」，卻又批評其「濫用音訓」、「唯心主義」，則不免仍潛藏其語源學之立場。又如王力之批評劉熙，以爲：

〔註3〕顧亭林，〈答李子德書〉，《亭林文集》，卷四。

〔註4〕趙一清《水經注釋》附錄卷下：「明人刻書而書亡。」極謂其校讎板本疏陋之甚。

〔註5〕董仲舒《春秋繁露》有〈深察名號〉篇。

〔註6〕詳見拙著《聲訓及《說文》聲訓研判》第二章「漢人聲訓觀及聲訓理論述評」。

> 劉熙的聲訓，跟前人一樣，是唯心主義的。他隨心所欲地隨便抓一個同音字（或音近的字）來解釋，彷彿詞的眞詮是以人的意志爲轉移似的。方言的讀音不同，聲訓也跟著改變（如“天”、“風”）；方言的詞彙不同，聲訓更必須跟著改變（如“綃頭”、“幅”）。同一個詞可以有兩個以上的語源（如“劍”）。他的聲訓甚至達到了荒唐的程度（如“痔”）。（《中國語言學史》，頁 67）

其前提便來自於如是的認知：

> 與其他各書不同，《釋名》則是從語言學出發來研究聲訓的。（同上，頁 64）

然則劉熙之爲何人固不能確知，如何便能肯定其將有異於漢人之聲訓認知，〔註 7〕而獨能從語言學出發？要之，倘不將其置於現代語源學之源流中，或者也不必有此深責。

再如聯綿詞者，其首見之張有，只於《復古編》下立「聯綿字」一目，羅列許多雙音節詞，而未見任何之說解。其後其名著實罕見，乃在民初復有王國維之重提而引起注意，〔註 8〕更在王力之定義下，被「確定」爲「單純雙音節詞」。由是更顧名思義，返顧歷史文獻中兜攏許多諸如楊慎之「駢字」、方以智之「謰語」、王念孫之「連語」等概念，竟自匯成一條聯綿詞發展源流。進而遂在「單純雙音節詞」的定義下，反斥諸說，以爲概念不清而收詞多有疏陋。殊不知諸家本來，原與王力之聯綿詞無涉，只在「雙音節詞」上有其交集而已。

凡此種種，不一而足，大抵皆在今人自恃語言理論發達，乃不覺自是其是而擅議於古人。究其實，恐於古人多有未見。

西學之未立，古學之漸疏，不免令人憂心恐如壽陵餘子之學步。以是本文以爲不論訓詁學將如何發展，返顧古學，貼近其背景以掌握其本旨實有其必要，唯此，吾人置身古今中外的立足點也才得以明確。這是本文的第二個前提。

〔註 7〕王力固以爲：「漢代人的聲訓仍然沒有脫離孔子的『政者正也』的用意，仍然是以聲訓爲手段，宣傳儒家的政治思想。」（《中國語言學史》，頁 64）

〔註 8〕王國維雖用「聯綿字」之名，而其內涵未必同於張有，亦未必同於王力及現代之理解。

上述的二項前提，質實而言，是從訓詁研究現狀中得出的一點思考，也許欲以認定整個訓詁研究皆存在如此之問題不免有失公允，然則說訓詁研究中存在如此問題卻應該是可以確定的。同時，不論這是一個既成的問題，抑是偏頗的觀察，在這二個問題上的時時留意、戒慎，也將是一件極為重要的事情，以是，本文以此做為主要的研究動機。

二、研究構擬

自然，在此動機下所亟欲達成的目標並非是一蹴可幾的，登高必自卑，行遠必自邇，衡其本末先後，本文權且設定「溫故」與「承先」做為首要之務。因此，做為古來訓詁學高峰與大成之乾嘉學術自是成為其中最佳的研究對象。同時在第二項前提的考量下，本文強調貼近地去理解古學。在第一項前提的導引下，則又不得不仿效孟子「說大人則藐之」的心態去反省地看待古學，並進而理解其在現代語言學體系下的具體樣貌，由是構成本文論述的兩大主軸：乾嘉學術發展，以及其現代轉型的諸般疑義。

考量二大主軸的性質略異，本文的討論主要分為上下二編，上編以乾嘉訓詁為主，述其在有清一代的發展始末。下編則以訓詁專題為綱，擇其要者，論其古今轉型間可能出現的許多不協調之處。〔註 9〕

具體而言，上編共由五個章節構成，首章論及清代學術思潮，其下依次又以顧亭林、戴東原、王氏父子以及章炳麟為四個里程逐一詳述。選擇的標準，蓋以亭林援史入經，儼然乾嘉學者之典範；東原漢宋兼采，並為乾嘉訓詁而立基；二王漢學獨標，成其乾嘉訓詁之巔峰，至章太炎者，則古今樞紐，乃得為乾嘉訓詁轉為現代語言學之門戶。〔註 10〕此四（五）者，大抵跨越了明末清初以至清末民初的整個歷史階段，在時代上包含了有清一代，同時也在前後略為

〔註 9〕一則緣於現代訓詁學，在理論、技術以及格局上，可以說並未逾越乾嘉之既有，若干西方語言學的介入，十之有七、八迄今仍只是輔助性的說明，並未因而造成訓詁學根本性的變異。一則限於篇幅之考量，本文論及現代訓詁學理論，並不打算進行全面之討論（那可能與清儒多有重複），唯基於本文之立場，舉出部分在認知與實踐中多有矛盾與不相應者以為檢視而已。

〔註 10〕中有段玉裁者，於訓詁理論之認知多有精要之處，唯其體系之建構不若東原，於實踐之精確又略遜二王，復因依附《說文》作注，致令許多意見傾向落實於文字之學，故本文暫且從略。

溢出於明代與民國，因而對於其中顧、章二氏的代表性或者可能略有疑義，不過，在此的考量主要針對的還是學術的脈絡與內涵，是顧氏雖由明入清，而其學術帶出了乾嘉考據；章氏雖由清入民，其本質仍屬乾嘉舊制，以是，要能完整地呈現乾嘉學風，這濫觴與總結的兩端確是不可忽略的一環。特別是章氏，其許多概念其實還直接地構成了現代訓詁學，乃至國學的學術底層，欲言傳統學術之轉型，章氏實爲其間之重要樞紐。

至於討論的模式，基本上著重以下幾個面向：

（一）本文以爲學術發展的結構，一般是有機而不是孤立的，意者，不論是訓詁目的的內在原則，抑是訓詁操作的外在技術，大抵都要受到其個人學術體系的主導，而個人學術體系又自覺不自覺地處於時代思潮而有所偏重，以是筆者認爲必須從學術史的發展落實於個人因應的立場，更由其個人之學術架構、治學理念進而發掘其各項原則、技術之本質內涵，才能眞正理解乾嘉訓詁，而後掌握其間可能的各項預設立場與前提。

（二）在清代學術發展的討論上，本文強調學術發展的整體性與競爭性。就整體性而言，有鑑於各種學術專史的預設立場，乃避免從學術史、思想史的立場來看待考據訓詁，那很容易使得清代學術見鄙爲技術、表象的菲薄，甚至不予置評。同時也不擬純就考據、訓詁史的一面討論訓詁，那不免又見樹不見林，而令清代學術缺乏學術底層而成爲一種純粹「研究法的運動」。〔註11〕以是，本文以爲應該就整體之學術發展去尋繹訓詁考據在清代學術的定位，以及其爲何一至清代而能獨樹一幟，蔚爲主流？這不是一個學術評價的問題，而是一段確實的歷史。

其次，所謂競爭性指的是學術發展常常是各種思潮在同一時空背景競爭下的結果，其間存在著太多的變因，各種諸如政治、經濟、文化等的力量經常主動被動地影響發展，各個學派也積極消極地參與競爭，然則事件的結果卻只能是各種力量作用下的總成，不能爲其中任何一種因素、任何一個學派所單獨決定。以是，獨舉一家言其發展、意圖，預設規律論其源流、本末，大抵皆不能

〔註11〕梁啓超謂：「吾常言：『清代學派之運動，乃‘研究法的運動’，非‘主義的運動’也。』此其收獲所以不逮『歐洲文藝復興運動』之豐大也歟？」（《清代學術概論》，頁39）

得其情實。由是本文引進社會研究中常用以描述事件發展的函數模式，一則取消其間主體的偏頗突顯，一則也呈現其可能存在之未知與不確定性。

（三）在亭林等四（五）位里程人物的選擇與論述上。相較於一般常見的二種論述方式：全面列示各家，逐一表述，以及羅列理論以爲綱，而援引各家議論以爲證者，本文則選擇了針對指標性人物而依其體系詳爲申論。大抵本文之作，原在於理論之揭示與檢討，以是其一，就常態言，各時期之學風有其大致傾向，論其學者，則領袖者少，追隨者多；精研者少，粗疏者多，略無揀擇，不免重複性高，徒增篇幅，而於理論意義上未必相稱。所舉顧、戴、二王、章等四（五）家並爲清朝各階段成就最高，且爲學界所普遍遵循之典範，以論清代之學術根柢，實亦可得其十之八九。其二，本文既欲就其學術之全盤，申論訓詁居間之意義，倘如一般之泛論，標舉大綱而片斷零碎地引述各家議論爲證，實不足以呈現各項概念、技術的眞正內涵。以是針對少數「典範」，詳爲申論，於理論之理解相對可更爲深入。同時，基於同樣的理由，又有別於一般預立框架以收整齊、比較異同之效，本文更側重的還在於呈現諸位學者各自的體系，因此，在陳述上僅大略標舉「學術體系」（「爲學宗旨」、「爲學途徑」）以及「治學方法與訓詁運用」二者爲其綱領，至其下之脈絡、輕重則可能略有參差，此考量之重點在於，與其強納古人入我之框架，不若盡可能地忠實保存古人之原旨。

至於下編，則主要基於乾嘉訓詁理論的理解，而後用以對照現代訓詁研究中主觀認知與客觀事實之落差，以是本文擇要地例舉其中三項訓詁專題：聯綿詞、反訓以及同源詞，逐一檢討其研究發展的虛實，以及古今轉型間的落差，意欲呈現已然見視爲語言文字學的訓詁之學，其眞實狀態究竟如何？具體而言，這又表現在兩個面向，就理論、立場而言，本文嘗試釐清的是，兩個相異背景下產生的學術，是否眞能在「語言」一事的交集上自然而然地轉型或是相輔？就方法、技術而言，原本由治經理路中產生的許多訓詁概念、途徑，在重新調整結構之後、在突然轉移目標之後，是否能夠游刃有餘地從容因應？而經過現代化、科學化的改變後，傳統的訓詁技術是否在實踐上更能精益求精，解決更多的問題？自然，這也不是一個單純的是非題，本文的目的也不在論其肯否以爲依違。重點在於後人之繼承前說能否就中確實地掌握其具體狀況，去蕪存菁？果然其眞有相輔相成者，自是令人樂見其成。然則倘若其間存在種種未得相應之處，恐怕忠實地指出其間矛盾與瑕隙以待商榷也是一件不得不然的事。除此而外，在可能的情況下，本文也嘗試野人獻曝，略為提出淺見聊備參酌。

第二章　清代訓詁學發展之歷史背景

本章雖題爲「清代訓詁學發展之歷史背景」，主旨實欲透過學術界，特別是經學界的發展，發掘訓詁學被賦予的任務，就此而言，亦可增其副題曰「清代訓詁學之時代任務」。緣於此課題實爲思想（經學）與小學的交會、銜接環節，一向處於邊緣地帶而不爲二者所特別措意，故本文不煩詞贅，意欲正視其間交通，不令只爲簡筆之背景交代。

歷史，從來就不是過去發生事件的完整復原，每一種歷史都是選擇性的敘述，選擇的標準則來自於個人主、客觀糾結的意圖與價値體系，因此，吾人讀不到鉅細靡遺的歷史，也寫不出絕對客觀的歷史。如此的概念幾乎可以肯定是人類認知與技術中無法全然克服的局限。不論未知的將來存在著如何的可能性，至少在過去、在現今，這個局限尚未出現缺口，並且爲人所承認、接受，甚至視爲理所當然。

在敘述清代學術之前，這裏先帶出這個常識性的概念，主要的目的乃在於正視這個事實，並且面對其在本文的議題處理上可能造成的影響。

首先，必須指出的是，本文的主題自然設定在訓詁學上，以是在明末迄今這近四百年的歷史中，僅著重說明考據學的發展趨勢，以及影響這個發展脈絡的諸多因素，期能由其發生背景，進而理解訓詁理論的本質與意義，避免後人妄自以後代，或者其個人期許的意義去理解，甚至判斷訓詁學的諸般現象。其次，正是由於本文設定了明確的目標，以視現有清代學術之論述，不免發現，訓詁學雖然是有清考據思潮中的一個大宗，然而其受重視的程度卻頗不相襯。這種現象主要可由二個面向見出，其一，就取材而言，猶如一般歷史直以政治爲主軸般，學術史的陳述也一向以思想爲主要脈絡，所以雖然明知清學的主流是爲考據，卻仍斥之爲雕蟲末技，對之輕描淡寫，而企圖另去發掘潛藏其間的思想成份，造成訓詁學中甚受推崇的王氏父子，竟鮮見學術史家的重視。這種傾向在範圍略狹的思想史、經學史中更爲顯著，甚至有如牟宗三者，更直接否定了清代學術，直謂「令人討厭」〔註1〕。反之，少數訓詁學史的撰作雖針對的是訓詁，然而卻也過於集中視野，以至見樹不見林。如胡樸安之《中國訓詁學史》，大抵即流於歷代訓詁著作、學者等資料之歷時彙整，而未能在整體學術中去發見訓詁學的相對位置與意義。其二，復就立場而言，學者的學術使命與專業背景多數亦直接間接地影響其價值判斷。專業背景的自重造成價值的失衡自屬個人的偏頗，而學術使命在中國的史學傳統中卻堂而皇之的成爲學術理解、表現的重要基礎，以是對於清學的陳述，或有基於氣節的表彰而主客易位者；或有執於科學的提倡而盛稱其訓詁考據者。前者對訓詁自然有意減筆，而後者亦不免削足適履地以其自身的認知框架來解釋這一段學術發展。〔註2〕要之，大抵立場先行，便多半要主觀地拿這一段歷史來支撐自己的理念，而非客觀地去理解那些事件在其本來文化中的時代意義。如此的歷史陳述本亦無可厚非，然而其呈現的結果卻不免與歷史的客觀眞實間存在著必然的誤差。

上述的現象自然不是全面的彙整，然大體已表明目前這一段學術史理解中幾個主要說法的預設前提。在如此狀況下，本文勢必要與前說保持一定的距離，而在自身的敘述意圖下，重構此一段學術的發展樣貌。不可否認，這個意圖也可能帶有一定的化約性與主觀性，以是這裏只能自覺地呈現本文的預設來彌補其間的誤差，力圖在當時的學術背景下去理解清代訓詁學的發展與意義。

第一節　考據學興起之原因

雖然，這裏強調的主題仍在訓詁一事，然則緣於訓詁本是考據的一支，同

〔註 1〕見《中國哲學十九講》，頁 418。

〔註 2〕前者如錢穆；後者如梁啓超，主要論述分見二人之同名著作《中國近三百年學術史》。

時在傳統研究的邏輯上，它是經學的工具之學。固然，經學與訓詁的配合可能也存在著時滯現象，然而工具之因學術目的而產生、發展，在理論上卻是大致不謬的。以是爲了理解訓詁理論的本質，恐怕便不得不將背景擴及經學、思想，從而理出當時學術對考據訓詁的需求與要求。

在這個範疇中，吾人所要理解的議題，主要是考據一學的興衰起伏，以及所以造成之諸般緣由。總結四百年來，包括清人的自忖與後人的研究，對上述議題的理解與詮釋自是眾說紛紜、良莠不齊。在研究主從的考量下，本文無意一一去檢討，然而人的思維大體有限，而研究的發展蓋亦有跡可循，如果權且擱置細節同異，而著眼於各種說法的立論基礎，那麼便能追本溯源地回到一、二「基模」中。這裏所謂之「基模」，實乃源生於龍師宇純之「基因」說。龍師謂：

> 所謂基因，即一字的基本構造成分。簡乎此者，無法構成說解，只可視作省體。增繁的寫法，必含此基因；訛變之形，亦必有此基因的蛻化痕跡。是故研究文字，實可用基因取代最早形式的地位。(《中國文字學》，頁 179～180)

基因說本爲解決古文字形的辨識與演化而來，指的是同一構形原則下，某一字形諸多變體間的核心結構。本文於此移以強調系列理論間的「孳生關係」，表現後出理論雖有意求異於前說，卻又跳脫不了原生理論的框架，從而依違原生理論，衍成精簡、深化，乃至改造、駁斥等變體理論的現象。相異於文字變體間的自然變化與夫施用範疇的不同，本文別稱之爲「基模」。〔註 3〕這裏吾人可以發現的二大基模是梁啓超的「反動說」，以及錢穆——余英時的「內在理路說」（inner logic）。〔註 4〕就一般理解而言，前者強調外緣因素的力量，並以爲考據

〔註 3〕此概念有類於孔恩（Kuhn）的「典範」（paradigm）之說。唯本文所述並不由「典範」而來，同時孔恩之「典範」定義不甚固定，而且有其相應之背景與內涵，如果借用其詞或是引用其理論，反而容易受其局限、淆亂而徒增許多不必要的誤解。

〔註 4〕錢、余二者在敘述意圖與研究對象的設定上著實不同，如就學術成就而言，錢氏之識見與個別事件的理解實優於余氏，然而或許是因爲錢氏的研究範圍只在宋學，故其影響反不若余氏爲大。如就本文的目的來看，本亦不需著意錢氏，唯因余氏乃錢氏之徒，而其之內在理路與錢氏強調宋學在清代的傳承發展實亦存在類似邏輯，故亦附列於此。

乃為反對宋明理學而起的一股新興勢力（雖然本文並不認同，說見下）；後者則側重其承繼脈絡，以為考據是儒學自身發展的必然轉變。然後便在這二大理論間，或是依違，或是兼采，而形成或簡或繁的諸多異說。因此以下便只評述此二基模，做為本文討論的發軔。

一、梁啓超之說

梁氏的解釋，一般咸以「反動說」概括之。如余英時：

> 第一種看法是把它當作對理學的全面反動。梁任公與胡適之兩先生持此說最力。（《論戴震與章學誠》，頁 309）

儘管「反動」一詞為梁氏用語，並且反覆出之，然而若欲直接認定此為梁氏所持之「原因」，恐怕仍有待商榷。在綜覽梁氏全面描述之後，本文以為這種概括不僅是一種不完整的簡化，甚至是一種不對焦的誤解。為了避免類似的謬誤，這裏擬先討論梁氏說法裏的三個主要特徵。

（一）理論特徵

1. 反動趨勢

梁氏的意見主要反映在其《清代學術概論》與《中國近三百年學術史》（以下簡稱《學術概論》與《學術史》）二部姐妹作中。此間梁氏所理解的清代思潮有主從二線。主軸是「厭倦主觀的冥想而傾向於客觀的考察」（《學術史》，頁1）；支線則是「排斥理論，提倡實踐。」（《學術史》，頁 2）於是相對於前朝的抽象與空疏，梁氏固以「反動」為說：

> 本講義所講的時代〔清代〕，是從它前頭的時代反動出來。（《學術史》，頁 2）

然而所謂「反動」之意義為何？在梁氏一個粗略的描述曰：

> 平心而論，陽明學派，在二千年學術史上，確有相當之價值，不能一筆抹殺，……。但末流積弊，既已如此，舉國人心對於他既已由厭倦而變成憎惡，那麼這種學術，如何能久存？反動之起，當然是新時代一種迫切的要求了。（《學術史》，頁 8）

執此話頭，重點似乎落在對理學（主要是王學）的「反感」，所以逆向而行。如余英時所掌握的概念大約便在於此：

因此有些學者像梁啓超先生便認爲清初一般讀書人痛定思痛，深恨清談心性誤國，因此都反理學，終於走上了經史實學的路子。（《論戴震與章學誠》，頁 344～345）

依照這樣的理解，那麼梁氏之論清學，除了導因於反理學外，其發生時點應在清初，待明亡之後，才有所謂「痛定思痛」之事。然而如仔細探索梁氏整體意見，則上述梁氏之語恐怕只是針對儒學這一個層面的片面表述而已。在《學術史》中，梁氏語謂：

大反動的成功自然在明亡清興以後。但晚明最末之二三十年，機兆已經大露。（《學術史》，頁 8～9）

而其所指出反動之機兆殆有五端：

王學自身的反動。……

自然界探索的反動。……

歐洲曆算學之輸入。……

藏書及刻書的風氣漸盛。……

這種反動，不獨儒學方面爲然，佛教徒方面也甚明顯。（《學術史》，頁 9～12）

僅就此說而言，吾人便能肯定，梁氏所述反動之起，其實並不始於清初；而反動之事亦不止於理學，是余氏一類的理解自有誤差。尤可注意者，梁氏在此以五項機兆並列，其中曆算一項，梁氏之論曰：

中國知識線與外國知識線相接觸……，明末的曆算便是第二次。在這種新環境之下，學界空氣，當然變換，後此清朝一代學者，對於曆算學都有興味，而且最喜歡談經世致用之學，大概受利〔馬竇〕、徐〔光啓〕諸人影響不小。（《學術史》，頁 11）

曆算的發展與王學互不相涉，而亦能造成經世致用的學風，以此類推，是此五者實由不同的面向分別發展，而共同促成了由虛蹈實的經世之學。至是吾人不免要懷疑，何以五項發展竟出現一致的傾向？此若歸諸巧合，不免過於唐突，而梁氏之意亦不應在此。較爲合理的揣想，該是這五線發展的背後，其實仍是同一個趨勢在不同面向的呈現，梁氏以「機兆」稱之，或即此意。於是，這看似導因的五線發展便將在另一層次的因果中，由原因面退爲結果面，而爲其他更爲根本的原因所促成。是梁氏所謂:「清學之出發點，在對於宋明理學一大反動」(《學術概論》，頁 8) 云云，實應理解爲此一原因在思想領域上的作用，換句話說，是反動的思潮反映在理學上，造就了清學，而不是因爲對理學的不滿引起反動，而造就了清學。因此梁氏繼而解釋道：

> 夫宋明理學爲何而招反動耶？學派上之「主智」與「主意」，「唯物」與「唯心」，「實驗」與「冥證」，每迭爲循環。……，而明清之交，則其嬗代之跡之尤易見者也。(《學術概論》，頁 8)

正表示出，在理學的「反動」背後，其實尙有一套做爲「原因」的歷史規律存在。且不論其規律是否合理，僅就此層次而言，其實已與余氏在內在理路上，以「智識」與「反智識」、「道問學」與「尊德性」的交替發展若合符節。惜乎余氏未及見此，固就其表面陳述性的措詞批評，因謂：

> 這些說法，在我看來，並不是不對，而是不足以稱爲嚴格意義上的歷史解釋，因爲它們只是一種描寫，對歷史現象的描寫。至於這種現象何以發生，在這些理論中則沒有解答，或解答得不夠澈底。(《論戴震與章學誠》，頁 345)

此與梁氏所見固一，唯梁氏本亦在現象上言反動，而余氏則於原因面讀之。所見非所論，則不免造成許多誤責。

然則梁氏所見的層次尙不僅此。上述的動力面其實更是這一個歷史規律得以運行的上層原因。此原因梁氏固謂之「時代思潮」(《學術史》，頁 15)，而其根柢即今日所謂之群眾心理學，抑或社會心理學 (說見下)。要言之，歷史的具體事件 (外緣) 決定群眾的心理，而群眾的心理又決定了歷史的轉折 (內在)，在群眾機制的操作中，外緣因素轉化成內在理路的動因，一方面使得這個歸納性的歷史規律不只做爲預設前提，而在實踐中存在演繹的基礎；一方面又符合時代的發展，在具體的事件中推動歷史的規律。須知，歸納的結果本不具高度的理據性，那一個歷史規律更只是一種印象式的感知，以是在論證過程中，將一個歸納的規律引以爲述，充其量只能是一種類比式的探測耳，不能具備證明的效力。梁氏將原因面上溯了一層，適正補足了歸納規律在邏輯上的不足，而這一個糅合內、外緣因素的機制，才應是梁氏解釋的「理論」面。

2. 群眾心理

群眾或社會心理的考慮，實是梁氏頗異於其他學術史研究的特出之處。梁氏曰：

> 今之恆言，曰「時代思潮」。此其語最妙於形容。凡文化發展之國，其國民於一時期中，因環境之變遷與夫心理之感召，不期而思想之進路，同趨於一方向，於是相與呼應洶湧如潮然。始焉其勢甚微，幾莫之覺；寖假而漲——漲——漲，而達於滿度；過時焉則落，以漸至於衰熄。（《學術史》，頁 15）

又：

> 凡時代思潮無不由「繼續的群眾運動」而成。所謂運動者，非必有意識、有計劃、有組織，不能分為誰主動，誰被動。其參加運動之人員，每各不相知。其從事運動時所任之職役，各各不同，所採之手段亦互異。於同一運動之下，往往分無數小支派，甚且相嫉視相排擊。（《學術史》，頁 15）

這兩段敘述看似平易、常談，但是我們卻不可輕輕略過。因爲它呈現出梁氏社會心理學的眼光與面向。對照梁氏〈史跡的論次〉中所言：

> 吾以爲歷史之一大秘密，乃在一個人之個性，何以能擴充爲一時代一集團之共性？與夫一時代一集團之共性，何以能寄現於一個人之個性？申言之，則有所謂民族心理或社會心理者，其物實爲個人心理之擴大化合品，而復借個人之行動以爲之表現。史家最要之職務，在覷出此社會心理之實體，觀其若何而蘊積，若何而發動，若何而變化，而更精察夫個人心理之所以作成之、表出之者，其道何由。能致力於此，則史的因果之秘密藏，其可以略睹矣。（《梁啓超史學論著四種》，頁 224）

其立論背景顯然。吾人未可確知梁氏於此是否受到西方思潮的影響，然其立說卻與西方社會心理學家如〔法〕勒龐（Gustave Le Bon）等有極似之處。〔註 5〕明乎此，則不難理解梁氏爲何將眼光放諸群眾、走向社會了。由此以往，個人

〔註 5〕勒龐主要意見見其 *Psychologie des Foules* 一書，這裏的引文所據爲英文版（*Crowd: The Study of Popular Mind*）之中譯本（《烏合之眾》）。

存乎時代中，學派亦不能脫離時代，以是不論個人與學派的內在理路如何設想，皆在一定的程度上要受到時代思潮的制約與選擇。以時代整體爲觀察目標，其所探索的影響因素自必涵蓋各家、個人，也超越個人、各家，超越與涵蓋，此勢必大大地減化了任何內在理路居中發生的作用，以是相對而言，梁氏所著意的，自然要是足以引起普遍社會重視，足以左右時代思潮轉向的共同因素，而這便將必須將主要的變因訴諸於外緣因素了。〔註6〕

顯然，一味地強調時代思潮，吾人將發現，個人似乎只能處在一種消極、被動位置，甚至，個人根本便失去了自己，因爲，就社會心理學的角度而言，群體並非純粹量的聚合，其心理、行爲模式已與個人有顯著的不同，如勒龐所謂：

> 但是從心理學的角度看，「群體」一詞卻有著完全不同的重要含義。在某些既定的條件下，並且只有在這些條件下，一群人會表現出一些新的特點，它非常不同於組成這一群體的個人所具有的特點，聚集成群的人，他們的感情和思想全都轉到同一個方面，他們的個性消失了，形成一種集體心理，……。它形成了一種獨特的存在，受群體精神統一律的支配。(《烏合之眾》，頁 15～16)

如此一來，個人的努力似乎是不可能，也不重要了。這種結果自是令人難以信服。因此一個常見的議題便要浮出，如梁氏所謂：

> 史界因果之劈頭一大問題，則英雄造時勢耶？時勢造英雄耶？則所謂「歷史爲少數偉大人物之產兒」、「英雄傳即歷史」者，其說然耶否耶？（《梁啓超史學論著四種》，頁 223）

事實上，吾人固無以否認時代思潮、群眾心理對個人的制約以及對歷史的作用，然而群眾、時代畢竟仍爲眾多個人組成，在群體影響個人的同時，每一個個人也同時發揮著極微的力量在構成群體，其間存在著高度的動態與游離性。換句話說，一般所謂的潮流風氣其實只是多數人的共同意向而已。因此也可以說，倘若外緣因素可以影響時代風氣，原因便在於它使多數人的意向趨於一致。同樣的道理，如果群體內部的個人能夠發揮其影響力聚合其他的個人意志，那麼群體的風氣亦可能受到改變。就此而言，所謂的英雄，其實便是具備

〔註 6〕梁氏論史之主張可參見其〈史跡之論次〉一文。爲免偏離主題，本文不更詳述。

高度影響力之人，梁氏謂：

> 實則此一人或數人之個性，漸次侵入或鑄入於全社會而易其形與質。社會多數人或爲積極的同感，或爲消極的盲從，而個人之特性，寖假遂變爲當時此地之民眾特性——亦得名之曰集團性或時代性。（《梁啓超史學論著四種》，頁 224）

這些人，梁氏又稱之「歷史的人格者」〔註 7〕，而梁氏《學術史》中所舉人物，亦應由此定位視之。要之，梁氏實爲一頗具社會學眼光的學者，其認爲社會事件的發生其實都是時代思潮決定的結果，如此一來，探討個別事件的成因便要在決定時代思潮的社會群眾以求，而不是在少數人的意向中。儘管個人亦可能發揮力量，導致思潮的變化，然而那也必須是其影響群眾意向的結果，而便在這種個人與群眾力量微妙的作用下，時代的思潮便在融合了個人意向，卻又不完全符合任一個人的意向下隱隱成形。

3. 學術範疇

一般而言，清代學術以考據爲顯學已是個公認的結果，以是論及此一段學術，不論在學術、經學、思想，要不純考據爲論，要不便完全略而不述，無形中皆縮小了格局、化約了事實。

這種現象其實已是治學的常態，故亦罕見有人置疑，然而吾人可以發現，許多的爭議與誤解便是由於這種對焦的不一致所造成。

首先，本文要強調的是，儘管梁氏敘述的主軸仍以考據爲重，然而其設定的格局依舊是整體的學術面。從上述時代思潮的切入點，以及其所指反動五項機兆的涵蓋面（王學、自然界、曆算學、藏書刻書、佛學）皆可得見。此在他家即有涉及，多半僅以之爲背景旁支略略帶過，而在梁氏則用以並列，俱爲學術之分別面向。此種處理，在清初學界一段尤可見出，梁氏曰：

> 啓蒙期之考證學，不過居一份勢力。全盛期則占領全學界。故治全盛期學史者，考證學以外，殆不必置論。（《學術概論》，頁 28）

此語雖未明舉，量其語氣實亦可窺知，至少在啓蒙期，梁氏並不只局限於考證學一端而已。

〔註 7〕見《梁啓超史學論著四種》，頁 223。又，此頗「類」勒龐強調群眾與領袖間之互動情況，詳見《烏合之眾》，頁 96～102。

格局設定的不同，引發的歧異主要有二，其一，梁氏所論範疇既涵蓋各學，故其所論主體，由儒家轉爲時代思潮；其所論原因便在於時代思潮爲何走向蹈實，而非考據爲何發生，這在議題上已是不同。其二，如上所述，梁氏的議題導致其原因訴諸外緣，因爲外緣因素才可能導致不同學派發生共同變化。反之，一般針對考據發論者，其主題定位在儒家，便容易相信所謂的內在理路之說。然而相較之下，不難發現，時代思潮自是不由儒家專擅，內在理路其實只能說明某一學派何以變化？變化爲何？卻無法解釋其對整體思潮所造成的作用。換句話說，即使他能說明儒家爲何重視考據，卻也未能解釋考據爲何成爲時代的顯學。以是果欲說明清代何以考據學獨盛，梁氏所設定的範疇似應較爲合理。惜乎後人罕有見此，卻強以儒學發展的格局理解梁氏，因而引發許多誤解。

（二）發展脈絡

在交代了梁氏論述中的主要特徵之後，以下擬略陳其演述有清一代學術發展大要。

梁氏之論，始於其「時代思潮」脈動的鋪陳，論其規律，梁氏以爲：

> 佛說一切流轉相，例分四期，曰：生、住、異、滅。思潮之流轉也正然，例分四期：一、啓蒙期（生）；二、全盛期（住）；三、蛻分期（異）；四、衰落期（滅）。無論何國何時代之思潮，其發展變遷，多循斯軌。（《學術史》，頁 15）

規律其實只是現象的表述而已，至促成此思潮流轉之因，梁氏固訴諸「環境之變遷與心理之感召」。〔註 8〕

1. 啟蒙期

梁氏對四期的斷限似未特意確定年代，或因事件之發展原本難以明確界定使然。至啓蒙期之謂，大抵指的是康熙一朝，而代表人物則是顧炎武、胡渭、閻若璩三者。〔註 9〕此時影響最大之變因，是爲政治一項。而政治因素，自然是指改朝換代之事及其相應的後續發展。這反映在知識份子間，引發的主要是反滿的情緒以及改革的激情。梁氏謂：

〔註 8〕詳見《學術史》，頁 16～17。

〔註 9〕見《學術概論》，頁 4。

他們對於明朝之亡，認爲是學者社會的大恥辱大罪責，於是拋棄明心見性的空談，專講經世致用的實務。他們不是爲學問而做學問，是爲政治而做學問。……。他們裏頭，因政治活動而死去的人很多，剩下生存的也斷斷不肯和滿洲人合作，寧可把夢想的「經世致用之學」依舊托諸空言，但求改變學風以收將來的效果。(《學術史》，頁17～18)

而反映在滿洲政治，則是高壓與懷柔的兩面政策。懷柔指的是「招納降臣」、「八股科舉」等安撫策略；高壓則是所謂「文字獄」的鎮壓手段。〔註 10〕此諸多政治因素自然是互相牽引，交織影響的。然而更需注意的是一般所以爲的「原因」，於此方一一指陳出來。〔註 11〕同時吾人亦不可忽略梁氏所指出的，此時的學者「是爲政治而做學問」一事。從清初顧、黃等人的半生戎馬，理應是不難理解的。也正因此，所謂的內在理路比之於國難當頭，孰輕孰重，自可分曉。由是，欲明理學之於考據的淵源，其間的致用思潮恐怕是不宜輕易忽略的。

此時學術界則相應發展出四支潮流：〔註 12〕

一閻百詩、胡東樵一派之經學，承顧、黃之緒，直接開後來乾嘉學派；二梅定九、王寅旭一派之曆算書，承晚明利〔馬竇〕、徐〔光啓〕

〔註 10〕見《學術史》，頁 18～20。

〔註 11〕梁氏在《學術概論》中，另以四項變因論之：「第一，承明學極空疏之後，人心厭倦，相率返於沈實。第二，經大亂後，社會比較的安寧，故人得有餘裕以自厲於學。第三，異族入主中夏，有志節者恥立乎其朝，故刊落華聲，專集精力以治樸學。第四，舊學派權威既墮，新學派系統未成，無「定於一尊」之弊，故自由之研究精神特盛。」(頁 25) 又，梁氏在《學術史》與《學術概論》二書中的陳說略有異同，以《學術史》晚出，故本文主要以之爲述。

〔註 12〕在《學術概論》中，梁氏則以研究精神的四大方向表述：「第一，因矯晚明不學之弊，乃讀古書，愈讀而愈覺求眞解之不易，則先求諸訓詁名物典章制度等等，於是考證一派出。第二，當時諸大師，皆遺老也。其於宗社之變，類含隱痛，志圖匡復，故好研究古今史跡成敗，地理厄塞，以及其他經世之務。第三，自明之末葉，利瑪竇等輸入當時所謂西學者於中國，而學問研究方法上，生一種外來的變化。其初惟治天算者宗之，後則漸應用於他學。第四，學風既由空返實，於是有從書上求實者。南人明敏多條理，故向著作方面發展。北人樸愨堅卓，故向力行方面發展。」(頁 25～26) 此二者因設定主體不同，故在配合上互有參差。

> 之緒，作科學先鋒；三陸桴亭、陸稼書一派之程朱學，在王學與漢學之間，折衷過渡；四顏習齋、李剛主一派之實踐學，完成前期對王學革命事業而進一步。（《學術史》，頁 21）

此四者，梁氏略不深論其輕重，以其舊權威方墮，而學界正在一種開放競爭之狀態。〔註 13〕

2. 全盛期

所謂的全盛，主體專指考據一脈，因此大約以乾嘉爲核心時期，代表人物爲惠棟、戴震、段玉裁、二王等。〔註 14〕在此梁氏所必須解決的議題，乃是「爲什麼古典考證學獨盛」？〔註 15〕梁氏以爲，其原因可由主線的壯大與支線的衰微二面爲說。就主線而言，梁氏謂：

> 凡當主權者喜歡干涉人民思想的時代，學者的聰明才力，只有全部用去注釋古典。……。雍乾學者專務注釋古典，也許是被這種環境所構成。（《學術史》，頁 26）

又：

> 自康、雍以來，皇帝都提倡宋學——程朱學派，但民間——以江浙爲中心，「反宋學」的氣勢日盛，標出「漢學」名目與之抵抗。到乾隆朝，漢學殆占全勝。……。露骨的說，四庫館就是漢學家大本營，《四庫提要》就是漢學思想的結晶體。就這一點論，也可以說是：康熙中葉以來漢宋之爭，到開四〔庫〕館而漢學派全占勝利。也可以說是：朝廷所提倡的學風，被民間自然發展的學風壓倒。（《學術史》，頁 26～27）

此二大項，一般咸以爲是政治力量的硬軟兩面。前者固無可說。而後者，梁氏並不以爲開四庫館是清廷的主動作爲，相反地，卻是一個被動的接受者（至於清廷何以接受，那可以是另一個問題）。此中強調的，自是群眾「風氣」的積極作用。其次，就支線以言，梁氏認爲啓蒙期中的四大潮流，除考據外，科學本爲另一股最可能發展的勢力，惜乎在「八股」、「耶穌會內部的分裂」以及教會

〔註 13〕參見梁啓超，《學術概論》，頁 25。

〔註 14〕見《學術概論》，頁 5。

〔註 15〕見《學術史》，頁 23。

行動的失當等三個因素的影響下，竟後繼無力，而終至衰微。〔註 16〕於是在這種外力制衡、推動的作用下，考據一脈便突出重圍而獨盛於乾嘉了。〔註 17〕

也許吾人可以推想，如此強調「科學」可能是受到梁氏背景，及其「期待」的結果。〔註 18〕以是，其亦別稱考據爲「科學的古典學派」〔註 19〕。統攝在此概念下，梁氏以爲乾嘉有兩大主流與兩路支線：

> 但漢學派中也可以分出兩個支派：一曰吳派，二曰皖派。吳派以惠定宇（棟）爲中心，以信古爲標幟，我們叫他做「純漢學」。皖派以戴東原（震）爲中心，以求是爲標幟，我們叫他做「考證學」。此外尚有揚州一派，領袖人物是焦里堂（循）、汪容甫（中），他們研究的範圍，比較的廣博。有浙東一派，領袖人物是全謝山（祖望）、章實齋（學誠），他們最大的貢獻在史學。（《學術史》，頁 27）

然而，不可諱言地，乾嘉畢竟是一路鑽進故紙堆中，相對於清初的致用思潮，能讓知識份子得以權且安於學問中，當仍有其他社會條件的配合：

> 凡在社會秩序安寧、物力豐盛的時候，學問都從分析整理一路發展。乾、嘉間考證學所以特別流行，也不外這種原則罷了。（《學術史》，頁 29）

此後，考據學歷經百餘年的全盛期，亦不免盛極而衰，進入梁氏認爲的蛻

〔註 16〕詳見梁啓超，《學術史》，頁 22～23。

〔註 17〕此中原因，梁氏在《學術概論》中，則以四端爲說：「一、顏、李之力行派，陳義甚高，然未免如莊子評墨子所云：『其道大觳』，恐『天下不堪』。……。二、吾嘗言當時『經世學派』之昌，由於諸大師之志存匡復。諸大師始終不爲清廷所用，固已大受猜忌。其後文字獄頻興，學者漸惴惴不自保，凡學術之觸時諱者。不敢相講習。……。三、凡欲一種學術之發達，其第一要件，在先有精良之研究法。清代考證學，顧、閻、胡、惠、戴諸師，實辟出一新途徑，俾人人共循。……。四、清學之研究法，既近於『科學的』，則其趨向似宜向科學方面發展。今專用之於考古，除算學天文外，一切自然科學皆不發達，何也？凡一學術之興，一面須有相當之歷史，一面又乘特殊之機運。我國數千年學術，皆集中社會方面，於自然方面素不措意，……。而當時又無特別動機，使學者精力轉一方向。」（頁 26～28）。

〔註 18〕梁氏頗欲將科學觀念引入中國。

〔註 19〕見《學術史》，頁 28。

分期與衰落期了。

3. 蛻變期與衰落期

梁氏以爲：

> 清學之蛻分期，同時即其衰落期也。（《學術概論》，頁 6）

主流之衰落期，自是其他潮流之啓蒙期。就考據而言，此時尚有俞樾、孫詒讓，以及章炳麟。〔註 20〕而潛藏的勢力，主要則是龔自珍與魏源的今文學派。〔註 21〕至於造成這些勢力消長的因素，梁氏以爲主要有二：

> 頭一件，考證古典的工作，大部分被前輩做完了，後起的人想開闢新田地，只好走別的路，第二件，當時政治現象，令人感覺不安，一面政府箝制的威權也陵替了，所以思想漸漸解放，對於政治及社會的批評也漸漸起來了。（《學術史》，頁 31）

須留意的是這第二件，依其理路看，亦有其積極、消極的二面。消極的一面是清廷的文網漸次鬆弛，使得思想漸趨大膽；積極的一面則是當時的知識份子目睹中國的內憂外患，以及清廷在國際上的軟弱與屈辱，其發爲清議、救亡圖存的志節又隨之昂揚。由是值洪楊之亂前後，梁氏認爲思想界產生三股新潮流：

> 其一、宋學復興。……
>
> 其二、西學之講求。……
>
> 其三、排滿思想之引動。（《學術史》，頁 33）

自是，則考據一派便一蹶不振，隨著清亡而走入歷史了。

回顧這一潮流的起落，梁氏總結云：

> 綜觀二百餘年之學史，其影響及於全思想界者，一言以蔽之，曰「以復古爲解放」。第一步，復宋之古，對於王學而得解放。第二步，復漢唐之古，對於程朱而得解放。第三步，復西漢之古，對於許鄭而得解放。第四步，復先秦之古，對於一切傳注而得解放。夫既已復先秦之古，則非至對於孔孟而得解放焉不止矣。然其所以能著著奏解放之效者，則科學的研究精神實啓之。（《學術概論》，頁 7）

〔註 20〕見《學術概論》，頁 7。

〔註 21〕見《學術史》，頁 31。

復古與反動，其實一體兩面、缺一不可。反動是面對當前問題的一種改變，而復古則是改變的方向。後人僅以反動一詞概括梁氏之意，不啻取消其意見中積極的一面。同時附帶提及的是，梁氏（與蔣方震）將清學的發展比之於西方的文藝復興。也僅以之爲喻依譬況清學的復古傾向而已。〔註 22〕做爲一種比喻，只需在某種條件上有其相似處，可以引起人的聯想，其作用便已達成。不需、也不可能在所有面向都完全不異。故執於文藝復興之其他特質以對照清學，疑於梁氏比喻之不倫，實亦不免解讀過度。

二、錢穆及余英時之說

梁氏而後，論清代學術之史而影響廣泛者，要屬之余英時之「內在理路說」了。〔註 23〕然余氏之說亦非憑空而來。對照其師錢穆之說，實有其一致處。雖其立論背景容或有異，其著眼於學脈、道統之延續蓋亦不二。

（一）錢穆

錢氏之說主要見於其與梁啓超同名之《中國近三百年學術史》（以下簡稱《三百年》）。面對鼎革之際，學風亦由虛極走向實極的轉變，錢氏注意到了明末的東林：

> 今自乾、嘉上溯康、雍以及明末諸遺老，自諸遺老上溯東林以及於陽明，更自陽明上溯朱、陸以及北宋之諸儒，求其學術之遷變而考合之於世事，則承先啓後，如繩秩然，自有條貫，可不如持門户道統之見者云云也。余故述近三百年學術，而先之以東林，見風氣之有自焉。（《三百年》，頁 21）

而東林之所以得此樞紐，主要則由其出自陽明、執陽明之本以應時局之變者。錢氏屢屢言之：

> 蓋東林學脈，本自陽明來。（《三百年》，頁 17）

> 東林……，而亦頗得王學初義之精。東林之淵源於王學，正猶陽明之啓途於考亭也。（《三百年》，頁 20）

〔註 22〕或許我們也可以看出梁氏有意以之爲他山之石，但那也只是一種借鏡而已，不在取證。

〔註 23〕事實上，今日論及此議題，多以此爲基礎。

而所謂之變，自內而言是爲王學的末流；自外而言則爲政局之不安。於是東林講學所重，便在二端：

> 一在矯挽王學末流，一在抨彈政治之現狀。（《三百年》，頁 1）

正因矯挽王學之弊，故學風由虛轉實；而發爲清議的氣節，在河山變色之後，亦只能深謀遠慮，以待後者。由是錢氏交代了東林的承啓。〔註 24〕

於是，以東林爲樞紐，錢氏強調了宋學至清學的一貫性：

> 且言漢學淵源者，必溯諸晚明諸遺老。然其時如夏峰、梨洲、二曲、船山、桴亭、亭林、蒿菴、習齋，一世魁儒耆碩，靡不寢饋於宋學。繼此而降，如恕谷、望溪、穆堂、謝山乃至愼修諸人，皆於宋學有甚深契詣，而於時已及乾隆。漢學之名，始稍稍起。而漢學諸家之高下淺深，亦往往視其所得於宋學之高下淺深以爲判。（《三百年》，頁 6）

不可否認，錢氏之說有其可信之處，然而是否已經將此段學術演變交代清楚了呢？這個答案恐怕連錢氏自身也不敢確定，此由錢氏之言可以窺見：

> 蓋清初諸儒，尚得東林學風之一二。康、雍以往，極於乾、嘉，考證之學既盛，乃與東林若渺不相涉。東林之學，起於山林，講於書院，堅持於牢獄刀繩，而康、雍、乾、嘉之學，則主張於廟堂，鼓吹於鴻博，而播揚於翰林諸學士。其意趣之不同可知矣。（《三百年》，頁 21）

此間透露兩項訊息。其一、東林學風並不見於乾嘉考證之中；其二、東林學風於清之影響，不僅見於顧、黃、王等清初諸儒，即乾嘉之戴震尚亦及之，然乾嘉主流之考證卻自「康、雍以往」，可見二者實爲二路。一般而言，如果錢氏之說可以做爲此段學風的說明，必須建立在乾嘉考據源出顧、黃、王諸儒的前提下。然而錢氏以東林、乾嘉爲二線，又偏重地將顧、黃、王等人置於東林流風之下，不啻大大地降低了其間聯繫，即有所承，而所承亦不出自東林。如此則顧、黃、王等人如何轉出乾嘉又成另項議題。以是本文以爲錢氏此說尚不完整。至於不完整的原因可能來自錢氏，亦可能來自吾人與錢氏理解框架的相

〔註 24〕詳見《三百年》，頁 20。

異。事實上，這一點錢氏其實是自覺且別有用心的，在《三百年》自序中，錢氏曰：

> 今日者，清社雖屋，厲階未去，言政則一以西國爲準繩，不問其與我國情政俗相洽否也。扞格而難通，則激而主「全盤西化」，以變故常爲快。至於風俗之流失，人心之陷溺，官方士習之日汙日下，則以爲自古而固然，不以厝懷。言學則仍守故紙叢碎爲博實。苟有唱風教，崇師化，辨心術，覈人才，不忘我故以求通之人倫政事，持論稍稍近宋明，則側目卻步，指爲非類，其不詆訶而揶揄之，爲賢矣！
>
> 斯編初講，正值「九一八事變」驟起。……。豈敢進退前人，自適己意？亦將明天人之際，通古今之變，求以合之當世，備一家之言。……。蓋有詳人之所略，略人之所詳，而不必盡當於著作之先例者。（《三百年》，頁 5）

是錢氏一書主旨，實欲於濁世中顯揚宋學之氣節。落實於有清一代，其焦點所在，亦在宋學一脈之起落，而清代之顯學考據，反不爲其所重。此蓋其「詳人之所略，略人之所詳，而不必盡當於著作之先例者」。執此，則該書本非欲呈現客觀史實而作，而吾人自亦不應視之爲一般之學術史。且其所謂「人」之所指，恐即於書中特倡科學之梁啓超，此或者便是錢氏書名特意同於梁氏之因。若然，則未嘗不可視爲江（藩）、方（東樹）之爭於民初的一個「變體」。

姑不論錢氏之說在其寓意下與事實產生多大差距，錢氏強調承繼的概念卻深深影響後人，做爲錢氏的學生，余英時的內在理路說便具類似的起點。

（二）余英時

余英時的意見主要見於《論戴震與章學誠》（以下簡稱《論戴震》）一書，以及〈清代思想史的一個新解釋〉、〈從宋明理學的發展論清代思想史〉等文。〔註 25〕而其要點，大抵在內在理路與取證經書二者。

1. 內在理路

余氏的出發點在於堅持學術發展有其內在的必然性：

〔註 25〕台灣東大版《論戴震》已收錄此二文，列於其外篇部份，故本文之徵引只以書中頁數爲述，不更具篇名。

> 我唯一堅持的論點是：思想史研究如果僅從外緣著眼，而不深入「內在理路」，則終不能盡其曲折，甚至捨本逐末。（《論戴震》增訂本自序，頁3）

至其內在理路，余氏解釋曰：

> 我稱之爲內在的理路（inner logic），也就是每一個特定的思想傳統本身都有一套問題，需要不斷地解決：這些問題，有的暫時解決了；有的沒有解決；有的當時重要，後來不重要，而且舊問題又衍生新問題，如此流傳不已。這中間是有線索條理可尋的。（《論戴震》，頁346）

落實到清代這一段學術發展中，余氏以爲其任務即是：

> 貫穿於理學與清學之間有一個內在的生命。我們現在便要找出宋明理學和清代的學術的共同生命何在。（《論戴震》，頁347）

在這個簡單的表述裏，其主要的立足點其實與錢氏大致不二，這一點余氏應是有自覺的，故其曾引述錢穆及馮友蘭之意見爲說：

> 它並不否認清學有其創新的一面，但強調宋明理學的傳統在清代仍有其生命。……。錢賓四師對此一觀點闡發得最明白，……。此外、馮友蘭先生在他的《中國哲學史》中也專闢「清代道學之繼續」一章，……，他的結論是：「漢學家之義理之學，表面上雖爲反道學，而實則係一部份道學之繼續發展也。」……從學術思想演變的一般過程來看，後說〔指錢、馮之說〕自較爲近情理。因爲不僅前一時代的思想不可能在後一時代消失無蹤，而且後一時代的思想也必然可以在前一時代中找到它的萌芽。事實上，清儒的博雅考訂之學也有其宋明遠源可尋。（《論戴震》，頁309～310）

然而在發現其「同」的同時，我們更應注意到其「異」的部份。如果更仔細地審視這段引文便可發現，余氏的結語筆鋒一帶，將「博雅考訂之學」攝入範疇，其實已悄悄地轉移主旨，改變了原來的理解框架。具體而言，錢、馮二氏所謂的承續，指的是宋學自身在清代的持續發展，而余氏所指，卻直以清學爲宋學的轉型。是此一擴大，竟使二系的競爭消長轉爲一系的內部變化。這一點，余氏應非不知，如其對馮氏的批評曰：

> 他〔馮友蘭〕說道學在清代還繼續存在，但是相對漢學而言，它已不是學術思想的主流了。祇是一個旁支而已。……。這也是說，清代的宋學和漢學之間並沒有必然的內在關係。(《論戴震》，頁 346～347)

而其論述東原的一個意見，亦與錢氏所謂「漢學諸家之高下淺深，亦往往視其所得於宋學之高下淺深以爲判」正面衝突：

> 從《原善》的修改到《孟子字義疏證》的命名，我們不難看出東原在義理方面的工作一直受到考證派的歧視。這種歧視，質言之，即以爲一切義理工作都流於空虛，因此都不值得做。〔註 26〕

以是余氏在此的意見，只能視爲錢、馮二說的引申與推衍。這種推衍表面上看來，只是範疇的擴大，然而就其內在意義而言，卻是整個理解結構的改變。由是則各個單一事件於歷史脈絡中所呈現的意義也將隨之而異。〔註 27〕

相應此差異，余氏必須解決一個範疇的議題：一向對立的漢學與宋學何以並稱爲「內」？余氏謂：

> 「內在理路」的有效性是受到嚴格限定的，它祇能相對於一個特定的研究傳統或學者社群而成立。宋明理學家和清代考證學家都是研究儒家經典的，他們無疑屬於同一研究傳統之內。他們不但處理著同樣的經典文獻，而且也面對著共同的問題——儒家原始經典中的「道」及其相關的主要觀念究竟何所指？這是儒家傳統內部的問題，自有其本身發展與轉變的內在要求，不必與外緣影響息息相關。《論戴震》增訂本自序，頁 3)

概括地說，便是在「儒家思想」的基礎下，漢、宋成了一家。

繼之，余英時提出一條歷史規律，此或由西方學術史得出之歸納條例：

〔註 26〕見《論戴震》，頁 121。相涉論點詳見該書「戴東原與清代學風」一章。

〔註 27〕此猶如孔恩《科學革命中的結構》所述概念。一般以爲愛因斯坦之相對動力學是由牛頓定律「導衍」出來的，然而孔恩認爲二者關係並不如此單純：「因爲這兩套理論的差異並不僅是形式上的，光在愛因斯坦理論上加上一些限制條件並不能導出牛頓定律，除非我們將愛因斯坦理論所描繪的宇宙體系的構成要素也同時改動。」孔恩並強調：「科學革命其實就是把科學家用以觀察世界的觀念網路（conceptual network）予以更新。」二段引文俱見該書，頁 154～156。

> 這裏轉出了思想史上一個帶有普遍性的問題：即智識主義（Intellectualism）與反智識主義（Antiintellectualism）的衝突。西方基督教傳統中的「信仰」（faith）與「學問」（scholarship）」的對立，便是這種衝突的一個例證。（《論戴震》，頁313）

因此衝突，學術史便在二者的往復間向前推進。對應於中國學術史，即是余氏自龔自珍處所得的啓發，將智識主義與反智識主義分別對應於「道問學」與「尊德性」二者。〔註28〕宋明自是尊德性的典型；而清學則爲道問學的代表。如此，則清代學術的局面即是宋學發展到極致後的必然結果。

2. 取證經書

與梁氏的「時代思潮」一般，余氏的內在理路其實也只是現象的規律而已。如果缺乏動因的解釋，勢必也難以說明此規律如何運行。這一個環節，余氏以爲是如何面對「文」的態度與方式：

> 任何宗教傳統或文化傳統，一定有它一套基本文獻；文獻怎麼處理，如何解釋，這是一個大問題。（《論戴震》，頁350～351）

換句話說，這套基本文獻保證了個人與傳統間的隸屬關係，唯其個人之理解與詮釋見副於文獻的呈現，而其隸屬於該傳統的身分才能得到認同。此在道問學的一面不需贅釋，即象山所謂「六經註我，我註六經」的過程，〔註29〕仍不能避免「我」與「六經」之間的交相詮釋。於是當理論的表述、衍伸眾說紛紜、莫衷一是時，自然導向回歸其原初面目，此即余英時自羅整菴處借取之概念：「取證於經書」。〔註30〕具體而言，此一導向落實於明清儒學的發展上，主要見於二條線索，一是儒與道、佛的爭議；一是儒家內部朱、陸的爭議。余氏云：

> 由於王陽明和他的一部份弟子對於自己「入室操戈」的本領大有自信，他們內心似已不再以爲釋、道是敵人，因而也就不免看輕了儒、釋、道的疆界。……。這種議論後來便開啓了王學弟子談「三教合

〔註28〕余氏引龔自珍之言曰：「孔門之道，尊德性，道問學二大端而已矣。……。入我朝，儒術博矣，然其運實爲道問學。」見《論戴震》，頁35～36。

〔註29〕見《陸象山全集》，卷三十四。

〔註30〕見《論戴震》，頁324～325。又余氏引羅整菴語，見《困知記》，卷二。

一」的風氣。但是對於不願突破儒學樊籬的理學家而言，這種過份的「太丘道廣」的作風是不能接受的。那麼，怎樣才能重新確定儒學的領域呢？這就逼使一些理學家非回到儒家的原始經典中去尋求根據不可。(《論戴震》，頁354)

又：

再就儒家內部來說，朱、陸的義理之爭，在明代仍然繼續在發展，羅整菴和王陽明在思想上的對峙便是最好的說明。……。本來，無論是主張「心即理」的陸、王或「性即理」的程、朱，他都不承認是自己的主觀看法；他們都強調這是孔子的意思、孟子的意思，所以追問到最後，一定要回到儒家經典中去找立論的根據，義理的是非於是乎便只好取決於經書了。理學發展到了這一步就無可避免地要逼出考證之學來。(《論戴震》，頁354～355)

於是，在如斯概念的競爭立場下，「儒家經典的全面整理」與「觀念還原的工作」成了清儒的主要目標。〔註31〕

在「內在理路」與「取證經書」二個概念的表述下，余氏提出了他的理論框架，同時也申論了其在清代學術史上的適用性。然而在具體的解釋中，我們恐怕也不能不注意，這一個脈動在累積多大的能量下，在哪一個時點上會發生逆轉？換句話說，在現實的事件上，爲何「道問學」一脈蓬勃於清代？余氏於此似乎未曾詳細說明。大致而言，我們可以看到如此的解釋：

由於自南宋到明代，儒學正處在「尊德性」的歷史階段，「尊德性」沒有走到盡頭，「道問學」中的許多問題是逼不出來的。〔註32〕

又：

這不但需要多數人繼續不斷的努力，而且首先必須有一個濃厚的智識主義的思想空氣。這兩個基本條件都要到清代才具備。(《論戴震》，頁329)

此二段議論似亦一體之兩面，然而卻也未能精確地指出原因。如果更進一步追

〔註31〕詳見《論戴震》，頁329。

〔註32〕《論戴震》，頁352。又，此雖言朱子智識傳統未能持續之因，然因強調者在於朱子重智的一面，即對道問學的重視，故與言漢學受到壓抑之因其實不二。

問，這兩個條件何以至清代才能具備？答案恐怕就更模糊了。也或者吾人可以懷疑，這個答案可能指向外緣因素，因而余氏在偏重內在理路的立場下不欲深論？余氏曾說：

> 「內在理路」與「外緣影響」各有其應用的範圍，離則雙美，合則兩傷。(《論戴震》增訂本自序，頁 4)

此或為其例。

大體而言，余英時的內在理路僅僅著眼於從尊德性到道問學的轉折。至於轉向後，道問學如何開展、何故衰微等問題，相對地變得輕描淡寫。在前一個議題上，余氏謂：

> 到了清代中期，考證已形成風氣，「道問學」也取代了「尊德性」在儒學中的主導地位，這時候的確有許多考證學者只是為考證而考證，他們身在考證運動之中，卻對這個運動的方向缺乏明確的認識。但這只是就一般的情形而言。至於思想性比較強的學者則對清代學術在整個儒學傳統中的位置和意義有深刻的自覺。戴東原和章實齋便是最突出的例子。(《論戴震》，頁 370)

又：

> 學術研究已成為他們的宗教使命了。段玉裁和許多其他乾嘉學者也是如此；他們「尊德性」的精神、「主敬」的精神都具體地表現在「道問學」的上面。(《論戴震》，頁 374)

余氏似乎將答案跳脫，而歸之於時代思潮，以致身在思潮中的多數學者不問意義、不求原因，僅僅憑著宗教般的崇信從事其考據工作。這般的傾向，自然也將導致清中葉以後的考據學走向餖飣、瑣碎，同時又將進一步地形成考據學走向衰微的背景。

至是在第二個問題上，余氏因謂：

> 十九世紀以後內亂與外患交乘，中國面臨一個空前巨大的政治、社會危機。乾隆盛世那種為學問而學問的從容意態已無法再持續下去。代之而起的則是儒家要求「致用」的精神；晚清所謂「經世學派」便乘運而興。……。在經世運動的激盪之下，經學也開始轉向，漢代所謂「通經致用」的觀念在一般儒者的心中復活了。今文經學

便是在這種情形之下興起的。(《論戴震》自序，頁 5)

緣是，則清代的考據學派便漸落於今文經學的漸起中了。對余氏而言，這一個過程似乎是個不完整的里程：

清代儒學中的知識傳統尚沒有機會獲得充量的發展，便因外在環境的遽變而中斷了。(《論戴震》自序，頁 5～6)

考據學的結束，也是余氏論述的終點，因此我們無法看到內在理路的後續發展，如果推測余氏的語氣，或者內在理路竟也後繼無人了。

三、衆說檢討

繼梁、余二家之後，不乏學者仍嘗試在此議題上提出更爲精確的解釋。然究實而言，這些解釋要不流於瑣碎，即是不出二者架構。瑣碎的解釋常常只是在前說中增加某些可能性的助因，或者強調前人業已指出，但未曾特意重視的因素，影響的層面不在大處；而奠基於前人框架中的說法，則框架中本有的局限亦不能更有突破。故本文於此且不一一再去引述了。

迄今而言，在梁、余二家的說法中，確實有許多因素的解釋是普遍獲得肯定的，同時就整體來說，影響事件的諸多要因也大致全在掌握中，以是此一議題尚待加強的主要空間，恐怕在於事件的理解結構，以及認知的態度。故而本文所嘗試置喙之處，並不在於發現新的因素，而是調整對待的方式與態度。

就余氏的理解而言，首先需要重新定位的大抵便是其內在理路的「獨尊」性。更精確地說，緣於該說在「清代學術發展」的解釋上，於「範疇」與「規律」二者的適用性上仍未見充份，以是吾人雖然可以認同著重內在理路有其必要，卻不應過度放大其解釋的完整性。

一般而言，在思想史的研究中，尋繹思潮發展的內在原因本來就是個常見的思維。在「考據學爲何興起」這個議題上亦不例外。如前所述，錢穆的思路中早已觸及，而一般見視爲外緣解釋代表的梁啓超亦未曾忽略。只是將「內在理路」一詞明確標舉，且特別重視者，仍要屬之余英時了。自余氏之說出，「內在理路」似乎成了一切內在原因的代稱，同時也使得「內在理路」「不覺」具備了更爲重要的形象。如張麗珠謂：

清代考據學的興起，在除了這些屬於外緣的歷史條件以外，應該還有一些更重要的，屬於內在的不可或缺要素。(《清代義理學新

貌》，頁 47）

而事實上，這個重要性也爲他鋪上了一層「深度」的色彩。也許是在一般認知上，「外在」總是容易與「表面」、「膚淺」有所聯繫，以是「內在」自然就帶著「深度」、「精微」的意象。攤開來說，這顯然不是一個理智的思考，然而卻潛在地影響著人的價值判斷。在余英時的論述中，常見到如此的表達方式：

在歷史因果的問題上，我是一個多元論者。歷史上任何一方面的重大變動，其造因都是極其複雜的；而且到目前爲止，歷史學家、哲學家或社會學家試圖將歷史變動納入一個整齊系統的努力都是失敗的。「內在理路」說不過是要展示學術思想的變遷也有它的自主性而已。（《論戴震》增訂本自序，頁 2）

這自然是一種理性、客觀的說法。然而我們似乎更應注意某些潛在透露出的語氣：

我自己提出的「內在理路」的新解釋更不能代替以上各種外緣論，而不過是它們的一種補充、一種修正罷了。學術思想的發展決不可能不受到種種外在環境的刺激，然而只講外緣，忽略了「內在理路」，則學術思想史終無法講得到家，無法講得細緻入微。（《論戴震》，頁 375）

將內在理路做爲「細緻入微」、「講得到家」的必要條件，顯然其重要性是受到強化與突顯的。

不可否認，余氏的內在理路說確實導引了後人對這一段學術史中的某些細部問題進行了思考。然而正如余氏所指出的，「它祇能相對於一個特定的研究傳統或學者社群而成立」（見上引）。唯有如此才能符合「內在」的條件，而保證其解釋的有效性。如果從理論操作的立場來看，這個定義範圍的限制的確增加了其嚴謹度，可想而知，當其愈是「內在」，而其符合理論框架的程度也就愈高。以是落實到余氏的操作中，毋庸置疑，在討論宋學爲何走向漢學的過程中，其「內在」，自是定位在儒家一脈。

這一個理論的前置作業論述至此，似乎顯得相當合理與精準。只是，或許吾人太過專注於理論實踐的合理性，以致在思維愈趨精密的驅使下，忽略了鳥瞰的視野；抑或者在過度習於儒術獨尊的概念下，學術界眞實的範疇被掩蓋了。本文以爲，內在理路設定、適用的範疇既然只能是儒家一系，以是即使其成功地解釋了儒家如何由宋學走向漢學，充其量也只能證明有清一代儒家內部的理論發展而已。至於走出儒家之外，這一個「內部」的努力能否在「學術界」這個大範疇中獲致肯定與支持卻又是另一個問題了。需知，儘管儒學一向以中國正統思想的身份存在，也常常是主流的學術。卻不能因此壟斷，而否認整個思想界仍是百家爭鳴的相對興衰。〔註 33〕以是，吾人在此眞正面臨的問題，恐怕不是考據之代宋學而興的事件，而是在宋學衰微之後，何以考據能在宋學、抑是其他的儒家支派，以及非儒家的各種思想中脫穎而出的現象。顯然，這並不是一條「內在理路」。

其次，內在理路本身，其實預設了一個歷史規律的概念。然而歷史發展本身是否眞的具有規律性呢？

就余氏的這個操作來看，吾人似乎看到了一個規律性，只是如果仔細檢測，不難見出，這個規律性恐怕含有相當程度的刻意成份。這可以從理論與具體事件二方面得見。

先就理論而言，一個規律之所以成爲規律，只要具備共同或近似的條件，它在不同的時、空中，應該要呈現類似的發展模式。余氏表述內在理路之時，曾二次引述懷特海之語爲說：

> 懷特海（A. N. Whitehead）曾說，一部西方哲學史可以看作是柏拉圖思想的註腳，其眞實涵義便在於此。你要專從思想史的內在發展著眼，撇開政治、經濟及外面因素不問，也可以講出一套思想史。從宋明理學到清代經學這一階段的儒學發展史也正可以這樣來處理。（《論戴震》，頁 346）

就前半段而言，雖然余氏並未明言其內在理路與懷德海之間有何聯繫，然而余氏既藉此爲述，是二者之間必然有其雷同性。就此段論述而言，本文認爲其間所指之時間格局應然相同，亦即這一條規律的施用面是可以包含整個儒家發展史的。事實上，余氏所提出「尊德性」、「道問學」的二極，也是在這一個層面上講的。同時更就余氏的操作看，其只提「儒家」內在理路，便欲說明這一段「學術思想」的發展轉折，那麼這一條規律的運用對象恐怕是要涵攝整個中國

〔註 33〕如玄學、佛學即分別於魏晉與唐，取代儒學而成爲顯學。

學術史了。

也許吾人不需把這一個擴充看得太過嚴肅，僅就儒家一脈而言，大抵亦可發現，除卻宋明入清的這一個階段，宋明以前的魏晉玄風以及考據之後的清末今文學似乎都不在這一規律之中，相反的，其分別與佛、道的挑戰與政局的迫切更具密切聯繫。於是不免要令人懷疑，如果一條規律在其他階段找不到相應的發展，則此規律何以稱之爲規律？余氏引文後半段的範疇設定：「從宋明理學到清代經學這一階段」，似乎不自覺地現出了矛盾。

其次，規律的兩極理應是交替發展的，以是，在說明思潮何以趨向「道問學」的動力時，顯然也必須交代當其盛極而衰之時，是何種動力導致它往另一個方向：「尊德性」的趨近。在余氏的論述中，所能見到的動力，大抵只在「取證經書」一項，毋庸置疑，這一個動力只能在道問學一端具有說服力。發展的兩極，只存在單行的動力，而所謂的規律似乎無以成形。

再就具體事件一面而言，既然在理論上無以證成這個規律的存在，而余氏卻能「妥善」地實踐，不免令人揣測，其中「刻意」的成份恐怕不少。換句話說，是余氏在事件的選擇上有意的助成這個規律，而不是客觀的事件自然符合這個規律。這一點，只要正視錢穆的論述主旨便可以很清楚地認識到。蓋錢穆一書的主旨乃在強調宋學在清學間的一息尚存，儘管吾人不必如其一般，過度放大宋學的重要性，然而宋學尚未完全衰頹卻是可以肯定的。事實上，遲至江藩、方東樹的時代，尙能引發漢宋之爭的波瀾，是宋學這股伏流的潛力確然不容小覷。宋學的勢力既然依舊存在，並且時時伺機而動，那麼吾人似乎便不太適合將此二學放在同一個「內在」了。

於是，不論就理論或者事件上來看，余氏的內在理路實在還存在著不少的缺口，以致連其得以構成規律的條件都不具足。至其所以尙能獲致廣大的迴響，恐怕還在於普遍的大眾其實是相信規律的。因爲規律可以使事件變得簡單、變得容易掌握。固然，吾人不能否認規律其實是隨處可見的，但是卻不能因而肯定一切事物盡皆具有規律。在那些一般認爲具有規律性的情狀中，有許多是我們的認知系統將之規律化的，余氏內在理路的操作自是一個顯例。〔註 34〕雖然

〔註34〕在本文的引述中其實亦可見出，余氏的理性陳述並不認爲歷史變動可有規律，只是在其實際的態度與具體的操作上似乎不能完全相應。

我們不能否定它做爲一種理解面向的存在，然而卻也同時必須意識到它跟客觀完整的事件間存在多大距離，或者誤差。

從這個角度來看，梁氏的「時代思潮」其實也只是程度上的差異而已。梁氏所持的時代思潮具備一種「生住異滅」的發展歷程，具體表現則爲「啓蒙」，「全盛」、「蛻分」與「衰落」四期。這一規律其實早已爲人所習以爲常，以致不將有所懷疑。然則在用以解釋這一段學術發展時，不免也出現了一個變體：將「蛻分」與「衰落」合爲一期。實則如果不就這一個歷程來理解，也未嘗不能再找出其他的角度去看待，如孔恩（Thomas S. Kuhn）的「典範」（paradigm）理論便是一例。在這個理論中，孔恩認爲，在研究社群間，常會存在一套內部的模範爲人所追隨，並且形成標準，此即所謂之「典範」：

> 如此的過程隨即呈現了書上大部分的用法中，「典範」這個術語的二個不同意義。一方面它代表某一特定社群內，成員共有之信仰、價值、技術等的整體聚合；另一方面，它表示上項聚合中的某一元素，被視爲模範或範例的一種具體的疑難解釋，可以取代清楚的規則，做爲普通科學中現存疑難的解答基礎。〔註35〕

這種現象一經形成，實即相當於一般思潮上所謂的全盛期。在全盛期之後，孔恩並不持續著意典範的後續發展，而強調另一個新典範的興替，以是孔恩謂：

> 科學社群間學派的競爭只有一種過程，實際上它始終導致對先前理論的拒絕，或者對其他理論的接受。（《科學革命的結構》，頁8）

雖然孔恩不針對單一典範發言，然則先前理論之見拒，自然可視爲舊典範的衰頹，而其他理論的接受，則可視爲新典範的啓蒙。表面上看來，這與梁氏的發展階段，可以是一體的兩面，只是梁氏以考據爲主體，而孔恩則以新舊典範爲二個競爭主體。然而理解模式的不同實際上將導致後續理路推衍的相異。孔恩以競爭的立場來看，並且以「革命」爲述，〔註36〕反映出不同力量間有意識性的互動與制衡，而梁氏則只站在單一主體的觀察，呈現的大抵只是該主體的「自然」演變。自然的過程也許可以逐漸、完整的發展，而革命性的競爭卻

〔註35〕見《科學革命的結構》，頁 175。又，本文涉及該書之譯文，大抵皆參酌台灣遠流版中譯本而略有修訂。

〔註36〕其書名即謂《科學革命的結構》。

可能破壞彼此的發展程序。具體而言，如梁氏解釋其蛻分期曰：

> 境界國土，爲前期人士開闢殆盡，然學者之聰明才力終不能無所用也。只得取局部問題，爲「窄而深」的研究，或取其研究方法，應用之於別方面，於是派中小派出焉。而其時之環境，必有以異乎前。晚出之派，進取氣較盛，易與環境順應，故往往以附庸爲大國，則新衍之別派與舊傳之正統派成對峙之形勢。或且駸駸乎奪其席。此蛻分期之特色也。(《學術概論》，頁3)

這一段描述具有強烈的「內部」傾向，因此接續在全盛期之後，其蛻分，是一種盛極的分化，因此似乎具備高度的必然性。反之，孔恩的典範轉移卻奠基在舊有的典範無法解決新的問題，以是迫使其遭到淘汰，而令能解決問題的新典範產生。孔恩描述道：

> 有時，一個理應可以被已知規則與程序解決的普通問題，卻令一個專業領域中最傑出的成員也屢屢受挫。或者，一個專爲普通性研究所設計、製造的設備卻不能以預期的方式運作，儘管經過反覆的努力，它仍呈現一種不符合專業期待的非常態。除此之外，普通性研究在種種的途徑一再地失措。並且，在這種情況發生時，亦即，專業已無法規避破壞科學實踐中現有傳統的那些非常態時，例外性的研究終將導引專業走向一套新的寄託，一個科學實踐的新基礎。(《科學革命的結構》，頁5～6)

以是相對於新典範的啓蒙期，舊典範卻未必能夠進入蛻分，而直接地被迫衰頹了。

實際上，歷史的現實常常是殘酷的，如果各種思潮、各種事物都能獨立發展，也許可以符合梁氏的階段性，只是這種現象卻常在外力的干涉中發生變化。譬如一棵植物本來具備生住異滅的生命週期，然則只要其受到風雨，或者人類、動物的傷害，便可能使其成長受到抑止，而人、動物、風雨並非外於自然。以是孔恩的典範理論在此似乎更具解釋效力，相較而下，梁氏的說法則顯出「與世無爭」的封閉性。

在此，本文舉出孔恩的理論，並不是要用以批判梁氏的意見。所要強調的是，這一個幾爲一般人視爲理所當然的發展脈絡也並非無往不利，特別是在充滿人爲操作、勢力角逐的歷史競技場上，更顯得不切實際。在這個簡單的比較中，典範理論似乎佔了上風，然則同樣地，典範理論也不過是一種理解的面向而已，在梁氏、孔恩之外，定然還有種種理論可以在這個事件的整體中，找到其施力的剖面，而證成自身的「規律」。吾人也許可以說，這些「規律」同時成立，因爲那是不同面向的理解；然而吾人同樣也可以認爲，在這些規律一皆成立的同時，它們隨即便一起失去了效力。因爲如果站在一個更爲原始、全面的史實立場，來整合這些所謂不同面向的規律，假使它們並不衝突的話，那麼這些規律勢必也將互相聚合，而形成一個更爲複雜的「規律」。而後面這個「規律」，如果眞的存在，恐怕也已超出我們所能處理的範疇了。以是，退而審視這些規律，即使不貶之爲片面的理解，大約也不能否認，與其說這是歷史事件的規律，倒不如說這是人類認知模式的規律，一旦我們先決定了一個規律，而歷史事件大抵皆可在這個規律下獲得解釋，猶如在藍色鏡片下，世界便是一片的藍。

因此，回到歷史的原貌來看，一切的規律或者都將變得窘迫，因此，本文寧可將之視爲一種混沌性（chaotic）的存在，〔註 37〕以是任何的變因都可能導致事件劇烈的變化，這也是歷史只能解釋而不能預測的主要原因，至是固然吾人可以在諸多歷史中發現許多規律，卻不能保證下一個事件是哪一個規則的典型。須知所有的規律盡皆是歸納的結果，以是每一次規律的操作，同時也應該是規律的檢測，二者本是相輔相成，也是互相制約的。當然，本文也並不因此要否定尋求、操作規律的做法，畢竟其在許多事例，特別是較具獨立性、涵蓋層面較小的現象上，仍可發揮其解釋的效力，或者做爲解釋的雛型。而本文之所以特別指出規律形成的理論局限，主要則在於避免二個常見的偏差：一、過

〔註 37〕此處「混沌」（Chaos）一詞借用的是混沌理論中的概念。葛雷易克（James Gleick）描述此概念云：「開始於六〇年代的混沌理論的近代研究逐漸地領悟到，相當簡單的數學方程式可以形容像瀑布一樣粗暴難料的系統，只要在開頭輸入小小差異，很快就會造成南轅北轍的結果，這個現象稱爲『對初始條件的敏感依賴』。例如在天氣現象裏，這可以半開玩笑地解釋爲眾所皆知的蝴蝶效應——今天北平一隻蝴蝶展翅翩躚對空氣造成擾動，可能觸發下個月紐約的暴風雨。」（《混沌》，頁 13）本文藉此強調的是在歷史中，任何一個細微因素，都可能對事件造成難以預測的影響，尤其在人文學科中，不可避免地要攙入個人主觀的「洞見」，或者遮蔽，態度既不能持平，對原因的掌握就更加有限了。

度仰賴規律，而在預設規律的前提下，強納訊息於其規律中，以致削足適履，在尚未進入事件中，早有結論與意義。二、在未能通盤理解事件前，便輕易掐出主軸、副線，以致過度簡化事件、縮小範疇，忽視其它可能卻微小的原因。要之，同時明白規律的效力與局限，才能眞正定位自身的結論。

除此而外，在梁氏的論述中還有一項值得留意的問題，亦即，儘管梁氏在許多的理論認知上有其獨到之處，然而這些獨到的認知卻常常不能澈底實踐。如其所論「社會心理」者，理論上本將思潮之發生、推動寄託於「繼續的群眾運動」上，同時他也指出在運動中的個人，其動機、手段未必相同，甚至可能彼此排擠。然則在論及「英雄」時，梁氏卻又不能降低「英雄」的作用，以是又將時代心理視爲少數個人心理之擴大，如此一來，則時代思潮似乎又變成了「一個」被放大的「英雄」，存在一定的一致性。這種矛盾大抵仍擺脫不了傳統史學過度重視英雄、偉人的心態，以是常常直以「英雄」的意志，回到了其所謂「英雄傳即歷史」的樣貌。固然，梁氏曾以時代來區別二者的輕重：

> 歷史的大勢，可謂由首出的「人格者」，以遞趨於群眾的「人格者」。愈演進，愈成爲「凡庸化」，而英雄之權威愈減殺。故「歷史即英雄傳」之觀念，愈古代則愈適用，愈近代則愈不適用也。(《梁啓超史學論著四種》，頁 223)

事實上，如果注意到《詩經》也有所謂變風變雅，秦漢時代亦有揭竿而起的事件，恐怕便應正視即使在上古、在極爲威權的時代，百姓亦將有其個人之願望與自由之意志。梁氏此論，實反映其心態仍未能正視群眾心理者，而此心態在如下之論述更可見出：

> 凡大思想家所留下的話，雖或在當時不發生效力，然而那話貫輸到國民的「下意識」裏頭，碰著機緣，便會復活，而且其力極猛。清初幾位大師——實即殘明遺老——黃梨洲、顧亭林、朱舜水、王船山……之流，他們許多話，在過去二百多年間，大家熟視無睹，到這時忽然像電氣一般把許多青年的心弦震得直跳。(《學術史》，頁 35)

晚清實已不「古」，而梁氏仍將其時思潮視爲殘明精神的復甦，不免過度強化了英雄對歷史的推進力。就表面而言，也許吾人可以看到晚清知識份子批判著類似的問題，也或者看到顧、黃諸家於晚清重新受到重視。然而事件的因果是否得以就此論定？以前者而言，標舉同樣的精神，極可能是因爲面臨同樣的內憂外患。即使顧、黃諸人眞爲其注目，也應仔細思考何以前二百年間竟爲人所不見？顧、黃早爲故人，前後不將有別，而見與不見，其因豈在斯人？若非有所思，要非有所感，而顧、黃諸家亦難進入後人的視界。此其實即梁氏所謂「環境之變遷與心理之感兆」。換言之，若非時局的傾頹造就了民心的思變與致世的渴望，則顧、黃諸家終將沈寂。且也，晚清士人雖標準顧、黃精神，而內容、意圖實有不同。以是顧、黃之於晚清，多是精神之指標，而非藍圖之繪者。顧、黃可爲指標，而指標非必顧、黃，因此本文以爲，要說顧、黃諸人震動了後人的心弦，不若說是後人重新創造了顧、黃的生命。主動、被動之間，意義其實遠隔。

也許吾人可以說，這種矛盾與曖昧只是表達上的語氣問題，不需如此深究。然則吾人也不能否認，常常就是在不經意的語氣間，才流露出某些歧出理論控制的慣性思維。這種歧出，實透顯理智操作與直覺認知間的不完全協調。若不仔細推敲，常使眞正的問題癥結沒入暗處。言之雖簡，卻也不可不愼。

第二節　清代訓詁學發展概述

在上述的檢討之後，以下擬以考據爲中心，重新詮釋這一段學術的發展。雖然，本文對於前說曾有許多質疑，然則此處的論述亦可說是在前說的基礎與推展下的結果。

首先，就內在理路而言，余氏以儒家爲一個觀察的客體，這實是一個常見的設定，舉凡一般稱道儒家的內聖外王、儒家的知仁行義等等，都是在以儒家爲一個整體的概念下所做的描述。然而卻忽略了這樣一個「儒家」的概念，其實是一個含糊籠統的範疇，它看似涵攝所有儒家人物，卻不等於任一儒家人物。換句話說，一般統稱的「儒家」，在眞實的狀況下，本是諸多儒家個體的大致交集而已。〔註38〕

〔註38〕此所謂「範疇」，略由認知語言學中範疇（Categories）的概念而來。Lakoff在《女人、火與危險事物》一書中表述「同族相似性」（Family resemblances）之概念謂：「其觀點是，一個範疇中的成員之間可能相互有關，但是這個範疇並不是以其成

在上述的討論中，本文曾指出，以儒家的內在轉化論思潮過渡不免過於「一廂情願」，因爲就思想界而言，儒家不過是眾多思想中的一脈而已。其自身的努力與轉化，並不能保證時代的必然接受。在儒家之外，尚有諸多學術勢力也致力於自身的改變，虎視耽耽地意欲奪席。同樣地，如果放大來看，在儒家的脈絡之下，何嘗不有許多支派不斷地爭其正統？漢代的今古文之爭、宋明的朱陸之爭……等等皆說明了「儒家」的底層仍是波濤洶湧的。

因此，即使站在內在理路的立場，吾人仍可看到，在「儒家」這個外相底下，其實是一個眾流合成的結構，而從這個結構來看儒家的改變，所謂的轉化，依舊是競爭的結果，不是一個單一個體的改變。易言之，是儒家重義理的一脈淡出主軸，而考據之一脈取而代之。同時，這一個過程還包含兩個步驟，義理的淡出是一事，考據的淡入又是一事，二者沒有絕對干係，以是，當義理衰頹之時，若造成衰頹的原因是另一個思潮，則取而代之的便是這股新銳，然而若造成的原因是外在的威脅，如政治、文化等，則能夠對此威脅提出有效的，或具說服力的因應之道者，即可成爲新寵。然則不論何種方式，這第二個步驟，理論上都必然要溢出一般所謂儒家之「內在」範疇。

在這個過程中，之所以能夠讓人感覺類似單一個體轉化的現象，主要的原因或者在於這種轉化是一種新陳代謝的作用，如同孔恩引述 Max Planck 之言所謂：

> Max Planck 在其《科學的自傳》中環顧自身的職業時，悵然地指出：「一項新的科學事實不會藉由說服其反對者，並且使他們理解來取得勝利，而大抵是因爲反對者終會逝去，一個能夠熟悉這個事實的新世代將會茁壯。」（《科學革命的結構》，頁 151）

以是，這個過程並非取決於單一時空下的高低勝負，而是在歷時的改變中，分

員所具有的共同特性來界定的。」（頁 15）同書又引述維根斯坦（Ludwig Wittgenstein）之理論謂：「同族中的各個成員在各個不同的方面彼此相像：他們可能具有同樣的構造，或者是同樣的面部特徵，同樣的頭髮顏色、眼睛顏色，或者是同樣的氣質，等等諸如此類。然而這並不需要有單個同族中所有成員共同具有的特性集合。」（頁 21）同理以視諸儒家，則涵攝在「儒家」這個範疇中的許多成員，其實亦是透過諸多特性系聯而成，以是單舉其中任一特性，並不能用以認定所有成員皆然、亦不得貿然用以表述任一成員。

子數量的調整。具體而言，一種學說、一個學派是否興盛，大抵可視支持者（含從事者）的多寡為其指標。以是，當我們說思潮由義理轉向考據的時候，其意義便是義理的支持者漸少，而考據者的支持者卻漸次佔了多數。然則單一個人的信念是不易改變的，於是支持者的變化實際上便寄託於後來參與者的抉擇，而成為一種前浪後浪間的更替。因此，如果不正視個別份子的行為、意志，而只著意「儒家」前後的不同，便可能以為那是一種個體的轉化了。

至是可以發現，跳出「儒家」，從思想界的鳥瞰，以及深入「儒家」，在內部中的微視，一皆可以看到一種百家爭鳴的狀態。是「儒家」這個範疇自然沒有道理突然變成一個一致的「個體」。二者的不同，主要還在於，以單一個體的立場來看，只存在一個意志的作用，容易傾向接受內在理路的規律性；反之，強調多方勢力的角逐，多元的意志間本不必有其聯繫，歷史便可能呈現詭譎的混沌性。而此，即為本文的第一個前提。

其次，在群眾心理方面，本文曾指出梁氏立論最為特殊的一點，乃在於其重視群眾心理的作用，只是他在實際的操作上卻仍在一定的程度上受到了傳統概念的制約。在此基礎上，本文擬更強化群眾心理對思潮所造成的作用，以為各家的爭鳴開展了思潮的多元發展，然則群眾的走向卻決定了思潮一元的出口。

一般而言，學術上的研究總是先設定主題，在主題的範疇中蒐集材料，而後就此材料分析得出結論。這樣的方式雖然常常在精密的研究中可以對客體進行細微的分析，然而也常在研究的前置作業中便局限了範圍，縮小了視野。就學術史的研究而言，吾人時時可見者，是研究者一開始便將範疇設定在思想界的各個學派，或是該時期號稱顯學的主要學派，甚至是以主流學派的代表人物做為發展脈絡的貫串。〔註 39〕也許吾人不得不承認，這些人物、這些學派既然得為顯學、執其牛耳，必然具備一定的代表性，然而如同梁啟超所指出群眾運動之特徵一般（見上引），吾人也不能否認，一個人的主觀意圖，與他人接受的理由卻常常不能一致。以是，以這些人物意志為思潮演變的替代物者，便容易忽略這些代表之所以成為代表，還在於形成思「潮」的群眾意志。因此，本文認為與其將思潮演變的原因設定在這些代表身上，反不若探討，這些代表因何

〔註 39〕如余英時《論戴震》一書即欲以戴震、章學誠二人的比較做為學風變化的觀察。

獲得多數的支持，畢竟，群眾才是思潮的眞正主體。〔註 40〕

當然，本文所謂的思潮，或者所論考據的思潮，其構成份子並不等於整體的社會群眾。然而質實而言，這只是範疇大小的問題，其所呈現的行爲模式仍有一致的傾向。在傳統的研究裏，一般通常假設思想界是高高在上的知識份子，與社會的俗眾不同。然則吾人更需注意到，思想界也是社會的一個層面，這些學者在專業之外，同樣是一個個具有基本人性的生命個體，儘管不必盡如勒龐所謂：

> 就算他們是博學之士，在他們的專長之外同樣會表現出群體的所有特點。他們每個人所具有的觀察力和批判精神馬上就會消失。(《烏合之眾》，頁 31)

將知識份子貶得如此不堪，然而吾人卻必須正視，這些知識份子也在多數的表現上是一個平常的社會人。那些會引起群眾情緒、社會波動的種種事件，同樣會牽動知識份子的心緒，左右知識份子的行爲。事實上，歷史中值得注意的那些高瞻遠矚、堅定立場的英雄與「中流砥柱」，不僅在社會上，即使在思想界裏，也是「不世出」的少數。

因此，儘管造成思潮轉變的群眾，不會是整體社會的群眾，然而本文仍舊以爲，除卻極少數的菁英份子，學術界這個相對小眾的場域，在行爲的反應、表現上並不會與廣大群眾有太大的差異。

至是，吾人可以從群眾（參與思潮作用的群眾）運動的取向來審視這個歷史的學術競技場。在這個概念下，學術結構大體可分爲二個主要部分，一是領導者，一是追隨者。前者爲少數積極的菁英，其扮演的角色是提供理念與途徑；後者則是多數消極的士人，在參與的抉擇中決定學派的強弱。從另一個角度來說，所謂的領導者通常即是學派的代表人物，在學派中成爲凝聚向心力的精神領袖。這些人通常肩負者承先啓後的使命，在道統的承繼中爲時代危機提出因應之道而成爲追隨者的選項。緣於各家有各家的基本立場，以是大抵呈現百家爭鳴的多元傾向。反之，追隨者相對缺乏自覺與堅持，容易受到偶發事件的影

〔註 40〕在此必須指出，研究的步驟與敘述的步驟未必相等，在通盤的分析後，以代表人物做爲敘述的脈絡，與逕以代表人物的研究代表思潮本身，二者在表述上也許差異不大，然則在邏輯上適正相反。

響便自搖擺不定，雖然其能力、思維不若前者，卻在態度、行爲的支持或反對上形成汰選的機制。就此而言，如果說學術界可能多元的話，那是就領導者，或是提供選項的學派而言。在競爭的現實中，廣泛的大眾實造成了單一的出口。而這個出口便成爲學術思潮的主流。可想而知，群眾與領導者考慮的層次不盡相同，以是主流的學派雖取得了優勢，卻不表示這個思潮便將依其意志而運作。因此，保持二者間一定的距離，實有助於趨近更眞實的現象。這是本文第二個論述前提。

在如斯反省之後，本文擬以函數的模式來做爲理解的架構。函數本是數學中用以描述客體、事件的方式，其在社會學研究的應用中幾乎已是一種基本的思維形態，然而在歷史、文學的研究中卻一向罕見。

在函數中，最基本的表達式即是：

$$y=f(x)$$

此即謂當變因 x 發生變化時，y 也因之產生相應的變化。於是在這樣的概念底下，函數便可以說是一種因果關係的表達模型。本文截取這樣的概念置諸歷史事件的理解上，y 可以是事件的結果，而 f（x）便是導致事件變化的原因。而隨著事件複雜的程度不同，吾人可以增加影響事件的變因，而使 f（x）變成 f（x, y, z,……），同時爲使這個共時的事件產生歷時的發展性，可以再加入時間因素 t，而形成如下型態：

$$f(x, y, z, \cdots\cdots; t)$$

其次，在上述 y＝f（x）的表達式中，只說明了 x 是 y 的變因，並未表現 x 究竟如何影響 y。如果想要進一步描寫這個因果型式，就必須構擬 f（x）的式子。以一元一次函數而言，f（x）＝ax 是一個基本型態，代表著 x 與 y 的等比關係，同時 a 值的正負，也代表著 x 對 y 的正向或反向作用；而 f（x）＝x＋a 則表現的是 x 與 y 的等差關係。外此，吾人尚可以平方、三次方、指數、對數等來表示 x 與 y 之間的各種關係，或是影響程度。〔註 41〕至若出現二個變因，亦可以同樣的方式分別表現出其對 y 的影響。只是要注意到的是，函數在此尚可表現出另一種關係：變因間的相互影響。以下式爲例：

〔註 41〕參見大村平，《什麼是函數》（上），頁 17。

$$y=f(x, z)=ax+bxz+cz$$

其中 ax 與 cz 可以分別為變因 x 與 z 對 y 的影響，而 bxz 則為 x、z 二者交作用後對 y 的影響。另外在這個例子中，還可以發現到參數在其間所造成的另一種可能作用。上述本文以 y＝ax 的式子說明了 x、y 之間的等比關係，然在此式子中，假如 a＝0，便表示 y 恆等於 0，於是 x 的變化無法造成 y 的改變，x 自然便不得視為 y 的變因。然而當變因增多，y 並不全由 x 決定時，吾人就必須考慮，當 a＝0 時，是否也同樣可以取消其變因作用呢？在上述二元函數中，如 a＝0，則變因 x 不為 y 事件之直接原因，然因有 bxz 的存在，則表示 x 項次可能影響其他變因 z 而成為間接變因，反之，如 a 不為 0，而 b 等於 0，則表示 x 可為直接原因，但並不與變因 z 發生影響。於是不論出現多少變因，同樣都可以在概念上清楚地呈現變因與事件，以及變因之間彼此錯綜複雜的影響結構。

不可否認，這個理解模式在數據化的數理領域中是可以精確的計算出結果的。然而所謂的數據化常常只是對數字的一種迷思而已。人文學科的量化過程原本就難以精確。由是本文在此所意欲借助的只是其思維模式，卻不在具體程序。而如此做的目的，則可以突顯以下幾項認知：

1. 事件之成形不來自單一脈絡，而由諸多勢力共同作用、交織而成，此諸多勢力雖然或主動、或被動地發揮其力量，然整個事件的結果卻鮮由任一個別勢力的意志所決定。
2. 既然事件發展不由單一脈絡所左右，則事件之客觀意義自然也不能等同於任一勢力之個別意義。即使某一勢力確實於其間發揮極大的主導力量，也並不保證其他勢力所願意配合、協調的意志將會等同，以是也許事件最後依其所願地進行，而事件的意義固已發生變異。
3. 不特別強調主要原因與次要原因的區別，緣於如此的強調常導致事件的簡化，而以部份認知替代整體理解；同時也避免主觀意圖的介入而令事件的理解受到扭曲。

以此模式視諸本文之議題，則在 y＝f（x）的這個基本型態中，y 可定義為「考據學的興衰」，而等號右邊便是影響考據興衰的諸多變因。如以目前普遍的內在（inner）、外緣（outer）二分法為基礎。變因 x 可更細分為 i、o，再加入時間因素，則函數成爲：

$$y=f(i, o; t)$$

更進而言之，所謂內、外二面因素其 i、o 實際上也是諸多變因的結果，以是又分別可以視爲二個函數：

$$i=f(C, d, b, \cdots\cdots; t)$$

$$o=f(p, s, e, c, \cdots\cdots; t)$$

其中 C＝儒家；d＝道家；b＝佛家；p＝政治；s＝社會；e＝經濟；c＝文化。〔註42〕於是原來函數可再改寫爲如下的合成函數：

$$y=f[f(C, d, b, \cdots\cdots; t), f(p, s, e, \cdots\cdots; t)]$$

依此類推，上述的各項變因：「儒家」、「政治」、「經濟」……等，又可再視爲函數，〔註 43〕如此層層而下，則目前諸多學者所指出的，或者將來可能再發現的種種變因，理論上皆已、或可以納入函數，描寫其在事件中的作用位置。不難想見，如果一味鉅細靡遺地操作下去，即使只將現有的研究成果表現出來，恐怕函數也將太過複雜，那在討論上並不見得方便。於是，在函數與事件二者繁簡、難易的權衡折衷間，〔註 44〕本文權且僅定在大類的層次上描寫事件，做爲討論的基礎，亦即：

$$y=f[f(C, d, b, \cdots\cdots; t), f(p, s, e, c, \cdots\cdots; t)]$$

以文字表達，便是：

「考據學的興衰」＝f〔f（儒家，道家，佛家，其他；t），f（政治，社會，經濟，文化，其他；t）〕

如以方程式型態表現，則爲：

「考據學的興衰」＝〔A（儒家）（道家）＋B（儒家）（佛家）＋C

〔註42〕又，要完整統攝所有變因在實際操作上是有困難的，爲表達概念之方便起見，本文在此僅大致列舉。

〔註43〕如「儒家」可再看成「漢學」、「宋學」等變因構成的樣貌；「政治」則可能是「漢滿政策」、「文字獄」等變因造成的結果。

〔註44〕事件描寫的愈細微，函數層次愈多、愈複雜。換句話說，事件的愈趨易解將造成函數的愈趨難解，二者的難易程度成反比。

（道家）（佛家）＋D（儒家）（道家）（佛家）＋其他〕〔L（政治）（經濟）＋M（政治）（社會）＋（政治）（文化）＋O（經濟）（社會）＋P（經濟）（文化）＋Q（社會）（文化）＋R（政治）（社會）（經濟）＋S（政治）（社會）（文化）＋T（社會）（經濟）（文化）＋U（政治）（經濟）（文化）＋V（政治）（社會）（經濟）（文化）＋其他〕

在此，其間的＋、－（參數可能爲負數）只表示影響的正向、負向；而變因的相乘亦只表示二者具有交互的影響而已。

這個雛型實際上足以涵蓋所有影響事件的大、小因素與直接、間接原因，考慮本文論述的主題與焦點，這裏不打算逐一探究所有變因以及變因間的互動影響，只擬針對與考據訓詁學的發展有直接相涉的因素；同時也不想再次討論前人種種意見的是非，因爲在一個眞正多元的立場下，前說指出的諸般因素均可以在不同的層面、角度上左右著事件的發展，質實而言，本文的論述也正建立在這些基礎上（特別是梁氏所指出者）。透過不同的組織與認知，本文希望能夠經由諸多發展轉折的重新理解，呈現出做爲清代主流思潮的考據學由興起以迄於沒落（或轉型）的大致脈絡。

總括考據學在有清一代的興衰，本文以爲造成影響的因素大體有幾項重要因素：

1. 政治：
   (1) 政治的穩定性：不安的政治引起社會的危機意識，以及學界的淑世責任，而社會需求的滿足與否則又決定了學脈的興衰；穩定的政局則令經濟蓬勃，學界沒有當務之急，便易在長遠的規劃與原本的路徑上持續發展。這在清朝主要的變化則是改朝換代，以及其興衰的起伏。
   (2) 政策的高壓性：主要是清朝對漢人的種種鎭壓與防範政策，如文字獄、滿漢合議等措施。此直接影響學界中研究的導向以及藏用的取捨。
2. 儒家：這是儒家各支脈在時代變局中的因應與改變。主要是宋學佛道雜糅的體質，強弩之末的疲態，以及漢學援史入經的變革。

3. 社會：此處強調的是社會的行爲模式，如群眾心理、升級作用等，是社會中個人或者群體的行爲反應對風氣造成的影響。

便在這諸多變因或正或反、或強或弱的作用下，造成考據學在清代一系列的起伏與盛衰。

首先將面對的第一個議題，是考據學在清代「復甦」的原因。有別於一般所謂清代考據學「產生」（或「興起」）的表述，此處的差異主要有二，其一是早有學者指出的，「產生」與「發展」的不同。〔註45〕這是事件因果的錯置，典型的疏忽是以「興盛」的原因去解釋「發生」的事件，於是常見的駁斥便是明清的改朝換代與清代的高壓政策不可能導致考據學的產生，因爲早在明代，便有批宋的聲音出現；而類似的高壓政策亦不獨見於清代。緣於這種駁斥，連帶影響的便常是大大地淡化了這些原因對清代考據學的影響。〔註46〕然此又不免過度忽視，因爲我們終難否定政治的重大影響力。事實上，只要精確地定位因果聯繫，這些問題自可自然消解。其二是本文所要特別提出的，以爲「產生」與「復甦」自又不同。「產生」是從無到有的過程；而「復甦」則是曾經生成的，又被重新提起。如果吾人可以接受清學帶有復古的意味，那麼便必須承認考據在清代或是明末不會是一種「產生」。不辨此二者，容易將歷史上多次的「復甦」當成一個單一事件而不斷溯源。同時在溯源時，又不免難以確定所止之處，而將時間範圍拉得太長。〔註47〕一般而言，溯源的目的在於找出事件的初始源頭，從而決定其眞正意義。以是如果不能掌握這個定位，而誤植了源頭，則事件的原因與意義便也隨之失眞。本文將立場定位在「復甦」上，自然所要針對的焦點事件，便只能是明末清初，漢學逐漸代宋學而漸興的這個歷史轉折。

雖然本文曾說，在這個歷史變化中，參與競爭的對象不僅限於儒家內部，而是經過世代變化後的諸子百家以及少數後起的新勢力。然而做爲一個追述者，吾人具備歷史的特權，可爲「事後諸葛」。以是本文仍將觀察對象設定在理

〔註45〕如張麗珠，見其《清代義理學新貌》，頁47。

〔註46〕如杜維運便以後項理由降低了高壓政策的影響作用，見〈清盛世的學術工作與考據學的發展〉。

〔註47〕如錢穆將清代的宋學精神追溯至唐代，見《三百年》，頁6。

學與樸學二者，做爲敘述的二大脈絡。這也許仍是一種簡化，然與前說不同者，這種簡化不是概括性地將複雜的事件套入一個簡易的規律。而是在優勝劣敗的機制下，排除其它未能擅場的劣者，只強調過去的勝者因何轉衰，而今日的勝者何以致勝的主題性簡化。此在意義上仍與舊說不同，這裏所呈現的，是一股勢力的衰微與另一股勢力的興起，而不是單一勢力的轉型。

在這個思維中，本文的議題：「考據學在清代復甦的原因」，理應可以再區分爲二個子題：

1. 宋學因何衰頽，以致讓穩定的學術帝國陷入戰國時期？
2. 漢學在何種條件下，符合了時代的需求，而築起長城，坐擁江山？

於是，在第一個子題上，如同大家所一致認同的，是宋學的末流景況造就了自身獨尊地位的崩解。然而即使在這一個公認的事件上，也可能因爲不同的結構認知而被「賦予」不同的意義。一般而言，宋儒末流之見譏者，常常是束書不觀、語涉玄言。無可否認，這確實是檯面上漢學家時時掛在嘴邊的攻擊話頭。於是將問題定位於此，其相應的解決之道便是由虛徵實，正本清源，從而引發如余英時「取證於經書」的說法（說見上），而爲大家所普遍接受。然而事實是否如此機械、單純呢？陽明《傳習錄》中有段記載：

> 九川問：「此功夫卻於心上體驗明白，在解書不通。」先生曰：「只要解心，心明白，書自然融會。若心上不通，只要書上文義通，卻自生意見。」（《傳習錄》，卷三）

「書」與「心」輕重與層次在此是有意地被確定的，重「心」要重「書」，取證經書在此意義不大。也許吾人更應該更愼重地去正視宋學家自我完備的理念。

概括說來，在道與聖人的關係中，聖人是體道、述道之人。以「後學」的眼光來看，二者似乎是一而二、二而一的，眞理透過聖人體現。因此想要體道，便必須以聖人爲途徑。這一理路相信大家應該不會反對，然而因爲實踐立場與態度的相異，卻使儒家長期在漢學、宋學兩大壁壘中爭議不斷。漢學家強調聖人，因此循於經典，不敢逾越；宋學家則強調道的本身，因而在述道的立場上得與聖人同列，從而降低了經典的地位。如陽明所謂：

> 夫學貴得之心。求之於心而非也，雖其言之出於孔子，不敢以爲是也，而況其未及孔子者乎？求之於心而是也，雖其言之出於庸常，

不敢以為非也，而況其出於孔子者乎？……。夫道，天下之公道也；學，天下之公學也，非朱子可得而私也，非孔子可得而私也。(〈答羅整菴少宰書〉，《傳習錄》，卷二)

更重要的是，在這個表象下，其實還反映出二方認知背景的不同，宋學家是哲學家、修道者；而漢學家是史學家、研究者。前者為學重在感悟；後者為學則重於理解。這種區別，在李紀祥《明末清初儒學之發展》一書中，分別稱之為「體道法」與「詁經法」：

宋明理學重「自得」，所以是詮釋性的，……。程顥更明白云：「吾學雖有所授受，天理二字卻是自家貼切出來。」這便已道出宋明理學的精義，在於學為聖人與「自得」的關係。無論是程朱，或是陸王系統，「自得」與他們的學術終極目標是分不開的。(頁 248)

又：

但漢學家卻顯然是「文本」(text) 第一，係「經典性」的。他們至少在態度上，反對對「經典」或「文本」作出任何可能的「創造性詮釋」或「意義的轉化」，極力避免自己主觀態度的涉入，一切以「還原」經典原義為第一。這便與宋人在治經時，允許溢出經典文字以外的指涉來詮釋之情形不同，這種不同，吾人願以「體道法」與「詁經法」來作區別與稱呼；體道重詮釋，詁經重還原。這也就是說，以「自得」、「體道」為基調的宋明理學，與以「詁經」、「還原」為基調的清代漢學，其間存在著經典性與詮釋性的差別。(頁 249)

類似的區別，其實亦不少見於學界，因此不煩再去特別驗證。本文在此指出此項差異，重點在於強調，漢、宋之爭是一種本質性的認知差異，也是一種有意識的取捨。因此二者不可能在討論中取得共識，也不可能在互揭瘡疤的爭論中有所改變。對一個眞正的漢學家或宋學家而言，二者的優劣利弊是早已了然於心，而有所權衡的，如清初之顧、黃，皆出自朱、王；而李顒則自經史走向了王學。〔註 48〕以是這類的爭議常要落入門戶，或是意氣之爭。這從江藩與方東樹的論難中可以見出。

〔註 48〕李顒早年有《十三經注疏糾謬》、《二十一史糾謬》之作。詳見楊向奎《清儒學案新編》第一卷，頁 267。

於是吾人可以推測二個概念。其一、「取證於經書」這一個概念不應對眞正的宋學家有所作用。對他們而言，「取證於道」的理念才是他們的堅持。而「道」在層次上遠遠地超越「經書」。其二、「取證於經書」的概念可能對一些非宋學家或非眞正的宋學家發生作用。這裏所謂「非眞正的」宋學家指的是那些信念尚未確立、成熟者；而「非宋學家」則主要指稱以此要求宋學家的漢學家，〔註 49〕以及其他廣泛的讀書人，甚至是一般大眾。於是，雖然本文並不肯定「取證於經書」是爲其中關鍵，但是這樣的前提卻迫使吾人改變觀察的階層，因爲會發生改變的不是那些宋學領袖，而是一般的讀書人與社會大眾。儘管每個時代總有少數有識之士在世衰道微的狀況下試圖力挽狂瀾，然而如果不能取得群眾的支持，多半亦只能「乘桴浮於海」了。如勞思光所謂：

> 蓋在一種學風下，學人之自覺要求何在是一事，而客觀上生出何種後果又是另一事。二者常非完全相合。(《中國哲學史》三下，頁800)

改換了研究對象，自然在影響事件的尋繹上也將隨之更易。要說「取證於經書」這種深層的學術問題會對一般汲汲於科考的讀書人具有高度的影響力，恐怕也不是一種合理的假設，以是必須留意的也許還在於：究竟什麼樣的事件，可以引起一般讀書人的廣泛注意？

爲便表述，這裏擬先借入董同龢先生的一個概念。在《漢語音韻學》中，董先生曾提及擬測上古音的一項基本前提：

> 擬測出來的音讀，一方面要能解釋古語押韻或諧聲的現象，一方面要適合說明某音是如何演變爲後來的某音的。(頁 266)

同樣的道理，吾人所尋找的歷史因素，一方面要能符合當時的情勢，解釋宋學因何衰微，同時又必須密切聯繫後續事件的發展。〔註 50〕前者在事件的判斷上

〔註 49〕這些漢學家亦可能是因爲攻擊而引出實踐的動作，而導致自身研究方向的改變。

〔註 50〕這個概念與本文區別宋學衰微和漢學興起爲二事的意見可以不衝突。將漢學與宋學分成二個流別，則在這個事件上所溯因的方向便自然傾向外在。如同達爾文的進化論一般，一個環境的變化可以同時使適者生存與不適者淘汰，但是這些適者與不適者間卻不必然存在物種的演化關係。於是一個外在事件同樣可以同時對不同的對象造成異趨的影響，使得一個對象消失，而另一對象竄起，卻不必去肯定二者的內在聯繫。又，這一個概念與董先生的說法略有不同，此亦不需太過深

略無疑義；至於後者，本文以爲眞正緊臨宋學而起的思潮，不是考據，而是經世致用的實學。如張豈之所謂：

> 清初一些學者在總結明亡的教訓時，深感空談誤國，於是，他們大力提倡「實學」。「實學」的中心思想，便是經世致用的精神。所謂經世致用，就是反對學術研究脱離當時的現實，強調把學術研究和現實的政治聯繫起來，用於改革社會。以經世致用爲特點的「實學」，是從批判宋明理學中產生的一種社會思潮。（《中國儒學思想史》，頁 437）

固然寬泛的說來，訓詁考據可以是一種「實學」，然而如張豈之的描述，清初如此樣貌的「實學」顯然與乾嘉有異，相反的，乾嘉一類的章句訓詁，同樣亦常與現實脫節而無濟於世。因此就目的性而言，我們絕不可將實學與考據混爲一談。由是從事件的聯繫上來看，「取證經書」之說既然針對的是考據，則在時序上不免跳接。

於是在宋學衰微，實學興發的過渡中，衡諸當時諸多層面，本文以爲只有改朝換代此一大事才能聚集全國上下的所有視線，使得實學可以在短時間內乍起突發。勒龐在《烏合之眾》中謂：

> 有時，在某種狂暴的感情——譬如因爲國家大事——的影響下，成千上萬孤立的個人也會獲得一個心理群體的特徵。在這種情況下，一個偶然事件就足以使他們聞風而動聚集在一起，從而立刻獲得群體行爲特有的屬性。……。另一方面，雖然不可能看到整個民族聚在一起，但在某些影響的作用下，它也會變成一個群體。（頁 16）

此時只要出現一位意見領袖（如顧炎武、黃宗羲），在符合群眾願望的情況下，稍加激勵，便能使群眾的力量爆發。〔註 51〕本文以爲實學的短暫風潮，正符合如此的群眾心理。然而對於宋學的衰微一事如何聯繫呢？自然，這裏不能說是它「導致」了宋學的衰微，這在時點上絕對是有問題的。不過吾人恐怕也不能否認，在那個異族入主的國仇大難中，除卻少數的腐儒之外，必然要對此事有

究。緣於本文引用董先生之說，其實並非直接的套用，而是脫胎的引申。呈現原始概念，除說明本文意見的來源外，亦藉此既成之概念做一種引導性的解釋。

〔註 51〕參見勒龐，《烏合之眾》，頁 96～102。

其深刻的反省。這種要求反映在學術中，必定將對當時的主流思潮造成直接而重大的衝擊。於是「空談誤國」的罪責便由宋學所全部承受了。事實上，當時空談之學何嘗只宋一家？取證經書不亦紙上談兵？質實而言，這很可能只是一種「替罪羊」（scapegoating）的模式。在阿倫森（Aronson, E）的《社會性動物》中提到：

> 受挫折的個體對引起挫折的原因有很強的攻擊傾向。然而，一個人受挫折的原因常常不是太大就是太模糊而不易直接報復。（頁 332～333）

在這種情況下：

> 個體傾向於把攻擊矛頭指向自己不喜歡的、看得見的、相對軟弱的群體。（《社會性動物》，頁 335）

宋學在當時的處境確實符合「替罪羊」的特徵。

危機向來是暴露缺陷的重要原因，什麼樣的危機便會暴露什麼樣的缺陷。換句話說，缺陷總是經由危機被「決定」的。於是當鼎革之際，「誤國」的「空談」便成為其主要的弱點。同理，當清儒強調考證的重要時，宋學就變成「束書不觀」了。這種邏輯極為直截機械，而且主觀偏頗，充其量僅可視為後人的解釋認知，尤其是清初的漢人，卻不能輕易地斷定這是宋學凋敝的真實原因。本文以為宋學發展到明末所呈現的疲態也許才是其衰微的主要原因。換言之，是宋學自身生命歷程的自然演進走到了盡頭。此即梁啓超引述佛語「生住異滅」四個階段的完成（說見上）。具體說來，宋明儒學由朱子至陽明，漸次走向一個「離經叛道」之途。所謂「離經」，是擺脫經典的束縛；而「叛道」則是佛、道的玄學成分大量涉入，且融合於儒學之中。此二者皆在陽明的「致良知」與「心學」中達到高峰。然而陽明是「百死千難」，〔註 52〕從朱學走向心學的，他的頓悟是長期漸修的圓滿，具備豐厚的根柢。待其將這些工夫化成引導的捷徑時，便只能產生高舉現成良知，而不務事上格物的空疏。於是陽明的後學，除了少數弟子如王畿、鄒守益者，尚能秉受精義之外，多數則成為空所依傍，漫談心

〔註 52〕《王陽明年譜・五〇歲》：「某於此良知之說，從百死千難中得來，不得已與人一口說盡，只恐學者得之容易，把作一種光景玩弄，不實落用功，負此知耳。」（《王陽明全集》，頁 40）

證的充數濫竽。這種狀態充斥於學界，不免造成一種普遍性失卻標準的無序狀態。人人執其所是而非人之是，論其根據，則在自由心證。於是信者恆信，不信者恆非，不同的信之間又充滿著懷疑與攻擊。吾人很難相信這種彼此不相通契，而又不能對外辯證論難的空氣可以維持很久。因此本文認爲，宋學至此已呈現疲態而積重難返了，這種凝結的僵滯正爲思潮的變化造成背景。如果沒有外在危機造成迫切的壓力，這種沈滯也許可以一直維持，然則一旦壓力迫近，則其崩解便是一觸即發了。明末的河山變色正是這個觸機，它截斷了宋學的生命，並同時導出實學的思潮，使得顧（憲成）、高（攀龍）、顧（炎武）、黃（宗羲）等致用思想得以專擅一時。〔註 53〕

與本文同樣不認爲考據是直接由宋學轉化而來的，其實不乏其人，如勞思光：

> 就「乾嘉學風」之形成過程看，此一學風之觀念根源自當溯至清初所謂「經世致用」之説；但二者間之關係乃一演變過程，而非直承關係。(《中國哲學史》三下，頁 801)

勞氏強調「演變」，而非「直承」，所針對的主要是一種「目的性」的發展，意即，考據是實學概念的精密化、成熟化。以是其反對梁啓超將實學視爲乾嘉的啓蒙。在勞氏的認知中，實學走向考據是一種邏輯理路造成的連鎖反應。〔註 54〕其描述此轉折謂：

> 故就由「致用」轉至「通經」而言，此處可謂無客觀之必要根據，而只有主觀信仰上之根據；今再進至由「通經」至「考古」之轉變，則情況不同。由於中國經籍本身之内部問題，凡眞欲「通經」者，不能不先致力於考訂工作；因此，就歷史之實際言，由「通經」轉至「考古」乃有確定客觀根據或客觀必要。(《中國哲學史》三下，頁 804)

〔註 53〕在此不特別強調這些人在歷史變化中的地位。因爲在本文的想法中，這類的思想在歷史中一直都存在，只是在當時的思想界，或是後代的思想史家不曾特別著意耳。然而只要時代潮流所趨，他們便可能趁勢而起，引領風騷。比較上舉明末顧、高，以及清初顧、黃的際遇，便可理會時代風氣的力量。不過，本文亦非因此全然否定其個人價值，畢竟要成爲一個領導者，仍須具備一定的領袖才能與特質。

〔註 54〕詳見《中國哲學史》三下，頁 801～805。

又：

> 總之，由「致用」而「通經」，由「通經」而「考古」；再進至建立客觀標準，以訓釋古籍，此即由清初學風至乾嘉學風之演變過程。而當客觀訓詁標準建立時，乾嘉學風即正式形成矣。（《中國哲學史》三下，頁805）

事實上，勞氏在這裏對梁氏可能是有些誤解的，梁氏並未直言實學與考據爲一事，只是其以考據爲主體，從乾嘉上溯至清初，故謂之啓蒙耳。在這一點上，如果勞氏亦認爲實學可以「導出」考據，則二人其實並無二致。

要之，本文贊同勞氏所強調的意見，以考據與實學爲二事，並且二者具有某種脈絡的轉化。然而卻也並不完全同意其對此轉化過程的說明。事實上，本文不否認由致用而至考古這樣一個歷程是可能發生的，而且一直是每個儒者的治學邏輯，只是所強調的階段有所不同而已。只是如果相信了異族的統治是實學思潮的導因，那麼在那種群情激憤的狀態下，如何會在兩代相承之間便突然模糊了焦點、失卻了主要目標？勞氏的說明因而顯得太過重視內在的邏輯推衍，因對外在因素的導引作用或有忽略。

這個問題也許還是得回到社會心理的角度來理解。群眾運動既然是在某種事件的刺激下突然興發的，一旦事件消失，或其影響力減弱，那麼激情便也可能因失去目標性而頓時消退。正如勒龐所謂：

> 群體雖然有著各種狂亂的願望，它們卻不能持久。群體沒有能力做任何長遠的打算。（《烏合之眾》，頁26）

自1644年滿清入主，以至1735年乾隆即位，其間歷經八、九十年的沈澱，國家民族的深仇大恨似乎已消磨的差不多了。除了清廷高壓懷柔雙管其下的策略成功外，康、雍、乾三朝的盛世恐怕也使這個古老的民族重新獲得了穩定的力量。事實上，早在康熙年間，漢族士人便已紛紛進入清廷：

> 這次開科〔康熙十八年〕，雖然仍有顧炎武、黃宗羲、傅山等懷念故明的人拒絕應試，但大部分被舉薦者都已應召赴試，其中江浙地區又占多數。它表明，南方士人的抵觸情緒已逐漸淡薄，在天下大勢已定的情況下，它們已開始走上與清政府合作的道路。（杜家驥，《清朝簡史》，頁31）

以是民眾的激情既退，則隨之興起的實學自然又失去立場。這是實學走向頹勢的第一個因素。

其次，如上引文中所述，當時漢族的知識份子，有些仍堅守氣節，不屑入仕；有些則開始應舉入朝。就前者而言，即使曾抱持著救亡圖存、反清復明的有志之士，在看到天下漸次安定，而群情也日趨平靜的情況下，固知大勢已去；而入仕的後者，免不了要與清廷之間存在一種彼此猜忌的利害關係，根本無有用武之地。杜家驥描述清代的漢官地位云：

> 議政王大臣會議，全部由宗室王公及旗人重要官員組成，專門商討重要性、機密性的重大軍國政務，漢官不得參預，從而使清廷重要軍政要務的決策權牢牢掌握在以滿族貴族爲主的旗人手中。（同上，頁 28～29）

在這種情況下，漢官不過是對漢人的一種馴化的模範而已，毫無施展的空間可言。

事實上，不止漢官如此，即對滿族大臣，清朝亦堅守著極爲集中的皇權：

> 皇帝專制威嚴，臣下便不勇於任事，矛盾上交，謹聽聖裁，又導致政務的拖沓廢馳，在康雍乾三朝的「實錄」「聖訓」中，皇帝說明自己如何勤政，痛斥臣下如何推諉政務、歸避責任的諭旨經常出現，正是這種狀況的說明。君臣關係的主奴化，扭曲了臣僚的人格，臣僚喪失氣節，完全成爲皇帝的附庸，明代那種爲了國事而指摘皇帝過失、犯顏抗爭不惜丟官殺頭之事，在清代已絕少見到。兼之以殘酷的文字獄，則更嚴重地窒息了政治空氣，壓抑民主、經世思想的發展，阻礙了社會文明的進步，這是盛世時期的黑暗面。（同上，頁 85～86）

這確實是一種高度的專制，然而專制卻不一定會引起反抗與批評。衡量歷史的經驗，本文以爲只有朝綱不振才會引發評議，此一則在於內憂外患使問題浮現，而有批評的課題；一則由於政府力量的軟弱，才鎖不住批評的勇氣。以是清議多半發生在國勢積弱的末年，如東周的諸子、東漢末的黨錮，以及明末的東林。顯然，在康、雍、乾三朝的勵精圖治下，成功的造就了盛世，也成功的控制了民心。實學在這種空氣下，自然又失去了發展的條件。

實學失卻了主場，自然要有所轉型。在此本文僅強調轉型，而不是競爭，因爲實學的產生是鉅大事變後眾流的匯集，即使它已見頹勢，在短時間內亦缺乏與之抗衡的勢力。至其轉型的取向，吾人可有二條線索。其一，對儒家而言，已經是確定「道不行」的局勢，因此在「內聖外王」兩端的推移間，自然要「卷而藏之」，去致力修身與教育了。如顧亭林，雖講求實學，然而卻不期待立時實現，亭林謂：

> 若其所欲明學術，正人心，撥亂世以興太平之事，則有不盡於是刻者。須絕筆之後，藏之名山，以待撫世宰物者之求，……（〈初刻日知錄自序〉）

又：

> 說經之外，所論著大抵如此。世有孟子，或以之勸齊梁，我則終於韞匵而已。（〈與公肅甥書〉）

甚至亭林更避免爲虎作倀：

> 引古籌今，亦吾儒經世之用，然此等故事，不欲令在位之人知之。今日之事，興一利便是添一害，……（〈與人書〉八）

如此的心理，使得實學在降溫之後又走入了書齋。「通經致用」脫離了致用的現實性，而專注於通經。勞思光《中國哲學史》中描述亭林之理路曰：

> 漢儒以治經爲本業，爲說明治經之意義，而再言「通經致用」；其重在「經」。顧氏本以治平爲宗旨，但因信仰所趨，而認爲欲達成治平之大用，必須求其道於六經；故是因「用」而言「經」。換言之，漢儒以「通經」爲目的，而以「致用」爲其效果；顧氏則以「致用」爲目的，而視「通經」爲其基礎條件。說經義有用，是一事；說一切有用者必求之於經，則是另一事。此中輕重之別，亦正標示由清初至乾嘉間，學風演變之一重要關鍵也。（三下，頁 802）
>
> 顧氏既言「通經致用」，則從事治平之努力，遂當以研究經籍爲基本工作。「致用」之學遂變爲治經之學。是故，顧氏反宋明理學時，其主張亦是以「經學」代「理學」；蓋顧氏之見，以爲外而治平，內而成德，皆須求其道於六經。（頁 802～803）
>
> 「致用」必恃「通經」爲基礎，然則「通經」之工作要點何在？此

> 處顯然涉及一嚴重問題，即所謂「經」者本身之內容及解釋之有無定準；此問題倘無明確答覆，則經本身尚無定解，如何能據之以求治平之用乎？於是由「通經」乃須轉往「考古」。此是第二關鍵。（頁803）
>
> 由「通經」之要求，進至古文字及古音之研究；此乃一更趨客觀之研究態度。……。由文字音韻本身之研究，以建立訓詁標準；於是，治經者不唯研習已有之註疏，且進而可正註疏之誤。乾嘉學風主要貢獻正在於此，而亭林之研究古音，已啓之矣。（頁805）

這樣的邏輯大體上是可以接受的，只是在由「通經」轉向「考古」這一層必然性上，也許還存在部份的解釋空間。具體言之，「通經」只是一個概念，在這個概念之下，如何操作卻可能出現諸多大異其趣的具體樣貌。事實上，在歷代相異的背景中，儒家後學早已發展出許多不同的解經方式。清代的通經爲何導向考據？吾人也許可以指向宋明理學的影響。首先，前面曾經說過，宋明儒者「束書不觀」、自由心證的注經方式，已然造成一種架空經典的空疏，經典的詮釋因而變得多元，卻缺乏一個決定是非的標準，這在古代儒者的概念中是無法接受的。於是相對於這種空疏，除弊之方自然是反向的徵實，尋求經典的本義，而且是唯一的本義。其次，宋儒重視心證的結果，以「道」重於「經」、以感悟重於理解，於是相信自己甚於經典，一旦輕重失衡、態度過妄，則疑經改經之風生，而經書原貌乃日漸失眞。如黃愛平論及毛奇齡對理學治經方式的批評則謂：

> 毛奇齡認爲，造成“六籍皆晦蝕”的原因，首先在於宋儒疑經、刪經、改經，甚至毀經的習氣。……。爲此，他極力主張恢復、保持經籍原貌，杜絕濫刪臆改的惡習。（《樸學與清代社會》，頁33～34）

因此，在尋求經典本義的要求下，校讎板本的修訂便成爲首要的基本工夫。〔註55〕再者，從清儒的眼中看來，宋明理學的空疏，除了態度上的自任之外，尚有一重大要害，便是雜糅佛、道。以是，除了正確理解經典之外，清儒的另一項工作，便是正本清源，篩除佛、道的概念，釐出原始儒學的本然。這兩項目的，均將解經的方式導向一個求眞的概念。於是考據的方式便順勢受到重

〔註55〕又參見本文「顧炎武治學結構」一節中「異文與校讎」部分。

視，令史學方法在經學研究中大展身手。然而要注意的是，這種重視在當時仍是一種純工具性的認知，其最終目的仍落在通經上，這是亭林等清初學者內心所清楚掌握的，如亭林門人潘耒即謂：

> 先生非一世之人，此書非一世之書也。……。立言不爲一時，錄中固已言之矣。異日有整頓民物之責者，讀是書而憬然覺悟，採用其說，見諸施行，於世道人心實非小補。如第以考據之精詳，文辭之博辯，嘆服而稱述焉，則非先生所以著此書之意也。(〈日知錄序〉，《遂初堂文集》，卷六)

雖然說的是《日知錄》，而實亦亭林治學一貫之方。

其二，除了顧氏一類積極，且具意識的轉變外，本文以爲即使在一般被動的知識階層中，也可能自然的導向考據。這一點可以從兩個概念來說明。此即社會心理學中所謂的「升級作用」，以及科學史家孔恩所指出科學革命的後續發展模式。

就前者而言，阿倫森表述此概念謂：

> 逐步升級會自行發展，永無完結。對某件事來說，一旦邁出第一步，就會逐步升級。你需要爲一種行爲辯解，於是你的態度就有所改變，這種態度的變化又影響著你未來的決定和行爲。(《社會性動物》，頁 195)

這是思想與行爲的競爭，我們思想的原則總會有一定程度的彈性空間，一旦經由某種力量的作用而使我們的行爲趨向彈性的上限時，思想的核心也將隨之遷移，於是又產生新的彈性空間。如此循環不已，直至極端。〔註 56〕這種作用在日常生活中亦不乏其例，如欲望的擴散、科技設備的更新，以至積極性的自我要求的提升等。而梁啓超提示的事件發展規律中，由啓蒙至全盛的進程，也多可見其影響。

以如斯概念視諸實學的發展，它在反理學的路徑上生成，儘管它在現實上不能完成其致用的目的，但不能否認的，在理論上它已經產生了由虛蹈實的進程。雖然它致用的目的在現實上受到了挫折，卻不妨礙它在態度上的趨向徵實，甚至可以說，正是這種挫折導致考據成爲主角，以至升級的不是致用。由

〔註 56〕參見阿倫森，《社會性動物》，頁 193～196。

是考據在此邁出了第一步。學術的標準既然已經扭轉，升級作用便開始啓動。隨著這個作用的影響，乾嘉時期漢學的鼎盛應是自然可期的。

除此之外，吾人尚可注意到的，是處於這種作用下的個體，其實並沒有相當的自覺意識。因爲在他自我辯解的過程中，已將其行爲給合理化了。而合理的意思，常常便是符合常態，這使得他不能感覺到自己的升級。以是可推想的是，其原始的目標可能在不斷的升級中漸次地被轉移，或者淡化了，於是吾人看到乾嘉的學者多半沈溺於考據，卻與治經的目的逐漸疏離。如果今人環顧自身周遭對科學、理論的重視，應可感受到這一種工具取代目的的現象。

其次，是科學革命的概念。前文曾略述過孔恩的「典範」定義，依孔恩之理解，「典範」一經形成後，通常便會引起追隨者的仿效、應用，以及改進，這將使典範愈趨精細，其言曰：

> 普通科學研究實踐典範已經揭示的現象與理論。(《科學革命的結構》，頁 24)

又：

> 普通科學藉由延伸典範所揭露之事實的知識、使典範的預示更符合實情，以及精煉典範，來完成承諾的實現。(同上)

如此的作用可以使一個創新的研究模式逐漸形成風潮。事實上，以此概念來解釋清代考據學的學者不乏其人，在余英時的內在理路中便存在這個概念。〔註 57〕以是在此本文便不煩再去贅言論證，只想指出，在清初顧、黃等人樹立了強烈的典範形象後，後人其實便可以說是在他們的模式上不斷地深化與延伸的。這個脈絡從乾嘉諸人的屢稱亭林以及乾嘉實踐工作的擴展中可以得見。以是，在沒有其他強力外因的影響下，考據的風氣便由顧（炎武）、黃（宗羲）而下，在戴（震）、段（玉裁）、二王（念孫、引之）的手中創造了巔峰。

最後，在這個議題上，本文尚要強調一點。雖然這裏所述也從幾個脈絡來凝聚乾嘉考據興盛之因，但是本文並不刻意去區別主從，同時也不認爲這些脈絡的作用必然是重疊的。這是以函數模式思維的另一項優點。在函數的模型背後，如果能夠掌握足夠的資訊與技巧，每一項變因其實都可以經由測定而有數據化的呈現，而數據的內容，常常便是單一個人的累計。舉例而言，假設清初

〔註 57〕參見余英時，《論戴震》，頁 365。

有知識份子十萬人，其中九萬走向了考據，在這九萬人中，有三萬人是畏懼清廷的高壓；另三萬是對實學的轉化；餘下三萬則是追隨典範而從事考據，那麼吾人可以歸納這三個原因共同促成了考據學的興盛，然而這三個族群卻可以界線井然，因爲在不同的原因下所呈現的人格、動機常是大相逕庭的。就此概念而言，所謂的主軸、副線可能也只是人數的多寡而已。因此，在函數下的乾嘉考據學，才能保持眞正多元的來源，而不是「少數服從多數」的簡化。可想而知，一旦各線的導向原因消失，而整個結構便會發生變動。當變動範圍佔多數時，也就是乾嘉進入衰頹的時候了。

至此吾人可以稍加掌握到乾嘉之學形成的本質。大抵其主要目的其實仍在於治經，而治經的意圖則在恢復與說明經典的本然，特別是經過宋明二代的佛化與道化，清儒始終致力於正本清源的去理解純粹的儒學。在此概念下，部分清儒甚至拒絕了所有溢於言表的詮釋，以是所謂的義理之學也遭到了排斥。上引余英時之言:「我們不難看出東原在義理方面的工作一直受到考證派的歧視。這種歧視，質言之，即以爲一切義理工作都流於空虛，因此都不值得做」，可爲如此學風的一個寫照。而即使不致如此偏頗，對於義理也常保持著一種敬而遠之的心態。

理想、完美的狀態只能存在於杳不可及的三代，現實的狀態，總是一種輕重權衡後的制宜，並且經常是爲達成某種目標或是解決某種弊端而產生的反向偏重。這在問題發生之初，也許有其必要，然一旦目標趨近或是問題漸次緩和時，原來的均衡也應隨之調整。遺憾的是，在許多心理作用（如前述升級作用）的驅使下，常常使得弊端已經和緩，但手段卻愈趨激烈的失衡。考據本爲治經的工具，在挽救宋學的空疏下受到了極度的重視，這在清初力挽狂瀾之際確實達到了顯著的效果。然而隨著宋學的逐漸失勢，考據沒有因此回到工具性的位置，反而在乾嘉成爲經學的主體，這顯然造成嚴重的失衡狀態。因此當考據的思潮發展到巔峰的時候，也正代表著偏頗到了極致。由是失衡狀態中所潛藏的缺陷也將日益放大、突顯。前引戴震的事例已可見出這種偏激，即令一個漢學領導者稍近義理，也不爲同路人所接受。當然，此又可見出風氣之影響重於個人。於是可以預期的是另一種反動勢力也正暗自凝聚。乾嘉後期，江藩一部帶有宣示正統、主流色彩的《漢學師承記》問世，隨即方東樹便以《漢學商兌》正面攻擊，漢宋對立的局勢正式浮上檯面。

在考據鼎盛時期，方東樹的聲音理所當然的不會有太大作用。這個事件的意義因而不會是宋學勢力的坐大，也不會是宋學復甦的希望。相反的，它是漢學瓦解的裂縫，因爲它再也不能使時代風氣一味的倒向漢學了。隨著日後局勢的發展，培植漢學的土壤不斷地流失，道咸以後，滿清的內憂外患接踵而至：

> 嘉道咸三朝，是清王朝的守成時期，也是他的中衰時期。……。中衰主要表現在，吏治進一步惡化，財政虧空，武備廢弛，國力衰退；社會問題嚴重，民眾貧困化，階級矛盾日趨尖銳，民變頻發，最終導致波及大半中國的太平軍、捻軍大起義。王朝腐敗，國力衰退，也爲西方資本主義侵略勢力提供了可乘之機，列強以武力迫使清王朝屈服簽約，削弱了天朝的威嚴和統治的威攝力。（杜家驥，《清朝簡史》，頁 92）

這樣的頹勢直至清末皆未有起色，於是吾人看到兩股力量順勢而起。其一是在清朝國力積弊，並且無力維持高壓控制的狀態中，使得莊（存與）、劉（逢祿）經魏（源）、龔（自珍）再到康（有爲）、梁（啓超）的今文經學再度發出清議；其二是在一連串的敗戰與不平等條約的屈辱中，漸漸地卸下「天朝」的自大，轉而在「師夷長技以制夷」的口號中衍成了崇洋媚外的西學思潮。

這兩股代表著古——今、中——外的勢力在世界的變局中，並沒有太多的周旋。今文經學在康有爲的努力下，一度獲得了實踐的契機，然而隨著戊戌變法的失敗，今文經學從此淡出了舞台〔註 58〕。在溥儀走出紫禁城之後，中國也旋即走進了世界。毋需諱言，當時中國是在一種頗爲卑微的情態下進入世界的，面對一個遼闊而陌生的世界，頓時得了知識恐慌症一般，對西方學術囫圇吞棗的吸收。五四運動後，德先生（democracy）與賽先生（science）成了知名「人物」，宣告了這一脈勢力的大獲全勝，其影響迄今仍未衰歇。

質實而言，西方勢力猛烈的入侵，對中國學術而言，並不是知識的增加而已，而是一種結構、本質性的全盤崩解。就表面現象來看，傳統的經史之學蜷曲於學術一角，取而代之的，是過去視爲百家技藝、不入流的科學。就內在而言，我們開始學習西方的學說、理論來評價自身的文化，以是經過篩選，打破了原來的學術架構，而以西方概念來重新結構。於是經學變成了哲學，小學也

〔註 58〕參湯志鈞〈清代常州今文學派與戊戌變法〉。

變成了語言文字學。

不知是幸還是不幸，乾嘉的考據之學竟然在這個時機中獲得了兩方面的重視。其一是傳統學者鑑於西方學術來勢洶洶、不可遏抑，於是興起整理國故的需求，欲維繫民族文化的命脈。如章太炎之屬。其一則是在科學的概念下，發現乾嘉之學的客觀研究精神，於是大為表彰，做為中西、新舊的過渡媒介。如梁啓超、胡適等。這一面使得考據留有一線生機，即使其地位已大不如前；一面卻使考據做了科學的養子，失去了自身的立場。

正如陳平原所謂，章太炎、胡適二人象徵著傳統與現代的交界，〔註 59〕章太炎的格局最終走進了歷史。然而諷刺的是，標舉科學大纛的胡適雖然強調考據，其成就卻未必受到普遍的認同，〔註 60〕反倒是章太炎的考據之學有了傳人。於是變成一種不同步的發展：在胡適的科學概念下延續章太炎的考據學。如果考據與科學之間可以得到協調的發展，這種演變似乎應該樂見其成。然而事實卻不若是，一方面，既有的學術本是在傳統文化中蘊育出來的，本身有其獨立的生命與意義，不可能與另一個學術傳統完全密合，以是常見的現象是完全棄置傳統的脈絡，而逕以西方概念重新結構；另一方面則是對於西方科學，我們的掌握仍然有限，尤其在學術日益分工之後，人文與科學幾成二途，於是人文學者標榜著科學的理念，卻不具科學的技術，導致傳統學術在解體後未能眞正建構。科學因而只是一種表象。〔註 61〕質實而言，這二個原因構成了典型的邯鄲學步，然而身在其中的人常不自知。在時代風潮的默化下，這種面貌至今仍未有大幅改易。

以上，是本文所理解的清代思潮，以及考據學居間的發展。略無疑義地，訓詁學一向見視為考據思潮中的主力與核心，以是二者的脈絡自不將有別。因此，如果進一步落實到訓詁學上，大抵可以藉此直接投射出其在有清一代發展的三個階段。第一個階段，是明末清初，實學思潮下的訓詁學，以顧炎武、黃宗羲為代表。此時的訓詁是經學的訓詁，為挽救理學空疏自任，並善盡傳承的

〔註 59〕參見《中國現代學術之建立》，頁 240～241。

〔註 60〕參見陳平原《中國現代學術之建立》，頁 258。

〔註 61〕如在王寧、陸宗達的《訓詁與訓詁學》中，吾人看到了作者以「科學的」漢語詞義學的框架建立了訓詁學的體系，然而進入體系中，卻看不到傳統的內容與技術因而有所更易。詳見該書〈訓詁學的復生發展與訓詁方法的科學化〉。

職責，訓詁的目的在於正確、樸素的理解經典的文本。第二個階段，是乾嘉時期，考據思潮下的訓詁學，以戴、段、二王爲代表。此時雖然在目的上與前期並無人異，然而緣於經學與義理的漸次分途，以及對考據的片面重視，使得經學幾同於訓詁而略見喧賓奪主的偏執，其間雖有東原力主義理方爲治經的最終歸向，唯畢竟孤掌難鳴，只在考據的一端得其知音。第三個階段則是清末民初以來，科學思潮下的訓詁學，自章太炎、胡適以至今現今的訓詁學者多半屬之。此時訓詁學糾纏於古今與中外的學術系統中，在小學、經學、注釋學、詮釋學、語言學等領域間搖擺不定。然大體而言，已脫離經學範疇而在較大程度上自視爲語言學的一脈，以對語言本身的理解、研究而（企圖）成爲一門獨立學科。

第三節　清代訓詁學成就概述

清代思潮之發展大要，可約如上節所陳，以下則針對其中訓詁一事，更舉其人物、專著之要者，略事表述，以窺見其成就之一般。

適值考據隆盛之際，有清小學人才輩出、大家齊聚，論其代表，向有吳、皖二派之說。此說或起於章太炎，又經梁啓超之採納，而成爲清代考據學中一個普遍的分派意見。〔註 62〕章氏之論大抵出於《訄書》中〈清儒〉一篇，〔註 63〕其言曰：

> 其成學著系統者，自乾隆朝始，一自吳，一自皖南。吳始惠棟，其學好博而尊聞。皖南始戴震，綜形名，任裁斷。此其所異也。（〈清儒第十二〉，《訄書》，頁 158～159）

乃以「好博而尊聞」、「綜形名，任裁斷」爲惠、戴學風之異趨。事實上，二者之區別，乃乾嘉時期既有之說，如王俊義即謂：

〔註 62〕王俊義〈乾嘉漢學論綱〉有言：「近人在研究乾嘉學派時，……，又根據其內部不同代表人物的不同特點，將其分做吳派和皖派。吳派以惠棟爲開山，皖派以戴震爲代表。……，這種明確的命名和劃分始於章太炎，……。其後，梁啓超作《清代學術概論》，完全採納了章太炎的說法，……。自章、梁之說出至今近一個世紀，凡治清代學術思想史者，在論及乾嘉漢學的派別劃分時，大都沿用此說，間或有所補充與發揮。」（《清代學術文化史論》，頁 40～41）

〔註 63〕參見王俊義〈乾嘉漢學論綱〉。

> 以吳、皖分派以及對吳、皖兩派特點的概括，也並非章太炎獨創和首創。事實上，乾嘉當時的學者就已有類似的劃分和評價。……。至於對吳、皖兩派特點的概括，當時學者就已有類似章太炎的評論。如以吳派自居的王鳴盛本人就曾經說："方今學者，……。"（〈關於乾嘉學派的成因及派別劃分之商榷〉，《清代學術探研錄》，頁 247～248）

所引王鳴盛語殆出自洪榜〈戴先生行狀〉，其言曰：

> 東吳惠定宇先生棟，自其家三世傳經，其學信而好古，於漢經師以來，賈、馬、服、鄭諸儒，散失遺落，幾不傳於今者，旁搜廣摭，裒集成書，謂之《古義》，從學之士甚眾。……。嘉定光祿王君鳴盛嘗言曰：「方今學者，斷推兩先生，惠君之治經求其古，戴君求其是，究之，舍古亦無以爲是。」王君博雅君子，故言云然。其言先生〔戴震〕之學，期於求是，亦不易之論。（〈戴先生行狀〉，《戴震全書》，冊七，頁 7～8）

王、洪二人，一屬吳，一繫皖，而有共識，是其分派蓋非無的。

以《漢學師承記》爲基礎，章氏於〈清儒〉中，以爲繫屬於吳、皖之學者分別爲：〔註 64〕

吳：惠士奇、江聲、余蕭客、王鳴盛、錢大昕、汪中、劉台拱、李惇、賈田祖、江藩。

皖：金榜、程瑤田、淩廷堪、胡匡衷、胡承珙、胡培翬、任大椿、盧文弨、孔廣森、段玉裁、王念孫、王引之、俞樾、孫詒讓。

雖然如此的分「門」別類未必井然、確實，然而就理解乾嘉而言，卻已然成爲一個討論的基礎。此後則在此基礎上又生出許多正面、反面的延伸與批評。如漆永祥的惠、錢三派說，〔註 65〕鮑國順之欲以惠、戴取代吳、皖。〔註 66〕

〔註 64〕漆永祥〈論乾嘉考據學派別之劃分及相關諸問題〉謂：「章氏之說，實際上是本江藩《漢學師承記》一書的卷次稍加變通而成。」

〔註 65〕其《乾嘉考據學研究》謂：「從惠派中析出錢大昕一派，稱錢派，因其學既不同於惠，也不同戴，而自爲一派之首。故筆者將乾嘉考據學家分爲惠、戴、錢三派。」（頁 113）又，漆氏分派之理由實有四項，爲免煩冗，本文僅列其與眾特異，分出錢派之一項。

又如陳祖武則根本反對地域分派之說，從而取消了分派問題，〔註 67〕以爲「從惠學到戴學是一個歷史過程」，〔註 68〕「實爲乾嘉學派從形成到鼎盛的一個縮影」。〔註 69〕

而其中較具影響者，則應該是揚州學派的別出了。倘據漆永祥之謂，此說殆可溯自梁啓超，漆氏以爲：

> 章氏之後，又有梁啓超……，以惠、戴諸人爲"正統派"，而派別區分，全用章氏之說，所不同者，他在吳、皖、浙東之外又分出揚州一派，以焦循、汪中爲代表，故梁氏實分爲四派。(〈論乾嘉考據學派別之劃分及相關諸問題〉)〔註 70〕

其後，則有張舜徽於此強調、表彰最力。《清儒學記》中，張氏謂：

> 揚州學者治學的特點，首先在於能「創」，像焦循的研究《周易》，黄承吉的研究文字，都是前無古人，自創新例。其次在於能「通」，像王念孫的研究訓詁，阮元的研究名物制度，汪中的辨明學術源流，都是融會貫通，確能説明問題，這都是吳、皖兩派學者們所沒有，而是揚州諸儒所獨具的精神和風格。……還有一點特別應該指出的：乾嘉學者中絕大多數，從事考證名物、訓詁、典章制度，雖然取得了很大的成績，有它的歷史地位。但是流於煩瑣，失掉了十七

〔註 66〕鮑氏之言曰：「惠棟和戴震二人在治學對象和精神上的差別，當時人如王引之、王鳴盛等已有比較。但惠、戴二人的差別是否能等同於後來所說的吳、皖二派，是值得斟酌的。……。或許，我們可以用惠、戴分派，並列出與他們治學風氣相近的學者，會比較合於乾嘉學術發展的事實。」見〈「清乾嘉學術研究之回顧」座談會紀要〉，《中國文哲研究通訊》第四卷第一期。

〔註 67〕陳氏〈關於乾嘉學派的幾點思考〉曰：「以地域來區分學派，本身並不科學，與乾嘉學術發展的實際也不盡吻合，因此，我們沒有理由去贊成它。」又：「乾嘉時代，……。他們互爲師友，相得益彰，其間本無派別之可言。強分門户，或吳或皖，實有違歷史實際，我們何必要去做那種自尋紊亂的事呢？」

〔註 68〕見〈關於乾嘉學派的幾點思考〉。

〔註 69〕同上。

〔註 70〕漆氏以爲章氏實分三派，梁氏則爲四派。蓋除吳、皖、（揚州）外，又以萬斯大、萬斯同、全祖望、章學誠等人另立浙東之一派。唯該派以史學爲主，與訓詁略不相涉，爲免枝蔓，本文遂姑且而置之。

> 世紀學術思想界弘偉活潑的氣象，談不上個性的發展和見解的創闢。這應該說是十八世紀的中國學術思想界晦澀的一面。揚州學者們在這方面彌補了這一缺陷。像汪中、焦循、阮元都能大膽地對一些問題、特別是對倫理思想的問題，提出自己的看法，繼皖學戴震之後，給宋明唯心主義的理學以嚴厲的批評。(《清儒學記》，頁 379～380)

大體指出揚州學者治學之特色：能「創」、能「通」，抑且不失大體。而此同時也不外是張氏主張分派之因。同在該書，張氏所論列揚州學派之主要代表，則計有王懋竑、劉台拱、朱彬、劉寶樹、劉寶楠、王念孫、王引之、汪中、焦循、阮元、劉文淇、劉毓崧、劉壽曾、劉師培等十餘人。倘論其成就，自以高郵二王最爲翹楚。

質實而言，乾嘉學術之分派是個頗爲複雜、且饒有爭議的問題。三言兩語間，本文自是不敢企圖對此議題可有積極、建設性的評論或主張。唯吳、皖、揚州三派之分，本爲學界持之有故，且普遍得到認同之說。其修訂、反對者所執以駁斥之理由，多半皆在學派之定義、條件，學派與地域之相涉程度，個別學者歸派之認定等。至於惠、戴學風之不同，以及揚州諸學者在考據學上特出的成就與影響則是略無疑義的。本文在此表述乾嘉學界之意圖，原不在標舉門戶，使其壁壘分明，唯見學術傾向之有別、學術成就之不同，以略窺乾嘉學風之不同面貌與發展脈絡耳，是諸多反對學者之疑或可不發生影響。甚且如皖、揚二者，漆永祥歸而爲一，以爲：

> 揚州學者的通學是對戴派之發展，而非異幟。(《乾嘉考據學研究》，頁 113)

然對本文而言，正因其一路發展之不同階段，而有區隔之必要也。以是倘不執著「學派」、「地域」之精確劃分，而只藉以理解乾嘉學風之大要，則吳、皖、揚三分說殆不失爲一適切之基礎。

在此基礎上，首先，本文視其三派之定位，仍遵循一般之認知，以吳、皖爲並峙，而揚州大抵爲皖派之繼承。蓋以揚州諸學者多與皖派往來密切而論學有合，〔註 71〕其著者如二王更爲戴震之高弟。而吳、皖間，雖有如上引陳氏

〔註 71〕詳見漆永祥《乾嘉考據學研究》，頁 128。

之視爲「歷史發展」，然惠、戴之分列並論本爲乾嘉之已隔，且二學分別有其後繼、遺緒，並不存在取代之干係，以是劃爲「內在理路」恐亦不爲允妥之想。

由此更上泝其源，若章太炎所謂：

> 始故明職方郎崑山顧炎武，爲《唐韻正》、《易、詩本音》，古韻始明，其後言聲音訓詁者稟焉。大原閻若璩撰《古文尚書疏證》，定東晉晚書爲作僞，學者宗之；濟陽張爾岐始明《儀禮》；而德清胡渭審察地望，系之《禹貢》：皆爲碩儒。然草創未精博，時糅雜宋明讕言。其成學著系統者，自乾隆朝始。一自吳，一自皖南。（〈清儒第十二〉，《訄書》，頁 158）

又如王俊義之言：

> 清代的乾嘉漢學，自顧炎武爲之奠基，胡謂〔渭〕，閻若璩、姚際恆等做爲先驅，到乾隆時期的惠棟公開打出漢學旗幟，遂成爲獨立的乾嘉學派。（〈乾嘉漢學論綱〉，《清代學術文化史論》，頁 40）

則可約略呈現其主要淵源：張爾岐、顧炎武、胡渭、閻若璩以及姚際恆等。〔註 72〕

而緣流下沿，揚州學派雖如王俊義之表述：

> 揚州學派正是在乾嘉漢學發展到高峰，繼而走向衰落的過程中，從漢學潮流中分化出來的一個新的學派。乾嘉漢學走過其輝煌顯赫的時期，到嘉慶朝後期，一方面清朝統治逐漸由盛轉衰，社會危機日益加深；另方面漢學的弊端——煩瑣、偏頗、脫離實際、治學範圍狹窄等愈益暴露，對社會提出的各種實際問題無力解決，其作爲一種學術潮流開始由興盛走向衰落，此後學界雖仍不乏著名的漢學家，如俞樾、孫詒讓等，但卻構不成一種學術思潮。（〈關於揚州學

〔註 72〕倘擴大視野，則如張舜徽《清儒學記》所列，開出浙東學派之黃宗羲，見視爲湖南學派之王夫之，對乾嘉漢學之發生發展殆亦不無直接間接、或多或少的影響。前者張氏羅列萬斯同、萬斯大、邵廷采、全祖望、章學誠、邵晉涵、黃式三、黃以周諸儒。後者則包括王文清、曾國藩等二十餘位學者，中有魏源、皮錫瑞、王先謙等亦頗見稱於經學、小學。

派的幾個問題〉，《清代學術探研錄》，頁 254～255）

殆已漸趨拘執而入於頹勢。所舉俞、孫二氏固仍不失名家手法，較之二王，畢竟難以比肩。然則頹勢常是新猷的開始，俞樾而後，則有章太炎者，在詁經精舍奠定了厚實的乾嘉基礎，又在應世的積極要求與新學的廣泛吸收二面，適正爲乾嘉日漸偏狹的格局帶來希望。儘管章氏最終並未眞正開出另一個漢學高峰，然而學術的發展何嘗可以全然寄望一人，質實而言，章氏在學術史上已然無愧地完成其歷史使命，而章氏能否成功，恐怕則有賴後人的繼續推闡，或是修訂了。

以上，本文由學界習見之吳、皖、揚學派三分之說勾勒出乾嘉漢學的主要輪廓，就中則縱橫其間、各有擅場的名家作手或者可以得到一個較爲有序的理解，而後更循其脈絡，上及顧炎武，下至章太炎，則有清漢學之主要代表或可得其十之七八了。除此而外，又有部分北方學者如朱筠、紀昀、郝懿行、桂馥、張澍等溢出吳、皖、揚三派，〔註 73〕有以莊存與爲首，主張微言大義的常州學派，〔註 74〕以其相對次要，且影響有限，以爲支線，或者更見主從之分明。

依此架構，則清代重要之訓詁學者可以約略列示如下：

1. 清初：顧炎武、閻若璩。
2. 乾嘉：
   (1) 吳：惠棟、江聲、余蕭客、王鳴盛、錢大昕、江藩。
   (2) 皖：戴震、程瑤田、胡承珙、任大椿、盧文弨、孔廣森、段玉裁。
   (3) 揚州：劉寶楠、王念孫、王引之、汪中、焦循、阮元。
   (4) 其他：邵晉涵、朱駿聲、郝懿行。
3. 清末：俞樾、孫詒讓、章太炎、劉師培。

〔註 73〕漆永祥《乾嘉考據學研究》謂：「吳、皖兩分法及其他諸說，都忽略了當時北方的考據學家。如朱筠、紀昀、周永年、孔廣森、郝懿行、桂馥、張澍等北方學者，諸家劃派或並皆略去，或提及一二。」（頁 113）

〔註 74〕張舜徽《清儒學記》曰：「到了嘉慶、道光年間，……，主張用西漢宗尚「微言大義」的今文經學去代替東漢專講「訓詁名物」的古文經學。以爲講求微言大義，才能經世致用，可以救國家之急，這便是常州學派所不同於吳、皖的學術趨向。推溯常州學派的源頭，實開始於武進的莊存與。」（頁 480～481）

儘管後代學者對清代學術之評價不一，然而純就考據言其顛峰，卻幾乎不有異議。這自然不只在於人才之鼎盛而已，更重要的，恐怕還在其著作質、量之高，以及理論、技術的深化與精煉。以卜則針對乎此略表一二，俾使清代學術之大要可以蠡測管窺。

首先，在著作一端，參酌胡樸安《中國訓詁學史》之分類，略爲修訂，則以雅學、《方言》、《釋名》、語詞、傳注等五類爲述。

（一）雅學之屬

清代雅學研究頗見蓬勃，除了針對《爾雅》本身有所輯、校、補、注外，又循其流別、廣其義例，而有《小爾雅》、《廣雅》之研究，乃至《別雅》、《比雅》之新著。

1.《爾雅》〔註 75〕

（1）輯佚

余蕭客《爾雅古經解鉤沉》、臧庸《爾雅漢注》、黃奭《爾雅古義》。

（2）校勘

阮元《爾雅注疏校勘記》、張宗泰《爾雅注疏本正誤》、王樹枬《爾雅郭注佚存補訂》、龍啓瑞《爾雅經注集證》、盧文弨《爾雅音義考證》、劉玉麐《爾雅校議》。

（3）正名

嚴元照《爾雅匡名》、錢坫《爾雅古義》、江藩《爾雅小箋》、王樹枬《郭氏爾雅訂經》。

（4）補止

翟灝《爾雅郭注補正》、周春《爾雅補注》、劉玉麐《爾雅補注》、潘衍桐《爾雅正郭》、胡承珙《爾雅古義》。〔註 76〕

〔註 75〕以下分類略依齊佩瑢《訓詁學概論》，唯合其「補郭」、「箋正」爲「補正」，又增「注疏」一項。其下所列要籍多亦隨之，而又另據胡樸安《中國訓詁學史》、陽海清等編《文字音韻訓詁知見書目》稍有增刪。

〔註 76〕此書胡樸安以與錢坫《爾雅古義》並列，而爲「搜輯爾雅古義成書者」（《中國訓詁學史》，頁 54），唯胡樸安亦以爲該書：「謂爾雅爲訓詁之書，而文字多爲後人所亂，草木蟲魚之名，偏旁大半俗增，古文又率改易，其存而可考者希矣。……。

（5）釋例

陳玉澍《爾雅釋例》。

（6）注疏

邵晉涵《爾雅正義》、郝懿行《爾雅義疏》。

2.《廣雅》

王念孫《廣雅疏證》、錢大昭《廣雅疏義》、劉燦《續廣雅》、俞樾《釋詁疏證拾遺》、王樹枏《廣雅補疏》。

3.《小爾雅》

王煦《小爾雅疏》、宋翔鳳《小爾雅訓纂》、葛其仁《小爾雅疏證》、胡承珙《小爾雅義證》、胡世琦《小爾雅義證》、朱駿聲《小爾雅約注》。

4. 諸《雅》

吳玉搢《別雅》、朱駿聲《說雅》、程先甲《選雅》、洪亮吉《比雅》、程際盛《駢字分箋》、夏味堂《拾雅》、史夢蘭《疊雅》、劉燦《支雅》、陳奐《毛詩傳義類》、俞樾《韻雅》。

雅學群籍中，最爲後人所重視者，首推王念孫《廣雅疏證》，其下則有邵晉涵《爾雅正義》、郝懿行《爾雅義疏》。

1. 王念孫《廣雅疏證》

後人之推崇石臞者，主要多繫乎其「因聲求義」之運用之妙，而《廣雅疏證》一書實爲其具體、集中之表現。〔註77〕此書段玉裁序之曰：

小學有形、有音、有義，三者互相求，舉一可得其二，有古形、有今形，有古音、有今音，有古義、有今義，六者互相求，取一可得

爲爾雅古義一書，凡爾雅古義不見于今書者皆旁搜博引以證明。」（《中國訓詁學史》，頁 54～55）則隨齊佩瑢之入於「箋正」（本文又併於「補正」）一類似更得宜。

〔註77〕如王力即謂：「王氏《廣雅疏證》的考證精確，是眾口交譽的。其中最精采的地方是像王氏自己所說的，『就古音以求古義，引申觸類，不限形體』。」（《中國語言學史》，頁 199）又如濮之珍：「王〔念孫〕氏的疏證，能突破字形，從有聲的語言本身來觀察，因聲求義。這在訓詁學上是有貢獻的。……所謂就古音以求古義，引申觸類，實清儒治小學之最大成功處，而這種研究，又以高郵王氏父子做得最爲精通。」（《中國語言學史》，頁 450）

其五。……。聖人之制字，有義而後有音，有音而後有形。學者之考字，因形以得其音，因音以得其義。治經莫重於得義，得義莫切於得音。……。懷祖氏能以三者互求，以六者互求，尤能以古音得經義，蓋天下一人而已矣。假廣雅以證其所得，其注之精粹，再有子雲必能知之。(《廣雅疏證・序》)

實深切要旨，語末「假廣雅以證其所得」一句，更指出石臞注書之用意，乃欲藉《廣雅》申明語言通、轉之軌則也。〔註 78〕論其實際，則石臞自序論之甚明：

竊以詁訓之旨，本於聲音，故有聲同字異、聲近義同。雖或類聚群分，實亦同條共貫，……，此之不寤，則有字別爲音，音別爲義，或望文虛造而違古義，或墨守成訓而尟會通，易簡之理既失，而大道多岐〔歧〕矣。今則就古音以求古義，引伸觸類，不限形體，苟可以發明前訓，斯淩雜之譏，亦所不辭。其或張君誤采，博考以證其失。先儒誤說，參酌而寤其非，以燕石之瑜，補荊璞之瑕，適不知量者之用心云爾。……。蓋是書之訛脱久矣。今據耳目所及，旁考諸書，以校此本。凡字之訛者五百八十，脱者四百九十，衍者三十九，先後錯亂者百二十三，正文誤入音內者十九，音內字誤入正文者五十七，輒復隨條補正，詳舉所由。……。博訪通人，載稽前典，義或易曉，略而不論，於所不知，蓋闕如也。後有好學深思之士，匡所不及，企而望之。(《廣雅疏證・序》)

據此，有王力歸納其體例，謂之五端：

《廣雅疏證》是爲魏張揖的《廣雅》作注解。全書的體例是：

1. 校正了許多訛脱錯亂之處。……

2. 凡字義之脱漏者，特別標出。……

3. 援引經傳，來證明張書，這是書中的主要部分。

4. 對於容易懂的字義，則不加解釋。……。這是王氏在序裏所說

〔註 78〕濮之珍《中國語言學史》謂：「《廣雅疏證》這部書，王念孫傾注了旺盛的精力和深厚的學識，他是『假《廣雅》以證其所得』，實爲『高郵王氏學』之精華。」（頁450～451）是亦強調乎此。

的："義或易曉，略而不論。"

5. 對於不懂的字義，則不強加解釋。……。這是王氏在序裏所說的"於所不知，蓋闕如也。"（《中國語言學史》，頁 198）

此略就表象言之耳，以視石臞治書之程序，是亦近之。又有齊佩瑢歸納其特色之著者，約有六項：

王念孫廣雅疏證之特色有六：

一、考究古音，以求古義。……

二、引申觸類，不限形體。……

三、只求語根，不言本字。……

四、申明轉語，比類旁通。……

五、張君誤采，博考證失。……

六、先儒誤説，參酌明非。（《訓詁學概論》，頁 288～290）

復有補充次要者二：

至於校補譌文脱字，勘正衍名錯策，均詳舉所由，雖超出訓詁之外，然由音義以校勘譌誤，也仍然不出訓詁之外也。桂馥於錢大昭之廣雅疏義，嘗歎其精審，但與王氏較，實不可以道里計。（頁 290）

此八項，大體既由王氏自序而來，而石臞又非一般庸手，是其「知」、「行」之間可以不必輕疑。唯有三事，或者可以略爲補充、修正。其一，齊氏以爲校補、勘正事溢乎訓詁之外，雖然仍於入手處肯定訓詁之爲本，終究則在廣義狹義間存有曖昧之處。本文則以爲，自亭林以來，由校勘而訓詁而解經本是治經一貫之方，而伯申亦自述其學謂：

吾治小學，吾爲之舌人焉，其大歸曰用小學説經、用小學校經而已矣。〔註 79〕

是「校經」同「説經」然，於高郵體系中一皆小學之爲用，可不須區之如涇渭。此中差異，雖只在語氣強弱間，而於學術體系之系統認知，卻有本質之異。

其二，二王之因聲求義，固有申明轉語之意圖，然其轉語之謂，實爲一語

〔註 79〕見龔自珍，〈工部尚書高郵王文簡公墓表銘〉，《王氏六葉傳狀碑誌集》，卷一，《高郵王氏遺書》，頁 13。

之諸多變體，所重在同（一語），不在其異（諸多變體）。不重其異，固與一般轉語不宜等視。同者一語，雖與語根容有交接，論其實質，亦自胡越。〔註 80〕齊氏以為王氏之因聲求義，旨在轉語、語根之系聯求索，或者不得謂之無稽，畢竟則略有失焦之嫌。

其三，石臞序末所謂：「義或易曉，略而不論，於所不知，蓋闕如也。後有好學深思之士，匡所不及，企而望之。」二事並列，以為體例，王力之認知自是無可厚非。然闕疑不妄，實為清儒「實事求是」治學精神的一種消極表現，如郭康松論及「清代考據學的治學精神」即列「闕疑存異」一項，並謂：

> 這種闕疑存異的態度，與宋學家以成見定是非，以臆度妄下斷語的做法，形成了鮮明的對比，是一種實事求是的治學態度。（《清代考據學研究》，頁 130）

此事雖然不甚「具體」，卻是石臞呈現在精神上的重要特色，並為清儒得臻考據巔峰的重要因素。齊氏於此置之不論，殆亦不免有憾。

質實而言，石臞呈現在《廣雅疏證》中的特色，不啻可為清儒訓詁成就的一個縮影，而石臞又為箇中第一把交椅。〔註 81〕果然清代訓詁可以獨步古今，則梁啓超以為《廣雅》因《疏》而貴，稚讓因附石臞之驥尾而得不朽云云，〔註 82〕是可不為虛語。

2. 邵晉涵《爾雅正義》

濮之珍以為，「《爾雅正義》是清代第一個對《爾雅》作新疏的著作。」〔註 83〕邵氏自序其書謂：

> 世所傳本，文字異同，不免譌舛。郭註亦多脱落，俗說流行，古義寖晦，爰據唐石經暨宋槧本及諸書所徵引者，審定經文，增校郭註。（《爾雅正義・序》）

〔註 80〕詳見本文第五章第二節。

〔註 81〕王力《中國語言學史》謂：「如果說段玉裁在文字學上坐第一把交椅的話，王念孫則在訓詁學上坐第一把交椅。世稱『段王之學』；段、王二氏是乾嘉學派的代表。」（頁 201）

〔註 82〕梁啓超《學術史》謂：「《廣雅》原書雖尚佳，還不算第一流作品，自《疏證》出，張稚讓倒可以附王石臞的驥尾而不朽了。」（頁 256）

〔註 83〕《中國語言學史》，頁 417。

又：

> 竊以釋經之體事必擇善而從，義非一端可盡。漢人治《爾雅》，若舍人、劉歆、樊光、李巡、孫炎之註，遺文佚句，散見群籍。梁有沈旋《集註》。陳有顧野王《音義》。唐有裴瑜《注》，徵引所及，僅存數語，或與郭訓符合，或與郭義乖違，同者宜得其會通，異者可博其旨趣。今以郭氏爲主，無妨兼采諸家，分疏於下，用俟辨章，譬用流而匯其支瀆，非木落而離其本根也。（同上）

又：

> 郭註體崇矜慎，義有幽隱，或云未詳。今詳考齊、魯、韓詩，馬融、鄭康成之《易》註、《詩》註，以及諸經舊說，會群書，尚存梗概，取證雅訓，辭意瞭然，其跡涉疑似，仍闕而不論，確有據者，補所未備。（同上）

又：

> 郭氏多引《詩》文爲證，陋儒不察，遂謂《爾雅》專用釋《詩》，今據《易》、《書》、《周官》、《儀禮》、《春秋》三傳、大小戴《記》，與夫周秦諸子，漢人撰著之書，遐稽約取，用與郭註相證明。俾知訓詞近正，原於制字之初，成於明備之世。久而不墜，遠有端緒，六藝之文，曾無隔閡，所以廣古訓也。（同上）

又：

> 聲音遞轉，文字日孳，聲近之字，義存乎聲。自隸體變更，韻書割裂，古音漸失，因致古義漸湮。今取聲近之字旁推交通，申明其說，因是以闡揚古訓，辨識古文，遠可依類以推，近可舉隅而反，所以存古音也。（同上）

又：

> 艸木蟲魚鳥獸之名，古今異稱，後人輯爲專書，語多皮傅，今就灼知副實者，詳其形狀之殊，辨其沿襲之誤，其未得實驗者，擇從舊說，以近古爲徵，不敢爲億必之說，猶郭氏志也。（同上）

據此，黃侃則依次歸納其體例爲六，即校文、博義、補郭、證經、明聲、辨物

等。〔註84〕

大體說來，此六例與石臞之疏《廣雅》並無大異，除廣徵博證外，亦皆主於因聲求義、「旁推交通」，唯於「辨物」一件更加突顯而已。然「辨物」一事，《疏證》並非無有，若從劉嶽雲〈與潘伯琴書〉中說，其「實驗」之方，〔註85〕亦復石臞做法，〔註86〕相較之下，邵書體例之特色，似亦不爲特色了。〔註87〕

黃侃曾評價此書謂：

惟書系創作，較後人百倍爲難。故其校文，於經、於注，多所遺漏，不如嚴元照《爾雅匡名》、王樹柟《爾雅郭注補正》。其博義，於諸家注義，搜采不周，不如臧鏞堂《爾雅漢注》。其補郭，則特爲謹愼，勝於翟晴江之爲。其證經、明聲，略引其端，而待郝氏抽其緒。其辨物，則簡略過甚，又大抵不陳今名。（〈爾雅略說〉）

是規範頗具，而內容或者仍待許多補正。則此書雖得鶴立《爾雅》諸注，於石臞面前，恐怕亦不免稱臣了。

3. 郝懿行《爾雅義疏》

郝書與邵書是二部性質極近之書，正如胡師楚生所謂：

郝氏之書，有兩點是他所特別強調的，這就是郝氏所說的「於字借聲轉處詞繁不殺」與「釋草木蟲魚異舊說者皆經目驗」，但是，這兩方面，已包含在邵氏《正義》的「明聲」與「辨物」之中了，所以，在體例上，郝氏並沒有獨創開發的地方，大體上還是繼續著邵氏所說的六種工作，只是，郝氏在邵氏已有的基礎上，解釋得更加精密周到而已，尤其是上述的兩個重點，更是郝氏所特別致力，成績斐然的地方。（《訓詁學大綱》，頁270）

〔註84〕詳見〈爾雅略說〉。

〔註85〕此「實驗」應即驗實，驗諸實物之謂。

〔註86〕詳見第五章第一節。又，據郭康松言清代考據方法中立「調查觀察法」一項，並謂：「但也有一部分學者，特別是研究與自然界、器物等相關課題的學者，很注重用調查、觀察的方法來獲取資料，證成其說，『得諸目驗，斯爲不謬』。」（《清代考據學研究》，頁171）則其方法之於清儒，或者並非罕見。

〔註87〕以時間言，邵書自是出於王書之前，倘若石臞眞受二雲影響，則二雲實亦居功闕偉，唯據顧、戴以來詁訓程序、精神，則邵書殆亦不能逾出藩籬。

二書體例既然大同，而其優劣便多決定在其實際操作的精粗廣狹了。就此而言，胡師所論，已點出後出轉精之意，而王力亦謂：

> 清邵晉涵作《爾雅正義》，博引群書，於郭氏"未詳"之說多所發揮；於郭氏疏漏之處亦多所補正，其價值遠出於邢昺之上。郝懿行的《爾雅義疏》最爲後出，後來居上，其博洽又超過邵書。最值得稱贊的，是他繼承了王念孫《廣雅疏證》的優點（他看過《廣雅疏證》），遵守"凡聲同之字，古多通用"的原則，所以他能不拘泥字形，直求聲音的同條共貫。（《中國語言學史》，頁 204）

大體皆呈現了後人評價二書的共識，即有主張邵書優於郝書者，多半也執其體例之發明，而非實踐之完善，如梁啓超便認爲：

> 因前人成書增益補苴，較爲精密，此中才以下盡人而可能。郝氏於發例絕無新發明，其內容亦襲邵氏之舊者十六、七，實不應別撰一書。（其有不以邵爲然者，著一校補或匡正誤等書，善矣。）（《學術史》，頁 242）

胡師楚生引黃侃之語以爲：

> 黃季剛先生則是以爲，邵書在先，有開創的價值，郝書居後，有推廓的價值，「清世說《爾雅》者如林，而規模法度，大抵不出邵氏之外。」「郝疏晚出，遂有駕邢軼邵之勢，今之治《爾雅》者，殆無不以爲啓闢戶門之書。」這是對邵郝二疏，最恰當的批評了。（《訓詁學大綱》，頁 274）

不必刻意較其高下，僅於學術史中予以適切之定位，確實是一個比較理想的態度。

（二）《方言》之屬

清代方言之學雖不似雅學之盛，然紹述子雲者亦非罕見，唯續、廣之書多，而疏證之作則頗不相稱。舉其要者，可有如下諸著：

戴震《方言疏證》、王念孫《方言疏證補》、錢繹《方言箋疏》、盧文弨《重校方言》、戴震《續方言》、杭世駿《續方言》、程際盛《續方言補》、錢大昕《恆言錄》、翟灝《通俗編》、錢坫《異語》、錢大昭《邇言》、章太炎《新方言》。

廣、續之作姑且不論，其間東原《疏證》自是不能忽略，而錢繹之《方言箋疏》則最爲見稱。

1. 戴震《方言疏證》

東原之作《疏證》，據其自述：

> 宋元以來，六書故訓不講，故鮮能知其精覈，加以訛舛相承，幾不可通。今從《永樂大典》內得善本，因廣搜群籍之引用《方言》及注者，交互參訂，改正訛字二百八十一，補脱字二十七，刪衍字十七，逐條詳證之，庶幾漢人故訓之學猶存，於是俾治經讀史博涉古文辭者得以考焉。（《方言疏證・序》）

主要乃在校勘與疏證二端。唯檢其實際，後人則多以爲該書之校實重於疏，且優於疏也。〔註 88〕或者由於東原盛名所累，少數學者對此則不免苛責：

> 是書〔《方言疏證》〕以群籍之引方言者，校其訛文。取諸經史傳並六朝文賦中語，以觀其彙通。於廣雅引方言之文，附於逐條之後。然臚列爲多，考證蓋少，……。間有一二精意，然又不能詳其始末，大抵校多於證，疏證又以舉群書稱引爲尚，雖轉錄之跡可尋，而於上通雅馴，展轉旁通之道，殊無闡發。蓋東原治此書，意欲兼顧，終難兩全，草創之功難殪，疏陋之譏未免，且校優於證也。（丁介民，《方言考》）

固然，東原以《註》或《疏證》名其爲書，〔註 89〕而丁氏之評亦非無端。然則其一，正如齊佩瑢所言：

> 方言之學，亦戴氏開其端，所作方言疏證一書，雖重在參訂校補，然「宋元以來，六書故訓不講，故鮮能知其精覈，加以訛舛相承，幾不可通。」是戴氏篳路藍縷之功不可沒也。（《訓詁學概論》，頁291）

又胡樸安：

〔註 88〕如楊端志：「他〔戴震〕的疏證主要作了兩件工作，一是校勘，二是疏證，但主要是校勘。」（《方言疏證》，頁 647）

〔註 89〕胡師楚生謂：「戴氏的書，原題《方言註》，後來才改名《疏證》。」（《訓詁學大綱》，頁 299）

至清戴震始爲整理，成方言疏證十三卷，是書始有善本。(《中國訓詁學史》，頁 254)

則發軔、校訂之功實已無愧子雲。一則就東原而言，其學術自有其體系，果欲「上通雅馴，展轉旁通」，則東原另有《轉語》之想，是書或者只在存乎「漢人訓詁之學」耳。〔註 90〕是否可以後人所肯定清儒之成就，而期待、甚至要求清儒之著作皆應有此發揮，殆亦不無可商之處。

2. 錢繹《方言箋疏》

《箋疏》一書實啓於錢侗，惜其未竟而棄世，乃由錢繹所續成，以成自述其事謂：

《方言箋疏》之作也，余弟同人實首創之，未及成而即世，……，余憫其用力之勤，懼其久而散佚也，乃取而件繫之，條錄之，凡未及者補之，複出者刪之，未盡者詳之，未安者辨之，或因此而未及彼者，則觸類而引伸之。(《方言箋疏・序》)

至其義例，有姜聿華歸納言曰：

《方言箋疏》之例凡四：

（一）《方言》舊本刻於各種叢書者多有外訛，即《永樂大典》本亦間有之。後惟戴東原、盧召公兩家本校訂稍精，而亦互有所見，不免參差。《箋疏》參眾家本而詳究之，以折其衷，擇善而從，則盧戴兩本居多。

（二）古今地理稱名代易，繁稱博引，轉致迷眩。《箋疏》據漢晉《地理志》、《說文》、《水經注》，指明今爲某省某府某縣而已，其近人地理各種概不泛引，以免多歧。

（三）今本《方言》各不同，晉唐人書注中有同引《方言》而彼此

〔註 90〕齊佩瑢曾謂：「王念孫嘗作方言疏證補，惜未完稿，其實張揖已盡捲方言中的材料以廣續爾雅，是王氏疏證一部可抵兩部書看也。」(《訓詁學概論》，頁 291）此番意見實亦不無啓發之處，蓋以續、廣之書言，即已多攬群書，而於疏證之作，貫通《爾雅》、《說文》、《方言》、《釋名》四部，更是基本要求。以是專就文獻而言，或有主從之別，而以語言爲本，則所附何書，似無大要，此或即石臞能捨《爾雅》，另治《廣雅》之因。是故針對一人爲說，倘欲申明音聲通轉、語言孳乳，則治一書猶如治四書也，而四書一皆同法爲說，殆不啻疊床架屋矣。

互異者，有或以郭注而誤爲《方言》正文者，《箋疏》就所見者並列各條下，間有疑義則辨析之。

（四）他書所引《方言》而今本無其文者，詳其文義，確繫脱落當補者，則旁列於條下，以清眉目，不敢羼混，而於箋疏中申明之。(《中國傳統語言學要籍述論》，頁 147)

而楊端志則更強調其聲義相通之操作：

值得注意的是，注釋中強調了以聲音通訓詁，這就是自序中宣布的："或因此而及彼者，則觸類而引申之。"這便又呈現了乾嘉學者衝破文字的束縛，走向有聲語言研究的特點。(《訓詁學》，頁 648)

大抵便是薈萃諸本之善，博徵有據，而又引申觸類，明其通轉，錢氏兄弟遂得於乾嘉之錦繡中更添得一花。

（三）《釋名》之屬

現代的《釋名》雖然因爲語源學而受到了較多的重視，然而，自《釋名》而後，其實罕見增、廣，或是注本。而魏晉以下，隨著讖緯的消歇，聲訓之法也逐漸沈寂。直至有清，才有畢沅重新啓其端倪。〔註 91〕只是啓則啓矣，終其一代，《釋名》之研究依然還是寥若晨星。以下幾部，或爲其中可堪注意者：

畢沅《釋名疏證》、張金吾《廣釋名》、成蓉鏡《釋名補證》、孫詒讓《釋名札迻》、王先謙《釋名疏證補》、《釋名補遺》、《疏證補附》。

其中又以畢、王二氏之作爲要。

1. 畢沅《釋名疏證》

畢氏之自序曰：

今分觀其〔《釋名》〕所釋，亦時有與《爾雅》、《説文》諸書異者。《爾雅》曰齊曰營州，而此云營州，齊衛之地。……。《説文》平土有叢木曰林，而此云山中叢木爲林，亦皆異義。且其字體出《説文》外十之三，益信熙之時去叔重已遠，其聲讀輕重、名物異同與安順前又迥別也。暇日取群經及史漢書注、唐宋類書、道釋二藏校之，表

〔註 91〕胡師楚生謂：「千餘年來，幾乎沒有任何人曾對《釋名》加以研究，比起《爾雅》來，《釋名》一書，確是寂寞得多了。直到清代的畢沅，撰著了《釋名疏證》，《釋名》之學，才又重新受到人們的重視。」(《訓詁學大綱》，頁 35)

> 其異同，是正缺失，又益以《補遺》及《續釋名》二卷，凡三閱，歲而成，復屬吳縣江君聲審正之。(《釋名疏證・序》)〔註 92〕

是知其書乃重於讎校異本，略爲訂正，間又增、廣而別爲他卷也。齊佩瑢謂：

> 其書〔《釋名》〕舊本訛錯不能卒讀，畢沅作釋名疏證（江聲代作），詳加校讎，又輯補遺及續釋名二種附刊於後，自此始有善本可讀。(《訓詁學概論》，頁 293)。

則畢氏之爲功，可爲千百年前之劉熙得一善本。唯與邵二雲略同，畢書究竟草創，其後王先謙之《補》出，是亦不免前浪後浪代謝之勢。雖則如此，然拋磚引玉，未嘗不爲畢氏之另一功。〔註 93〕

2. 王先謙《釋名疏證補》

王先謙一書既題爲《釋名疏證補》，自是直承畢沅《疏證》而來，王氏自序云：

> 舊本闕訛特甚，得鎮洋畢氏校訂，然後是書可讀。長洲吳氏所刊顧千里校本，是正亦多，其中奧義微文，未盡揮發，端居多暇，與湘潭王啓原、葉德炯、孫楷、善化皮錫瑞、平江蘇輿、從弟先愼，覆加詮釋，決疑通滯，歲月既積，簡帙遂充，因合畢氏元本，參酌吳校及寶應成蓉鏡《補證》、陽湖吳翊寅《校議》、瑞安孫詒讓《札迻》，甄錄尤雅，萃爲斯編。剞劂甫成，元和祝秉綱垂示胡、許二君所校，爲芟去重復，別卷附末，期以補靈巖之漏義，闡北海之精心。(《釋名疏證補・序》)

以畢書爲底，又得成、吳、孫等書之助，王書因利乘便，而有大成之目。〔註 94〕

倘若純就《釋名》而言，王氏之書不啻可爲有清壓軸之卷。只是《釋名》

〔註 92〕胡師楚生謂《訓詁學大綱》:「他的正書本〈釋名疏證序〉也是洪亮吉所代作。」(《訓詁學大綱》，頁 316)

〔註 93〕《釋名疏證》一書，今多以爲江聲代作，梁啓超謂：「《釋名疏證》題畢秋帆著，實則全出於江艮庭（聲）之手。」(《學術史》，頁 255) 據此，則善本、倡起之功宜分別屬之江、畢二氏。

〔註 94〕胡師楚生謂：「王氏此書〔《釋名疏證補》〕，因最晚出，所以總集大成，最爲精核，較之畢氏之書，自是後來居上了。」(《訓詁學大綱》，頁 318)

本爲聲訓之書，而王氏於此亦非不覺，若其所謂：

> 文字之興，聲先而義後，動植之物，字多純聲，此名無可釋者也。外是則孳乳繁賾、恉趣遷貿，學者緣聲求義，輒舉聲近之字爲釋，取其明白易通而聲義皆定，流求珥貳例，啓於周公，乾健坤順說，暢於孔子，……，展轉積聲以求通，以聲教之大凡也。(《釋名疏證補・序》)

正在乎此，然其疏證卻多侷促校訂文字間：

> 可惜這些人大多疏於古音訓故，是以校訂文字之功多，考釋語原之功少。王氏廣雅疏證於釋詁三篇，多言其語原，而釋親釋宮以下，亦屢解物名取義的所由；如能以王氏爲主，旁採段郝諸書，參之漢人音訓，證以古音古義，爲之取去是非，其於釋名之學必有很大的裨益。(齊佩瑢，《訓詁學概論》，頁 293)

未能於聲義之通轉間多所發揮，是亦不免稍嫌遺憾了。

（四）語詞之屬

清代語詞之研究，一向見視爲語法學發展的一個重要里程。雖然前此有元代盧以緯的《語助》，〔註 95〕然至清代，由袁仁林《虛字說》、劉淇《助字辨略》，以迄王引之《經傳釋詞》，而中國虛詞之研究才漸成體制。

伯申之書容後再述，這裏僅約略介紹袁、劉之作。

1. 袁仁林《虛字說》

據袁氏門生王德修所述，《虛字說》原爲初學所設之書，旨在體察聖賢之語氣，而使經文之理解可以更見精確：

> 虛字之說，吾師振千先生爲予小子輩說書而作也，蓋以初學入門之士，苟徒訓詁實字而於虛字不察，則先無以體聖賢之語氣，又何以尋義理之歸宿，而措之筆端，亦將有違戾而罔覺者矣。(《虛字說・跋》)

〔註 95〕《語助》或題《助語辭》。濮之珍謂：「盧以緯，字允武，元永嘉人。他搜集了語助詞百餘，闡釋其意義，分析其用法，爲中國研究虛字用法最早的專書。……。格致本更名《新刻助語辭》。」(《中國語言學史》，頁 459)

雖然袁氏之書於蒐詞、分析二端仍嫌粗略，而胡奇光仍舊以爲其中容有二項值得注意的見解：

> 在這本爲蒙童編寫的小冊子裏，卻也不乏獨到見解。主要有兩條：
> 第一，是從傳聲見情的性能上體察虛字的意義。他認爲，"凡書文發語、語助等字，皆屬口吻。口吻，神情聲氣也。"虛字並無實義，只是傳聲的工具而已，但他的長處也在這裏："聲傳而情見焉。"明白了虛字的性能之後，就可進而考察虛字在辭章裏的作用："古詩歌所用語辭，大概取其聲之長以寫欣戚意也。"……
> 第二，從上下文裏分析虛字的用法。……
> 從上下文看，才能說清虛字的用法。不僅虛字，就是"實字虛用，死字活用"，也都"由上下文知之，若單字獨出，則無從見矣。"（《中國小學史》，頁 324～325）

並以爲這二項見解皆衍自其虛字觀：

> 這兩條見解，同出於一源，即出於他的虛字觀。袁提出，虛字"本爲語中襯貼之聲，離語則不能自立。"正由於虛字"本爲語中襯貼之聲"，因而要從傳聲見情的性能上體察虛字的意義；由於虛字"離語則不能自立"，因而就要從上下文裏分析虛字的用法。（《中國小學史》，頁 325）

大抵做爲一個先峰，袁氏之作亦可善盡拓荒之務了。

2. 劉淇《助字辨略》

劉淇於助字功能之認識大抵與袁氏不二，皆以之雖無實義，而聲情語氣者可因之丕異，其自序言之曰：

> 構文之道，不過實字、虛字兩端。實字其體骨，而虛字其性情也。蓋文以代言，取肖神理，抗墜之際，軒輊異情，虛字一乖，判於燕越，柳柳州所由發哂于杜溫夫者邪？且夫一字之失，一句爲之蹉跎；一句之誤，通篇爲之梗塞，討論可闕如乎？（《助字辨略·序》）

以是，則廣徵諸籍，蒐詞可近五百，別爲重言、省文等三十類：

> 博求眾書，捃拾助字，都爲一集，題曰《助字辨略》。其類凡三十，

> 曰重言，曰省文，曰助語，曰斷詞，曰疑辭，曰詠嘆詞，曰急辭，曰緩辭，曰發語辭，曰語已辭，曰設辭，曰別異之辭，曰繼事之辭，曰或然之辭，曰原起之辭，曰終竟之辭，曰頓挫之辭，曰承上，曰轉下，曰語聲，曰通用，曰專辭，曰僅辭，曰歎辭，曰幾辭，曰極辭，曰總括之辭，曰方言，曰倒文，曰實字虛用。（同上）

至其訓釋之例，則歸結爲六：

> 其訓釋之例凡六，曰正訓，曰反訓，曰通訓，曰借訓，曰互訓，曰轉訓。……。正訓如仁者人也、義者宜也是也；反訓如故訓今、方訓向是也；通訓如本猶根也、命猶令也是也；借訓如學之爲言效也、齋之爲言齊也是也；互訓如安訓何，何亦訓安是也；轉訓如容有許義，故訓可；猶有尚義，故訓庶幾是也。（同上）

此書與伯申《經傳釋詞》一先一後，而體制頗類，是其等第比評，蓋亦近於《爾雅》之邵、郝。〔註96〕這原是一種價值取捨的問題，本文姑且不更置喙。於此則約略引述胡師楚生指出劉書不下王書之佳處有三，或者可於略遜整體的情狀中，稍見其不爲抹殺之部份佳處：

> (1) 材料豐富：劉氏此書，計收錄了四百七十六個虛字，據呂振端君的統計，劉王二氏之書俱加收錄之字，凡一百四十五個，《辨略》收而《釋詞》缺者，凡三百三十一字，《辨略》缺而《釋詞》收者，凡十五字，在份量上，《助字辨略》超出了很多，同時，在取材方面，《經傳釋詞》是斷明以西漢以前爲限，《助字辨略》則一直取材到最近期的作品。甚至連詩詞的語詞，都加以收錄，這是王氏之書所未有的現象。……
>
> (2) 採用俗語：劉氏之書，有時也收錄了一些不同時代的俗語，這是王氏之書及其他虛詞研究的書中，那是很難見到的。……
>
> (3) 解釋精審：劉毓崧氏在《助字辨略》的跋文中，除了舉出許多《經傳釋詞》與《助字辨略》所暗合的例子外，又舉出一些劉氏之書，推闡引證，較王氏之書更爲詳盡的例子，……（《訓詁學大綱》，頁337～338）

〔註96〕詳見胡師楚生《訓詁學大綱》，頁335～336。

（五）傳注之屬

清代小學著作之盛，成就之高，固已令人瞠乎其後，然則小學畢竟工具之學，較之經學，則其投注恐又多所不及，梁啓超謂：

> 自顧亭林高標“經學即理學”之徽幟，以與空談性命之陋儒抗，於是二百年來學者家家談經，著作汗牛充棟。阮氏《皇清經解》、王氏《皇清經解續編》所收作者凡百五十七家，爲書都三百八十九種，二千七百二十七卷。亦云盛矣，而未收及續出者尚不在其列。(《學術史》，頁 221)

對此盛況，即令單純擇要羅列，大抵亦不免失之累牘。同時，在以訓詁通經的立場下，其所呈現之成就、特色，亦與前述《爾雅》諸學多有重疊，以是這裏不更特意爲其個別之介紹，僅就各家所重，略舉一二，聊以窺天測海耳：

張爾岐《儀禮鄭注句讀》、劉寶楠《論語正義》、焦循《孟子正義》、孫星衍《尚書今古文注疏》、陳啓源《毛詩稽古篇》、戴震《經考》、《毛鄭詩考》、《孟子字義疏證》，段玉裁《詩經小學》、《周禮漢讀考》、馬瑞辰《毛詩傳箋通釋》、胡承珙《毛詩後箋》、陳奐《毛詩傳疏》、陳壽祺《禮記鄭讀考》、阮元《經籍纂詁》、《十三經注疏校勘記》、王念孫《讀書雜志》、王引之《經義述聞》、余蕭客《古經解鉤沈》、俞樾《群經平議》、《諸子平議》。〔註 97〕

除此而外，尚有部分要籍，或以內容廣泛，相類者少，或以主從有別，不專訓詁，以是難於上述五項得其歸類。唯其所涉，實與詁訓密切相屬，是亦於此略爲提示。

其一，則爲俞樾之《古書疑義舉例》。此書據胡師楚生所述，可爲二王《經義述聞．通說》之推衍：

> 《經義述聞》卷三十二，《通說》下的十二條，不論其性質或是撰寫的方式，都和俞氏《舉例》一書，十分接近，俞氏《舉例》一書，

〔註 97〕此中最爲特出者，宜屬之東原《孟子字義疏證》，此書成書迄今，一向受到漢、宋二端褒貶不一的批評，蓋東原意欲兼攝漢宋，以漢通宋，故易爲偏執一端者所不喜、亦不識也。然此書實爲東原治經理路之一貫呈現，亦爲小學通經之完整實踐，即令規模初成，多有爭議，而其格局、構想殆亦不宜輕置。相涉論述可見本文第四章，爲免疊床，此則權且從略。

簡直可說就是王氏那十二條訓詁準則的擴大和引申。(《訓詁學大綱》，頁 358)

視其內容，可兼攬訓詁、校勘、語法、修辭等諸多層面，〔註 98〕論其治理，則實文例之歸納事。文例之歸納，二王或謂之「比例」，此爲清儒治學重要操作，實則《經傳釋詞》之成就亦可謂多賴乎此。在文法、修辭之學尚未意識、建立之前，文例本替代地完成了許多階段性的任務。而在諸多學科漸次分化之後，文例亦因符合科學的程序，仍爲常見的分析方式。雖然文例的歸納可能因爲缺乏系統的結構而流於瑣碎，甚至誤謬，這種流弊在俞氏之書中已可窺見，然此本非文例歸納之本質，倘得因果相繫，理應例合，是其爲用，於古之修訂，於今之發見，未嘗不能致其想望。據此，則俞氏推闡之功可不爲小。

其二，則爲段玉裁《說文解字注》及朱駿聲《說文通訓定聲》。此二者本與桂馥、王筠合稱《說文》四大家，論其歸屬，宜功在文字。然若膺者，實爲深解東原之人，於訓詁義理之通途可不自限，於因聲求義之理更了然於心。前引其序石臞《廣雅疏證》即大闡是理，而石臞序其《說文》之注固亦於此多所強調，〔註 99〕胡奇光以爲：

段玉裁倡"以聲爲義"，旨在"窺上古之語言"。這一思想，是他進行文字研究的努力目標。從這個意義上說，他的"以聲爲義"說的各種提法，大體上都可作爲人們探求同源詞的初階。(《中國小學史》，頁 270)

雖然貿然地比附同源詞研究仍不無可商之處，而其指出段氏文字研究底層的語言系統大抵應是深中其旨的。

至於朱書，本來就不局限於《說文》，王力釋其書名謂：

"說文"、"通訓"、"定聲"，實際上是包括字形、字義與字音。"說文"部分主要是說明字形與字義、字音的關係，而以字形爲主；"通訓"部分專講字義（詞義）的引申和假借，使讀者能觀其會通；"定聲"部分則以上古韻文的用韻來證明古音。(《中國語言學史》，頁 155)

〔註 98〕詳見胡師楚生《訓詁學大綱》，頁 357～380。

〔註 99〕引文見第五章第二節。

並盛稱其成就，以爲「博大精深」：

> 《說文通訓定聲》實在夠得上“博大精深”四個字。上節稱贊段玉裁在《說文》研究上應該坐第一把交椅；而朱駿聲則在詞義的綜合研究上應該坐第一把交椅，他的主要貢獻不在《說文》的研究上，而在全面地研究了詞義。(《中國語言學史》，頁 160)

尤須注意者，王力所予定位實在「詞義」，而不在《說文》。似此，則言及清代訓詁，朱氏之其人其書恐怕也不應有所忽略了。

第三章　清代訓詁理論之先導
——顧炎武

在整體鋪敘了本文對清代學術發展的理解後，本章擬在此基礎上，進一步就其理路轉化的四個關鍵點上，針對其代表人物的治學結構，更深入地去發掘乾嘉一系訓詁技術的源起與意義。儘管這些訓詁概念在個人的使用意圖與學術的影響意義間容有誤差，以是這裏發現的結果並不見得能夠直接做爲清代學術發展理路的印證，不過，那也並不是本章的目的。相反的，去突顯、正視這些誤差的存在，亦正是本章除卻事實的陳述外，所企圖呈現的另一個重點，本文以爲，緣於這些誤差的長期忽視，導致訓詁概念與技術的不能協調。換句話說，在某個治經目的下產生的訓詁技術，被保守的繼承下來，以致即使治經目的已隨著時代風氣悄然轉移，而訓詁技術一仍依循著原有方向自行發展，表面看來，訓詁技術也許愈趨精密，然而其與後來之治經意圖卻不見得相應，這就容易使得技術與目的脫節，而不能完成其應有的任務。〔註1〕

在此前提下，本文配合前章所述發展脈絡，擇定以顧亭林、戴東原、王氏父子、章炳麟等五人爲清代訓詁轉捩的主要理解對象。

〔註1〕造成這種現象的心理因素，也可能是震懾於方法論的力量，而見獵心喜地過度擴大其施用範圍，以致寧可相信方法論上的精確性，卻嚴重地忽略其解決問題上的有效性。

本章首先論及者是爲顧炎武。

> 梨洲爲清代浙東學派之開創者，其派復衍爲二。一爲史學；二即王學。（梁啓超，《學術史》，頁 47）
>
> 清初的經學，……講到「篳路藍縷」之功，不能不推顧亭林爲第一。（同上，頁 64）

顧、黃二人向推爲清代學術之先導，然其所造成之影響固有不同。上引梁啓超二段文字正代表後代普遍的認知，順此概念而下，梨洲見列爲史學家、思想家，而亭林則「相對」成了經學家。

如果僅從學術脈絡的角度來掌握這個形象，大抵也無可厚非，緣於這個角度所著重的是人物前有所承、後有所啓的作用，所留意的是人物在歷史中所扮演的角色，至於這個角色與其本然的面目卻可以不必密合，也常常不能密合。因爲儘管個人可以憑其意志與意圖而有所行動，然而他人之解讀與所受之影響卻不必然與其意圖一致。如果仔細檢討亭林一生的學術活動與著述，不難發現，純粹認定、或過度突顯亭林的經學家身份，將不合理地擴大與其現實樣貌的差距，同時也直接影響吾人對明末清初這一段學術流變的理解。

亭林一生「著述」不少，然多半爲蒐集鈔錄之作，鮮有具體表現其治學途徑者。同時因其著作態度的謹愼，對於既成之稿往往修訂再三，而不輕易付梓，造成今日所見，多有後人纂輯、代刊之未定稿。這二個現象在理解亭林的學術中，自然產生一定的阻礙。以是爲了減少理解上的誤差，除了樣本性地參酌亭林現存所有著作外，本文主要還是將目標設定在其耿耿一生的《日知錄》，及頗見其具體陳述之文集，此主要包括後人爲之纂集《亭林文集》、《亭林餘集》、《蔣山傭殘稿》、佚文等。

第一節　學術體系

一、爲學宗旨

萬曆四十一年，明廷積弱已深，河山動蕩，反映在學術界上，是導致理學的漸衰與實學的漸興，隨著時局的持續不安，實學大有凌駕理學的趨勢，這是亭林出生的背景。幼年的亭林雖然不會直接受到學界的影響，然而這股感時憂國的情懷，卻透過其祖父顧紹芾的庭訓，而塑造了亭林的學術基礎：

> 六歲，臣母於閨中授之《大學》，七歲就外傅，九歲讀《周易》。自臣母授臣《大學》之年，而東方兵起，白氣亙天。……。一日，臣祖指庭中草根謂臣曰：「爾他日得食此幸矣！」遂命之讀古兵家《孫子》、《吳子》諸書，及《左傳》、《國語》、《戰國策》、《史記》。年十一，授以《資治通鑑》。已而三畔平，人心亦稍定，而臣祖故所與往來老人謂臣祖曰：「此兒頗慧，何不令習帖括，乃爲是闊遠者乎？」於是令習科舉文字，已而遂得爲諸生，讀《詩》、《尚書》、《春秋》。……。又當先帝頒《孝經》、小學釐正文字之日，臣乃獨好五經及宋人性理書，而臣祖乃更誨之，以爲士當求實學，凡天文、地理、兵農、水土，及一代典章之故不可不熟究。而臣有妻，又有四方徵逐之事，不能日在膝下，臣祖亦不復朝夕課督如異時矣。（〈三朝紀事闕文序〉，《亭林餘集》）

這段文字中，不難發現，其一、亭林自幼治學，實完全在其祖父顧紹芾的安排下進行，至少在其娶妻（十九歲）、應舉之前，亭林始終謹遵庭訓。其二、顧紹芾所與亭林之庭訓，具有顯著的實學導向，即使亭林所好本在五經與性理之學，仍誨之轉向實學。

據此可以推測，在亭林學術尚未自立之前，顧紹芾實已造就了亭林實學的思想底層。事實上，從亭林後來的學展發展看來，這樣的學術路徑始終未曾改易：

> 崇禎己卯，秋闈被擯，退而讀書。感四國之多虞，恥經生之寡術，於是歷覽二十一史以及天下郡縣志書，一代名公文集及章奏文冊之類，有得即錄，共成四十餘帙，一爲輿地之記，一爲利病之書。（〈天下郡國利病書序〉，《亭林文集》，卷六）

所謂二書即《肇域志》與《天下郡國利病書》，此爲亭林著述之始，所標舉的目的便是「感四國之多虞，恥經生之寡術」。〔註2〕而類似的概念，在亭林的言論

〔註 2〕此處所述似基於對科舉的反省，而後才有寡術之嘆。然亦可能是先有實學思想，卻長年困於科舉。復又目睹國難當前，而己身汲汲之帖括，雖是致仕之必需，竟無益於用世，以致產生如是反省。如就其學術歷程來看，似以後者爲是，至科舉之省只能說是激發其及時著述之動機而已。

中實不鮮見，並常爲亭林標舉爲治學之要旨：

> 孔子之刪述六經，即伊尹、太公救民於水火之心，而今之注蟲魚、命草木者，皆不足以語此也。……。愚不揣，有見於此，故凡文之不關於六經之指、當世之務者，一切不爲。(〈與人書〉三，《亭林文集》，卷四)

又：

> 君子之爲學，以明道也，以救世也。(〈與人書〉二十五，《亭林文集》，卷四)

又：

> 君子之爲學也，非利己而已也，有明道淑人之心，有撥亂反正之事，知天下之勢之何以流極而至於此，則思起而有以救之。(〈與潘次耕札〉，《亭林餘集》)

以是可以說，經世致用的實學思想，實爲亭林學術之宗旨所在。

二、爲學途徑

在經世致用的前提下，亭林論學極重實踐的一面。論者向以「博學於文」、「行己有恥」二句歸納亭林學術大要，〔註 3〕此說得自亭林〈與友人論學書〉：

> 愚所謂聖人之道者如之何？曰「博學於文」，曰「行己有恥」。自一身以至於天下國家，皆學之事也；自子臣弟友以至出入、往來、辭受、取與之間，皆有恥之事也。……。士而不先言恥，則爲無本之人；非好古而多聞，則爲空虛之學。以無本之人，而講空虛之學，吾見其日從事於聖人而去之彌遠也。(《亭林文集》，卷三)

如是的歸納，大體沒有特別的理由要去反駁，只是在這種概括的理解中，本文以爲有些部份可以稍加說明。

嚴格說來，這二個概念與所謂「道問學」、「尊德性」二者並無不同。而這樣一組概念，如同余英時所說：

〔註 3〕如錢穆，見《三百年》，頁 108。

這本來是儒家的兩個輪子，從《大學》、《中庸》以來，就有這兩個輪子，不能分的。（《論戴震》，頁 348～349）

易言之，在所有儒家的思想體系中，無一不具此二概念，以是如果僅僅執此概念以視亭林，則掌握了亭林，同時也湮沒了亭林，使亭林與其他儒者略無異同。

因此，倘若眞要掌握亭林的特點，勢必要從一個更爲細緻的角度入手。就此而言，其實不難發現，儘管每個儒家在概念上都標舉此二端，然而在具體的實踐上，卻因個別的認知不同，而產生諸多「變體」。姑且不論其變異原因爲何，這同中有異的部份，實是個人特質的顯現。大略而言，這種差異主要表現在二個方向，其一、「尊德性」、「道問學」的比重不同，如王學與乾嘉之學幾爲兩個極端；其二、對二個概念的內涵詮釋不同，如朱子的「致知」與陽明的「致良知」便同是「尊德性」下對工夫論的不同體認。〔註 4〕從如此的角度視諸亭林，很容易可以發現，宋明儒學中諸般心體、性體、工夫次第等歸在「尊德性」下的哲學議題，幾不見亭林有所發揮，或者對亭林，以迄於後來的考據學者而言，那些形上議題已然涉於玄虛，不足道也。當然，這並不是說亭林著實不重德性，在實學的思潮下，亭林只是不在理論上「尊德性」而已。正如錢穆所描述的一般，亭林一生的出處、進退實是其「行己有恥」的具體呈現。〔註 5〕而勞思光亦謂：

亭林心目中之「學」，重在認知一面；至於德性問題，亭林固非反德性者，然其了解只限於外表之生活行爲，對意志內部工夫則無甚體會；於是「尊德性」之事在亭林眼中化爲極簡單之問題，而其用心遂全在「道問學」一面；至於「成德之學」之特色，在亭林亦完全不能掌握矣。（《中國哲學史》三下，頁 673）

所述理由雖異，而其現象則無不同。以是亭林的文字著述，則全爲其「博學於文」的表現，而這一部份，更是典型的實學操作，如錢穆所論：

蓋亭林論學，本懸二的：一曰明道，一曰救世。其爲《日知錄》，又

〔註 4〕大體說來，朱子的「致知」是「即物窮理」；而陽明的「致良知」則強調良知本有，不假外求。參見朱漢民，《宋明理學通論》，頁 271～275、443～450。

〔註 5〕詳見錢穆，《三百年》，頁 108～116。

> 分三部：曰經術，治道，博聞。後儒乃打歸一路，專守其「經學即理學」之議，以經術爲明道。餘力所匯，則及博聞。至於研治道，講救世，則時異世易，繼響無人，而終於消沈焉。若論亭林本意，則顯然以講治道救世爲主。(《三百年》，頁 127)

換言之，亭林所重，並非一般博聞之知識獵取，而充滿救世的積極目的，「故凡文不關於六經之指、當世之務者，一切不爲。」（見上引）在此概念下，明經亦爲救世，經典在此的發用，是典章制度等的行事依據，而非哲學義理的探討詮釋。或者這也可以是理解《日知錄》上篇不稱「經義」，而稱「經術」的一個面向。以經「術」與治「道」對應，則偏重施用的意圖亦可稍見。因此，本文認爲應扣緊亭林亟思致用的實學傾向，其「博學於文」、「行己有恥」的論學宗旨才能較爲準確的定位，而亭林個人的學術特質也才能眞正突顯，不致在「道問學」與「尊德性」的涵攝下，成了樣板性的扁平人物。

本文所重既針對考據一脈之發展，循此定位，所論自然亦將導向「博學於文」的一端。

不可否認，亭林一生極重其《日知錄》與《音學五書》二者，亭林謂：

> 所著《日知錄》三十餘卷，平生之志與業皆在其中。(〈與友人論門人書〉，《亭林文集》，卷三)

> 君子之爲學，以明道也，以救世也，徒以詩文而已，所謂「雕蟲篆刻」，亦何益哉！某至五十以後，篤志經史，其於音學深有所得。今爲《五書》，以續三百篇以來久絕之傳，而別著《日知錄》，上篇經術，中篇治道，下篇博聞，共三十餘卷。有王者起，將以見諸行事，以躋斯世於治古之隆，而未敢爲今人道也。(〈與人書〉二十五，《亭林文集》，卷四)

以是如錢穆者，便以上引〈與人書〉二十五爲證，藉此二書而爲亭林之學術架構。〔註 6〕雖然錢穆所述並未全然局限於二書本身，本文仍以爲，此二者只是亭林學術之本末二端，單執二者，未免以偏蓋全。事實上，在亭林學術體系中，有一重要成份，向爲論者所忽略，然此卻是亭林明經致用過程中的一個重要過渡，同時也是亭林有別於一般儒者，而影響後代考據發展之重要環節。

〔註 6〕詳見《學術史》，頁 117～128。

如前引〈與人書〉三與二十五兩通，亭林以「六經之指」、「當世之務」對舉，「明道」而與「救世」同出，這容易讓人得到一個直截的聯繫，「明道」是爲「救世」，而所謂道者，實乃「六經之指」。這其實乃一般儒生之常談，不需有所置疑。然而也正因太過常談，而使得理解過於直截，忽略了在亭林在文章自表的「篤志經史」。換言之，亭林除了以六經爲本之外，史籍亦是亭林所特意強調者，以是，在其論述中，經史往往並舉：

> 人苟遍讀五經，略通史鑑，天下之事，自可洞然。（〈與楊雪臣〉，《亭林文集》，卷六）

而其論及科舉、選才之道，則謂：

> 必選夫五經兼通者而後充之，又課之以二十一史與當世之務而後升之。（〈生員論〉上，《亭林文集》，卷一）

又：

> 臣竊惟國家以經術取士，自五經、四書、二十一史、《通鑑》、性理諸書而外，不列於學官。（〈科場禁約〉，《日知錄》，卷十八）

是知，就亭林而言，儒生意欲救世，經史實同爲必要之基礎涵養。

然則經史雖同爲經世之依據，其地位與發揮之作用卻不盡相同。要言之，可以「通經致用」、「引古籌今」二項概念做爲經、史的區別。「通經致用」，是在尊經崇聖的前提下，以聖人的古訓、經典的制度做爲議事施政的準則。這本是傳統經學的本質，亭林自不例外，只是相對於一般儒生而言，亭林在此的表現顯得有些迂闊。這主要緣於其極度好古、學古的心態。在《日知錄》有〈其稽我古人之德〉一篇曰：

> 傅說之告高宗曰：「學於古訓，乃有穫。」武王之誥康叔，既「祗遹乃文考」，而又求之「殷先哲王」，又求之「商耇成人」，又別求之「古先哲王」。大保之戒成王，先之以「稽我古人之德」，而後進之以「稽謀自天」。及成王之作《周官》，亦曰「學古入官」，曰「不學墻面」。子曰：「述而不作，信而好古」，又曰：「好古敏以求之」，又曰：「君子以多識前言往行，以畜其德。先聖後聖，其揆一也」，不學古而欲稽天，豈非不耕而求穫乎？（《日知錄》，卷二）

此表現出學古的必要性。而爲何學古如此重要？事實上，亭林所謂之古，主要指的是孔子盛稱大同的三代：

> 三代之時，其文皆本於六書，其人皆出於族黨庠序，其性皆馴化於中和，而發之爲音無不協於正。(〈音學五書序〉,《亭林文集》，卷二)

對亭林而言，那是一個極度理想的境界，以是即令孔子之聖，亦不能對之有所增損，唯是「述而不作」:

> 而孔子之聖，但曰「述而不作，信而好古」; 又曰「文武之道，未墜於地，在人。」是故六經之業，集群聖之大成，而無所創矣。(〈不耕穫，不菑畬〉,《日知錄》，卷一)

孔子之述，即是六經，以是學古的概念與經學結合而帶有同樣的神聖性。同時也使六經因而變成三代之治的具體實錄，而通經的目的，便是透過這個實錄，將三代的典章制度、古聖的治國理念，一一具體實踐。

> 就亭林之信古尊經講，亭林蓋眞認爲通經即可以解決政治社會種種問題。此即所謂「明道」與「救世」之學之確解所在。(勞思光，《中國哲學史》三下，頁 674)

乍看之下，如此信念似與一般儒生無異，然而如果仔細斟酌，學古與六經的結合著實已令二者悄悄發生質變。就六經而言，述古的孔子所呈現的既是三代的實錄，這不免導致六經因而帶有史記的意味，〔註 7〕順勢而下，治經的理路將導向事實的理解、典制的重建，大大地削弱其在義理闡揚上的重視，於是，就方法看來，治經其實便是治史，而造就經學考據的空間，或者說，順利地爲其以

〔註 7〕黃啓華〈讀《日知錄》札記——顧炎武「六經皆史」思想辨析〉一文指出，自錢鍾書而後，迭有學者認爲亭林已有「六經皆史」的想法。然黃氏以爲在亭林思想中，經學與史學仍有區別（經學面對的是人生問題，而史學則以政治、歷史問題爲務），因而駁斥錢說。固然我們可以認同黃氏之謂，在亭林體系中，經、史之地位與作用著實不同，未可一概而論，不過，若就本文之角度而言，其差異固與黃論不同。本文以爲，強調「述而不作」的概念，亭林自是令六經帶有後人所謂史書的概念，在此狀態下，經之所以稱經，只因其所呈現的「歷史」是三代的聖人之治，那是一個絕對理想的大同境界。相對於後世史書中諸多不完美的歷史現實，三代的史實因而是絕對的典範，這是其所以爲孔聖所述，而成爲經典的主要原因。

史治經的方式建構了理路；其次，就學古而言，因爲「古」具有至高無上的眞理性、權威性，不具檢討、商榷的空間，這使得學古已非一般的借鑑，而是模倣、是實踐，不僅富含濃重的擬古傾向，而竟是到了不辨清濁，凡古皆是的地步。這種主張，甚至還擴及無涉政體民生，只爲淳淳古風的語音：

> 天之未喪斯文，必有聖人復起，舉今日之音而還之淳古者。子曰：「吾自衛反魯，然後樂正，雅、頌各得其所。」實有望於後之作者焉。(〈音學五書序〉,《亭林文集》，卷三)

此著實要讓處在不同時空背景下的後人匪夷所思。錢穆於此述曰：

> 惟亭林以峻絕之姿，爲斬截之論，既謂經學即理學，因以明經即明道，而謂救世之道在是，至欲一切反今以復之古，其於音韻，至謂「天之未喪斯文，必有聖人復起，舉今日之音而還之淳古者」，此何以免「迂而難行」之誚？(《三百年》，頁 124)

或者，在明代文壇上的擬古思潮中，亭林竟是流風所及？

至於不列爲經的一般史書，在亭林體系中主要的功能在於「引古籌今」，其言曰：

> 引古籌今，亦吾儒經世之用。(〈與人書〉八,《亭林文集》，卷四)
>
> 夫史書之作，鑒往所以訓今。(〈答徐甥公肅書〉,《亭林文集》，卷六)

在傳統的概念中，歷史是過去事件的記錄，在千百年的興衰中，積累了眾多個案，也透顯了一定的歷史規律。自然，其間的人事必是良莠不齊、毀譽交錯的，然而也正因此，這些出處進退的抉擇與結果成爲一種在現實世界中的具體檢證，而可以做爲後人的借鑑、效倣，或者依據。亭林謂：

> 比讀國史，正統中，嘗遣右通政李畛等官糴米得銀若干萬，則昔人有行之者矣。特建此說，以待高明者籌之。(〈病起與薊門當世書〉,《亭林文集》，卷三)

又：

> 異姓爲後見於史者，魏陳矯本劉氏子，出嗣舅氏；吳朱然本姓施，以姊子爲朱後，惟此二人爲賢，而賈謐之後充，則有莒人滅鄫之議

矣。惟《晉書》有一事與君家相類，云吳朝周逸，博達古今。逸本左氏之子，爲周氏所養。周氏自有子，時人有譏逸者，逸數陳古事，卒不復本姓，學者咸謂爲當。然亦未可引以爲據，以經典別無可證也。（〈答毛錦銜〉，《亭林文集》，卷六）

這二個例子都呈現出亭林「引古籌今」的具體樣貌。這種模式與夫「通經致用」之間其實無大差異，所以不同者，只在操作的態度以及地位的主從而已，在第二例中，吾人可以看到，亭林雖在史事中有例可循，唯以經典無證，亦不敢貿然爲據。這說明了經典做爲最高準據的不可取代性。在下面的引文中，吾人更可見出亭林經、史的相對作用：

竊意出處升沈，自有定見，如得殫數年之精力，以三《禮》爲經，而取古今之變附於其下，爲之論斷，以待後王，以惠來學，豈非今日之大幸乎？（〈答汪苕文書〉，《亭林文集》，卷三）

此處談的雖然是三《禮》，然其餘經典亦可類比，只是施用的層面略有不同而已。要之，這個模式明白地顯示出經的典範性與史的例證性。換句話說，在亭林的體系裏，經是一種理據，可以決定善惡，而史只是先例，略無是非可言。先例雖然可以呈現結局的圓缺，卻不爲儒家所特別重視，儒家的重點在乃於行爲的過程是否依仁行義，而此則有賴於理據的判斷。以是亭林認爲若能將古今所有先例皆按理據爲之論斷，則後人之進退出處亦得以無惑。是知在亭林的思路中，「通經致用」、「引古籌今」是一種主從的配合，而經、史之間亦因此而相輔相成、二位一體。

第二節　治學方法與訓詁運用

一般而言，研究的工具、技術與研究目的之間應是一種互相的配合與發展，然而事實卻常常存在或大或小的誤差。推究其因，除了在概念、技術上的掌握不夠精確外，有時還受到傳統認知與訓練的深刻影響。誠然，學術的訓練可以使個人比較有效的獲得「某些」理解、解釋問題的門徑，然則卻也不可否認的，在個人的學識尚未成熟之前，許多概念也未經思辨地成爲一種潛在而不可移易的基本前提。如東原幼時，有一段事蹟往往爲人所稱引：

先生〔戴震〕是年〔十歲〕乃能言，……。授《大學章句》，至「右

> 經一章」以下，問塾師：「此何以知為孔子之言而曾子述之？又何以知為曾子之意而門人記之？」師應之曰：「此朱文公所說。」即問：「朱文公何時人？」曰：「宋朝人。」「孔子、曾子何時人？」曰：「周朝人。」「周朝、宋朝相去幾何時矣？」曰：「幾二千年矣。」「然則朱文公何以知然？」師無以應，曰：「此非常兒也。」（段玉裁，〈戴東原先生年譜〉）

蓋東原之問，是為非「常」，是所謂「常」者乃視朱子為賢，而未嘗置疑焉。事實上，在我們的學術傳統中，類似的前提頗為普遍，即令東原之盛稱求是，其溯及孔、孟，亦不敢提出疑惑。於是個人的治學理路處在傳統的局限中，始終存在一種不自覺的誤差，而如果真要確實掌握技術面的成因、目的，以及所能達到的效力，這些潛在的預設前提恐怕便不該輕輕略過。

就亭林而言，便可以看到這一種不協調的現象。前已述及，亭林治學講求經世致用，然而這是一個理論性的理念，要具體完成，尚欠缺一段實踐的程序。當然，亭林並沒有忽略這一段程序的安排，只是在其極尊經典、步趨聖人的前提，以及不求當下、寄望未來的心態下，這個實踐的過程不在直接面對問題，針對問題的具體成因，思考其因應解決之道，卻是直接訴諸經典，將聖人的理念全盤套用。這使得所謂的實學出現了緩衝空間，因而轉向了考據，而其祖父所欲令其熟究的「天文、地理、兵農、水土，及一代典章之故」盡皆「不假外求」地一味走向了經史。由是，考據便成了一切學術、治道的主要通衢（或者說，亭林便由此而以考據兜攏了一切學術、治道）。而面對經史，亭林又在其一貫的學術背景與訓練下，引出了考據一途。這個轉折，本文已在前章中引述過勞思光之說明，由此而下，勞思光更進一步推論：

> 乾嘉學風之特色，即在於提倡客觀研究，追尋客觀知識；其研究範圍則以古籍為對象。古籍中雖以經為重，但其研究態度只在於了解古代文化制度之實況，於是就所獲得知識之性質看。實是一種史學知識。故乾嘉之學可說是一種廣義之史學；經籍之研究，亦化為此種史學研究之一部份。亭林欲以「經學」代「理學」，然學風演變之結果乃為以「史學」攝「經學」；此亦清代學術演變之一要點也。（《中國哲學史》三下，頁 805～806）

於是更嚴格地說，在經、史的兩端間，亭林宜更近乎史。以下，擬再進一步指出亭林的治學之道。

一、鈔書與札記

亭林之治學，總括可謂皆在鈔書一事，而如此之途徑，大抵則得自幼時之庭訓：

> 昔時嘗以問諸先祖，先祖曰：「著書不如鈔書。凡今人之學，必不及古人也，今人所見之書之博，必不及古人也。小子勉之，唯讀書而已。」……。愚嘗有所議於左氏，及讀《權衡》，則已先言之矣。念先祖之見背，已二十有七年，而言猶在耳。（〈鈔書自序〉，《亭林文集》，卷二）

從這段自序可以見出，幼時的這個庭訓，在亭林的體會中得到了印證，而確定了其一生的治學之方。在亭林的自表中，不論讀書、著書，屢屢可見其鈔錄之說：

> 《冊府元龜》一書，自隋以前大抵皆史文，不及覆閱。唐及五代多採之《會要》。今《新舊唐書》、《五代史》之所無者，錄出數百條，入《日知錄》等書。（〈與朱長源〉，《蔣山傭殘稿》，卷一）

> 此書自崇禎己卯起，先取《一統志》，後取各省府州縣志，後取二十一史參互書之。凡閱志書一千餘部，本行不盡，則注之旁；旁又不盡，則別爲一集曰《備錄》。（〈肇域志序〉，《亭林文集》，卷六）

然則，亭林亦自視其所謂之鈔書，與一般世人輯錄之作有所不同：

> 嘗謂今人纂輯之書，正如今人之鑄錢。古人采銅於山，今人則買舊錢，名之曰廢銅，以充鑄而已。所鑄之錢既已粗惡，而又將古人傳世之寶，舂剉碎散，不存於後，豈不兩失之乎？承問《日知錄》又成幾卷，蓋期之以廢銅；而某自別來一載，早夜誦讀，反復尋究，僅得十餘條，然庶幾采山之銅也。（〈與人書〉十，《亭林文集》，卷四）

亭林以「庶幾采山之銅」爲之形容，蓋有自比古人、以述爲作之意。而這一部份，大約即亭林之「識」與「論」，尤以後者爲然，亭林嘗以其《日知錄》比之黃宗羲之《明夷待訪錄》：

> 因出大著《待訪錄》讀之再三，於是知天下之未嘗無人，百王之敝可以復起，而三代之盛可以徐還也。天下之事，有識者未必遭其時，而當其時者，或無其識。古之君子所以著書待後，有王者起，得而師之。……。炎武以管見爲《日知錄》一書，竊自幸其中所論，同於先生者十之六七。(〈與黃太沖書〉,《亭林佚文輯補》)

此透露出亭林自身對《日知錄》之寓意與「期許」，姑不論亭林之議究竟如何，落實到處理的手法與形式上，亭林實針對時弊，引古書中可爲因應之方，具體申論，乃至提出其所以爲之資治之策，這是「述」與「論」的結合。設若亭林在此以其另起之結構綜整爲述，則或者可以獨立成書，然則亭林並無此意，視其書中條目順序，群經、諸史界限井然，而其書名題之曰「錄」，固仍以纂輯爲之根本。唯相較於一般纂輯之專意鈔錄，此種夾敘夾論之體，實已入於札記之屬。札記之體，自非始於亭林，然則在尊古存古的意圖下，仍以鈔錄的形式爲基礎，並將「起百王之敝」、「還三代之盛」的經世意圖賦予其中，使札記不再只是片斷的心得眉批，而是有意運作的撰作形式，亭林在此實留下一個典範。錢穆曾謂：

> 要之亭林論治之見，其是非可無論，至其經世之志，爲《日知錄》一書之本榦者，其後亦未爲清儒所紹續。……然則清儒所重視於《日知錄》者何在？曰：亦在其成書之方法，而不在其旨義。所謂《日知錄》成書方法者，其最顯著之面目，厥爲纂輯。……以後清儒率好爲纂輯比次，雖方面不能如亭林之廣，結撰不能如亭林之精，用意更不能如亭林之深且大，然要爲聞其風而起者，則不可誣也。(《三百年》，頁 126～127)

其所指出之面向雖與本文不同，然將亭林對清儒的影響設定在《日知錄》撰述方式上則可說並無二致。

二、異文與校讎

亭林既以鈔書爲成書之方，是亭林之鈔書，因而較之一般是更爲愼重其事的，具體而言，這表現於材料的去取上。

材料的去取，一般而言可有內在、外在二個方向。前者涉乎亭林之「識」與撰作意圖，蓋已見於上述。此處所論，僅針對後者：記載文字之異同。其具體工夫之落實，則爲板本之鑑定與校讎之重視。

> 弟以校讎之忙，不及親叩。(〈與人札〉又，《亭林佚文輯補》)

> 憶昔時邸報至崇禎十一年方有活板，自此以前，並是寫本。而中秘所收，乃出涿州之獻，豈無意爲增損者乎？訪問士大夫家，有當時舊鈔，以俸薪別購一部，擇其大關目處略一對勘，便可知矣。(〈與公肅甥書〉，《亭林文集》，卷三)

類似的言論，並不鮮見，是校讎本爲亭林鈔書之基本工夫，頗能確定。

然則亭林在此一事如此費心，自亦有其外緣因素的迫使。蔣伯潛謂：

> 宋明以來，坊間校刻，妄改古書，固有這種很壞的習氣，官校官刻的書也不能免。(《校讎目錄學纂要》，頁 108)

而「明人刻書而書亡」〔註 8〕的批評，更是毫不留情地揭露了藏在明代繁盛出版業背後的敗絮。這種現象著實深令置身其間的亭林所痛斥：

> 山東人刻《金石錄》，於李易安「後序」:「紹興二年元黓歲壯月朔」，不知壯月之出於《爾雅》，而改爲牡丹。凡萬曆以來所刻之書，多牡丹之類也。(〈別字〉，《日知錄》，卷十八)

> 萬曆間人，多好改竄古書，人心之邪，風氣之變，自此而始。且如駱賓王〈爲徐敬業討武氏檄〉，本出《舊唐書》，其曰「僞臨朝武氏」者，敬業起兵，在光宅元年九月，武氏但臨朝而未革命也。近刻古文，改作僞周武氏，不察檄中所云「包藏禍心，睥睨神器」，乃是未纂之時，故有是言。其時廢中宗爲廬陵王，而立相王爲皇帝，故曰：「君之愛子，幽之於別宮」也。不知其人，不論其世，而輒改其文，繆種流傳，至今未已。……。此皆不考古而肆臆之說。豈非小人而無忌憚者哉！(〈改書〉，《日知錄》，卷十八)

因此，在驚覺古籍原貌日益模糊的情況下，亭林一方面消極地主張保存舊文之外，一方面亦積極地從事校勘，力圖還其本然：

〔註 8〕此趙一清語，見《水經注釋》附錄，卷下。

> 故書院之刻，有三善焉：山長無事而勤於校讎，一也；不惜費而工精，二也；板不貯官而易印行，三也。有右文之主出焉，其復此非難也。而書之已為劣生刊改者，不可得而正矣。是故信而好古，則舊本不可無存；多聞闕疑，則群書亦當並訂，此非後之君子之責，而誰任哉！（〈監本二十一史〉，《日知錄》，卷十八）

如此之態度呈現出亭林對校讎一事強烈的迫切性與責任感。

校讎之重既是在感於板本謬甚的狀況下引生的，在諸般錯訛的現況中，要訂正原典，則亭林所謂之校勘，亦並非是基本的比對異文而已，而是進一步利用各種線索與技術去尋繹、確認古籍的本然，即今日所謂之「理校」是。〔註 9〕亭林以為這並非一般庸手所能適任：

> 凡勘書，必用能讀書之人。偶見《焦氏易林》舊刻，有曰：「環緒倚鉏」，乃「環堵」之誤。注云：「緒，疑當作珮」；「井堙水刊」，乃「木刊」之誤。注云：「刊，疑當作利。」失之遠矣。幸其出於前人，雖不讀書，而猶遵守本文，不敢輒改。苟如近世之人，據臆改之，則文益晦，義益外，而傳之後日，雖有善讀者，亦茫然無可尋求矣。然則今之坊刻，不擇其人，而委之讎勘，豈不為大害乎！（〈勘書〉，《日知錄》，卷十八）

以是這至少可能造成二種影響。其一，校讎之事既與傳道之志相涉，則讀書之人已然責無旁貸；同時又因其技術層面帶有高度的知識性，使其不得不脫離匠人之手，進入學術領域。此二者均可能造就校讎學術地位的提昇，而促使知識份子慎重其事。其二，板本錯訛的嚴重程度將直接影響校讎工作的難易度，而異文間的取捨乃至後人的妄自改竄，都促使校讎工作要側重「理校」一途。依「理」而校，自然引出考據之導向；而異文間訛變的解釋，又使考據的操作必須在語言文字上多有斟酌，如此的理路已可稍見校讎與小學結合的傾向。亭林的古音研究便是建立在這個基礎上。

〔註 9〕陳垣謂：「段玉裁曰：『校書之難，非照本改字不訛不漏之難，定其是非之難。』所謂理校法也。遇無古本可據，或數本互異，而無所適從之時，則須用此法。此法須通識為之，否則鹵莽滅裂，以不誤為誤，而糾紛愈甚矣。故最高妙者此法，最危險者亦此法。」見《校勘學釋例》，頁 148。

亭林〈答李子德書〉謂：

> 三代六經之音，失其傳也久矣，其文之存於世者，多後人所不能通，以其不能通，而輒以今世之音改之，於是乎有改經之病。始自唐明皇改《尚書》，而後人往往效之，然猶曰：舊爲某，今改爲某，則其本文猶在也。至於今日鋟本盛行，而凡先秦以下之書率臆徑改。不復言其舊爲某，則古人之音亡而文亦亡，此尤可歎者也。開元十三年敕曰：「朕聽政之暇，乙夜觀書，每讀《尚書・洪範》，至『無偏無頗，遵王之義』，三復茲句，常有所疑，據其下文並皆協韻，惟頗一字實則不倫，又《周易》泰卦中『旡平不陂』。《釋文》云：『陂字亦有頗音。』陂之於頗，訓詁無別，其《尚書・洪範》『無偏無頗』字宜改爲陂。」蓋不知古人之讀義爲我，而頗之未嘗誤也。《易・象傳》：「鼎耳革，失其義也，覆公餗，信如何也。」《禮記・表記》：「仁者右也，道者左也；仁者人也，道者義也。」是義之讀爲我，而其見於他書者，遽數之不能終也。王應麟曰：「宣和六年詔：《洪範》復舊文爲頗。」然監本猶仍其故，而《史記・宋世家》之述此書，則曰「毋偏毋頗」，《呂氏春秋》之引此書，則曰「無偏無頗」，其本之傳於今者，則亦未嘗改也。……。嗟夫！學者讀聖人之經與古人之作，而不能通其音；不知今人之音不同乎古也，而改古人之文以就之，可不謂之大惑乎？。……。聞之先人，自嘉靖以前，書之鋟本雖不精工，而其所不能通之處，注之曰疑；今之鋟本加精，而疑者不復注，且徑改之矣。以甚精之刻，而行其徑改之文，無怪乎舊本之日微，而新說之愈鑿也。故愚以爲讀九經自考文始，考文自知音始。以至諸子百家之書，亦莫不然。不揣寡昧，僭爲《唐韻正》一書，而於《詩》、《易》二經各爲之音，曰《詩本音》，曰《易音》。以其經也，故列於《唐韻正》之前，而學者讀之，則必先《唐韻正》，而次及《詩》、《易》二書，明乎其所以變，而後三百五篇與卦、爻、彖、象之文可讀也。（《亭林文集》，卷四）

從這段文字可以明白見出，亭林乃有鑒於典籍的改竄，在極大的部份上是來自協音說的影響，因爲不明古今音之不同，爲其韻協，則輕易以今音協韻之字易之，積習日深，而態度乃愈恣，導致經文因漸失其本。以是爲救此弊，亭林乃引出「讀九經自考文始，考文自知音始」之治經理路。是知亭林之治音乃爲治經，而其性質則實爲校讎之事。

在此概念下，亭林援用陳第「本證」、「旁證」之操作模式，分古音爲十部。並批判歷代韻書，而有日訛之嘆：

> 至宋周顒、梁沈約而四聲之譜作。然自秦、漢之文，其音已漸戾於古，至東京益甚。而休文作譜，乃不能上據雅、南，旁摭騷、子，以成不刊之典，而僅按班、張以下諸人之賦，曹、劉以下諸人之詩所用之音，撰爲定本，於是今音行而古音亡，爲音學之一變。下及唐代，以詩賦取士，其韻一以陸法言《切韻》爲準，雖有獨用、同用之注，而其分部未嘗改也；至宋景祐之際，微有更易；理宗末年，平水劉淵始併二百六韻爲一百七；元黃公紹作《韻會》因之，以迄於今。於是宋韻行而唐韻亡，爲音學之再變。世日遠而傳日訛，此道之亡，蓋二千有餘歲矣。（〈音學五書序〉，《亭林文集》，卷一）

這種不顧韻書本來性質，而逕以「羽翼六經」〔註10〕的之標準黜之，不免有失偏頗。然而從中正可以見出音學之性質在此產生一極大轉變：由詩家用韻，入於經學校勘；由時音之記錄，轉而成爲古音之研究。亭林謂：

> 而《音學五書》之刻，其功在於注《毛詩》與《周易》，今但以爲詩家不朽之書，則末矣。（〈與施愚山書〉，《亭林文集》，卷三）

亭林雖非此說之始作者，然則有清之古音研究宜由亭林之所導。

另外，此處尚須指出一點。亭林雖由校讎之事引發對小學的重視，尤其強調音學的作用，然而對於字學，亭林實在未曾特意著眼。固然，在亭林著作中，著實不乏後世認爲字學之作，如《九經誤字》、《求古錄》、《金石文字記》、《石經考》等，然若稍加檢視，不難發現這些內容大抵皆古文蒐集、板本校勘之類，而亭林〈金石文字記序〉中則謂：

> 余自少時，即好訪求古人金石之文，而猶不甚解。及讀歐陽公《集古錄》，乃知其事多與史書相證明，可以闡幽表微，補闕正誤，不但

〔註10〕見〈與楊雪臣〉，《亭林文集》，卷六。

> 詞翰之工而已。……。夫〈祈招〉之詩，誦於右尹，孔悝之鼎，傳之《戴記》，皆尼父所未收，六經之闕事，莫不增高五嶽，助廣百川，今此區區，亦同斯指。(《亭林文集》，卷二)

是對亭林而言，其之注意金石文字者，乃以其爲史料、樣本之用，與《說文》一系從文字形構以探究文字本義、用義之文字學性質迥異。而這種模式，似乎正是自宋以來重視金石文字的本來意圖，張舜徽所謂：

> 研究「金石」，到宋代才正式成爲專門之學。《宋史・劉敞傳》稱：「敞嘗得先秦彝鼎數十，銘識奇奧，皆案而讀之，因以考知三代制度。」這是宋代研究金石的先驅。他寫成了《先秦古器圖》，並以拓片分送給歐陽修，提高了歐陽修研究「金石」的興趣，並寫成一部爲書十卷的《集古錄》，登載了幾百篇跋尾，這是我國學術史上正式出現金石學專著的開端。(《中國文獻學》，頁 182)

由此再回頭看待「讀九經自考文始，考文自知音始」一語，則所謂之「文」者，只能是「文本」(文字異同)，而不會是「文字」(文字考釋）了。〔註11〕又，亭林相類此意者，尚有另文：

> 後之君子，因句讀以辨其文，因文以識其義，因其義以通制作之原，則夫子所謂以承天之道而治人之情者。(〈儀禮鄭注句讀序〉，《亭林文集》，卷二)

乍見之下，亦頗誤認此「文」爲文字考釋之義。事實上，此乃亭林爲張爾岐《儀禮鄭注句讀》所作之序，序中緊臨前引文字之上，亭林稱道該書成就謂：

> 若天下之書皆出於國子監所頒，以爲定本，而此經誤文最多，或至脱一簡一句，非唐石本之尚存於關中，則後儒無由以得之矣。濟南張爾岐稷若篤志好學，不應科名，錄《儀禮》鄭氏注，而采賈氏、陳氏、吳氏之説，略以己意斷之，名曰《儀禮鄭注句讀》。又參定監本脱誤凡二百餘字，并考《石經》之誤五十餘字，作《正誤》二篇，附於其後。

〔註11〕如胡適便直謂「『考文』便是校勘之學。」見〈幾個反理學的思想家〉，《胡適學術文存》，頁 1147。

是亭林之所重，仍在校勘一事。故所謂「因句讀以辨其文，因文以識其義」者，「文」之所指，仍只宜是校勘，而不將入語言之範疇。

三、輯纂與歸納

亭林之治學，最為人所稱道者，常在歸納與溯源二項：

> 歸納法是顧炎武治學的基本方法。（姜廣輝，《走出理學》，頁 238）

> 歷史的方法與歸納法有密切關係。顧炎武對其所要研討的問題，每一事必詳其始末，辨其源流，如《日知錄》中所論歷代風俗演變，典章制度沿革等即其範例。（同上，頁 238）

而錢穆亦謂：

> 抑亭林此書〔音學五書〕，不僅為後人指示途轍，又提供以後考證學者以幾許重要之方法焉。撮要而言，如為種種材料分析時代先後，而辨其流變，一也。……。其次則每下一說，必博求佐證，以資共信，二也。（《三百年》，頁 118）

誠然，在亭林的諸多著述中，屢屢可以發現「類似」的現象。只是，如果深入探究亭林之用心，則不難發覺其中意義將大異其趣。

在上述的諸多引文中，都清楚地顯示，亭林鈔書實有二大來源：經、史。其中又以史書為眾。若《肇域志》、《天下郡國利病書》、《營平二州史事》、《昌平山水志》、《歷代帝王京宅記》……等皆為采輯史冊的主題彙編。

於是吾人可以發現，設定一個主題，而後依歷代史書摘錄出的資料，自然將形成二種主要的現象：其一，設若摘錄的事項隨著時代不同而有所更易，則會產生「詳其本末，辨其源流」的結果，而史籍文獻中時代最早的一筆資料，便將見列為濫觴。其二，如若摘錄出的事項並不因時因地而有相異，則一種類似歸納的樣貌即於焉生成。如此看來，這二個「開創性」的考據方式顯得水到渠成，並為傳統治學步驟的必然。當然，本文並非要據此貶損亭林的「領袖」地位，只是這裏理應引起反省的是，如果吾人可以在亭林的治學程序中解釋其技術的意義，那麼是否適合、容許以其他方法論的概念去詮釋它呢？假使吾人認為，理論、概念的建立才是學術發展的眞正里程，是此處的眞實掌握，方為學術源流確認的基礎。

首先，在「辨其源流」一事上，自然疑義較少，姑不論其因果之先後，可以肯定的是，亭林在此事的操作確實是有意識的，如〈下學指南序〉中所云：

> 故取慈谿《黃氏日鈔》所摘謝氏、張氏、陸氏之言，以別其源流，而衷諸朱子之說。夫學程子而涉於禪者，上蔡也，橫浦則以禪而入於儒，象山則自立一說，以排千五百年之學者，而其所謂「收拾精神，掃去階級」，亦無非禪之宗旨矣。後之說者遞相演述，大抵不出乎此，而其術愈深，其言愈巧，無復象山崖異之跡，而示人以易信。苟讀此編，則知其說固源於宋之三家也。(《亭林文集》，卷六)

唯須留意的是，亭林在此透露了其辨別源流的操作模式其實仍主要是由資料的分類而來。後人所以爲亭林「重視實地調查和考察的工作」〔註 12〕在此似乎不見發揮。復視其取材之對象，端賴《黃氏日鈔》一書，而不探於謝、張、陸之原典，固知實仍不離鈔書之用。

其次，在「歸納」一事上，亭林的主觀意圖則顯得頗爲薄弱，甚至，在操作的邏輯中，也看不出符合歸納邏輯的樣態。一般而言，歸納的推論，乃透過一個整體中部份，抑是全部的個體觀察，而企圖得出這個整體的共同性質，或者規律。如吉爾比（Gilby）所謂：

> 當我們使用歸納法時，我們在心靈的背後有一種期待，希望能把許多個體中不斷出現的某種行爲特徵或模式歸到作爲一個整體的一組或一類上。……。它從重複的觀察和實驗出發，準備形成一個一般主項並加上一定的謂項。它與演繹推理的不同之處在於它基於這樣一條原則：無論對所有東西或近似於所有東西能夠斷定些什麼，對這個組就能斷定什麼；而演繹推理依據的原則是：無論對一種一般性質斷定什麼，對這種性質之內所包含的任何特殊的東西就能斷定什麼。(《經院辯證法》，頁 265)

在此概念下，它基本上是在一個既定範疇內，由部份到全體，由個相到共相的推衍，希望能尋繹出範疇內所有組成分子的交集。同時，在這個過程中，每一個個體所檢測的結果必須是全稱的肯定：

〔註 12〕此張舜徽語，見〈顧亭林學記〉，《張舜徽學術論著選》，頁 260。

> 歸納邏輯的前提必須是已知爲眞的命題，否則，它就不能爲結論提供某種根據或理由。（谷振詣，《論證與分析》，頁 121）

在這二個歸納的基本概念上，吾人檢視亭林的論述：

> 〔《日知錄》〕卷二十九「海師」條云：「海道用師，古人蓋屢行之矣。吳徐承率舟師，自海入齊，此蘇州下海至山東之路。越王勾踐，命范蠡舌庸率師，沿海泝淮，以絕吳路，此浙東下海至淮上之路。唐太宗遣強偉於劍南，伐木造舟艦，自巫峽抵江揚，趨萊州，此廣陵下海至山東之路。漢武帝遣樓船將軍楊僕，從齊浮渤海、擊朝鮮。魏明帝遣汝南太守田豫，督青州諸軍，自海道討公孫淵，秦苻堅遣石越，率騎一萬，自東萊出右，逕襲和龍，唐太宗伐高麗，命張亮率舟師自東萊渡海，趨平壤，薛萬徹率甲士三萬，自東萊渡海，入鴨綠水，此山東下海至遼東之路。漢武帝遣中大夫嚴助，發會稽兵，浮海救東甌，橫海將軍韓説自句章浮海，擊東越，此浙江下海至福建之路。劉裕遣孫處沈田子，自海道襲番禺，此京口下海至廣東之路。隋伐陳，吳州刺史蕭瓛，遣燕榮以舟師自東海至吳，此又淮北下海而至蘇州也。公孫度越海攻東萊諸縣，侯希逸自平盧浮海，據青州，此又遼東下海而至山東也。宋李寶自江陰率舟師，敗金兵於膠西之石臼島，此又江南下海而至山東也。此皆古人海道用師之效。」顧氏由普遍歸納證據以得結論，往往類此。（杜維運，《清代史學與史家》，頁 120～121）

這是亭林論述的一般模式。在上述的引文中，杜維運正欲藉此，論證亭林具備歸納的概念。然而如果稍加分析，即可發現這其實是個誤解。

如果眞就歸納的角度來看，在這個論述中，亭林所欲證明的命題是：「海道用師，古人蓋屢行之矣」。一般的理解，這句話的意思是，「海道用師一事常常發生」。然而如果配合其結論：「此皆古人海道用師之效。」則更可能指的是「海道用師一事常常發生，而且可行」。姑且先不論其取捨，配合亭林的可能意圖，依主旨與頻率高低之不同，其所欲「證成」之命題，理應不外乎以下六種（或三組）：

1.「海道用師曾經發生」、「海道用師曾經成功」。

2. 「海道用師常常發生」、「海道用師常常成功」。

3. 「古人必然海道用師」、「海道用師必然成功」。

就第一組而言，本來已與亭林語中之「屢」意不甚貼切，更重要的是，這並不企圖得到普遍規律，而是一組確定有無的命題，只消能舉出一件確定「發生」、或者「成功」的例子，那怕只是孤證，也都能證明該命題的成立。因此與所謂歸納絕無相涉。在此狀態中，羅列眾多例證，也許可有「眾口鑠金」的心理說服力，多餘的例證卻在邏輯的推論中不再具備意義。

而第三組，其實是最符合典型歸納推理的命題，然則這二個命題本身已不切情理，同時只要舉出任一反例：「古人曾經不以海道用師」、「海道用師曾經不成功」，便可確定其結論不爲眞。在這二個反例中，前者本是常態，不需贅言；而後者，在《宋史，韓世忠傳》中，即有世忠海艦爲金兀朮所敗之例。因此本文也不認爲這會是亭林的意思。而假若亭林之用意在此，如此容易反駁的推論也只能證明其不具歸納推論的概念。至是吾人可以檢視第二組命題，以谷振詣對歸納推理的分類而言，這大致屬之「概率推理」，細分之後，又可歸諸「認識概率」。谷振詣釋其義謂：

> 認識概率是指某一個人根據已知的證據對一個給定命題所持有的確信程度。例如，若要預測某支球隊 A 在與另一支球隊 B 的比賽中能否獲勝，就要盡可能多地尋找有關的證據，如 A 隊以往的賽績、隊員的表現和教練的技術水平等，然後推測 A 隊獲勝的概率有多大，也就是對 A 隊獲勝所持有的確信度有多大。（《論證與分析》，頁 128）

牽涉乎概率，除了用比例的數字來呈現「常常」與「不常」之外，更重要的是，所謂的比例，即謂所有事件的次數中，某事件發生的次數，在上述的命題，即是：「所有用師次數中，運用海道的次數」與「所有海道用師次數中，勝利的次數」。顯見的是，亭林並不曾留意過這個「所有」的範疇，換句話說，亭林並沒有類似比例的概念，其所謂的「屢」其實只是直覺感受上數量的多寡而已。更重要的是，缺乏比例的概念，亭林之例舉僅「刻意」篩選出符合其說的事例，而忽略不合其說的事件，這種非客觀的態度，不僅全然與歸納的科學程序大相逕庭，並且還適正觸及了歸納、統計中首要避免的抽樣誤謬。亭林既不覺以其基本誤謬爲論證前提，則二者何由相提並論？是不論亭林之命題究竟爲何，盡皆與方法論中的歸納可以無涉。相反地，如果從「引古籌今」與資料纂輯的傳統概念來看，似乎更能安置亭林的治學途徑。〔註 13〕

至是，更檢視後人表彰亭林善用歸納的論述：

> 大量歸納例證，以無可辯駁的事實，說明論證問題是顧炎武進行考據的主要方法。這也就是通常所說的歸納法。……。大量閱讀各種歷史文獻，隨手加以記錄，作爲各種專題材料。當論證某一問題時，將平日積累的材料，再加排比組合和歸納，而後得出結論。如他要說明「古人之坐，以東向爲尊」，便列舉了《新序》、《史記》、《漢書》、《後漢書》等書中的有關資料二十餘條，而後得出結論：「古人之坐，以東向爲尊。故宗廟之祭，太祖之位東向。即交際之禮，亦賓東向而主人西向。（王俊義，〈顧炎武與清代考據學〉，《清代學術探研錄》，頁 108）

又：

> 顧氏撰《音學五書》，尤能普遍歸納證據，唐韻正卷四於「牙」字下，註云「古音吾」，共列舉三十九條證據，於「家」字下註云「古音姑」，共列舉六十二條證據，唐韻正卷五於「行」字下，註云「古音杭」，至列舉三百七十六條證據。爲證明文字之古音，無不偏舉證據。證據何能一朝盡來？是必有賴於平時之隨得隨錄矣。（杜維運，《清代史學與史家》，頁 121）

是可知後人所謂之「歸納」其實只是蒐輯整理之意，未必能深切歸納邏輯之本旨。在此必須強調的是，歸納本是人類思維的潛在本能，如春去秋來，寒來暑往的規律之爲人所習知，便是歸納的結果。因此，從這種粗糙的現象來看，自是人人皆有，不須特別指出，否則早在許慎《說文》中的「凡某之屬皆從某」

〔註 13〕亭林此處之論「海道用師」，只是《日知錄》中的一個條目耳，略無（或不明）具體意旨。然涉乎海道之務，明嘉靖四一年間，已有題爲胡宗憲所著《籌海圖編》一書問世（按：或曰鄭若曾著。板本、作者問題詳見謝鶯興〈館藏《籌海圖編》板本述略〉），在守海禦倭的實戰目標下，詳述諸多海防要務，包括與倭戰績記錄，海道輿圖，戰略謀劃，以迄於舟船、武器圖解……等，陳述頗備。相較之下，亭林之論顯得粗糙而短淺，固知「運籌帷幄」與決戰沙場究不可同日而語；而文獻分析與田野研究間，實亦存在極大之差異。

便是著例，何暇待及亭林。然則倘若從方法論的層次來看，則所要求的，必然要包含意識的自覺，以及爲達成歸納目標而建構的相應地、成套地概念與技術。這是一般用語與專業術語的主要差異。

顯然，亭林並不屬於後者。事實上，由此二人之引文來看，固亦不覺透露，如斯的論證途徑其實仍不排除是亭林鈔書工夫之發用。

四、異聞與考證

依理而言，材料的輯纂可以因其分類，而將同類、同一的事件記錄聚合。在此狀態下，如果同類、同一事件的記載有其一致性，便能造成博證的效用；反之，設若同類的事件，處理的方式不同，則將有賴聖賢的判定，這是亭林通經致用的精神所在；然而若是同一事件竟出現不同之記載，則爲確定事件的眞實情況，自然又將引生考據的做法。

這是一種理論性的發展，具體之實踐，則因客體性質的不同，而將產生實際操作的歧異。就亭林學術主軸而言，大抵分化爲經、史二條支流。其分歧的原因，主要在於經具有絕對的權威性與不可疑性；而史則致力於材料的發掘與事件的建構，本身便建立在未知的探索與已知的懷疑上。於是考據的需求在經史中，則分別產生了壓抑（或移轉），以及發展的不同結果。

（一）治經：五經通貫

在通經致用與極端學古的概念下，亭林之治經其實帶有高度的保守性。宋代以來的疑經思想在亭林身上幾不得見，以是當經文間出現異辭時，其置疑的對象，不在經文本身，而在後人的理解。這種概念亭林並未直接表明，然而從其部份論述，依稀可見此預設前提。如：

> 凡四五經之文，皆問疑義，使之以一經而通之於五經，又一經之中，亦各有疑義，如《易》之鄭、王；《詩》之毛、鄭；《春秋》之三傳，以及唐宋諸儒不同之說，四書五經皆依此發問，其對者，必如朱子所云，通貫經文，條舉眾說，而斷以己意。（〈擬題〉，《日知錄》，卷十六）

此段文字雖爲科舉取士而發，然實亦可爲亭林應然之治經途徑。〔註 14〕在這個

〔註 14〕《日知錄》的解經方式即有類此者，如「繼之者善也，成之者性也」一篇：「維天

過程中，亭林指出治經可能遭遇的二項疑義，一爲經中之疑，一爲傳中之疑。〔註15〕前者著眼於經與經的會通，後者則在乎單一經義的確解。客觀地來說，對客體的理解出現歧異，甚至矛盾時，也許多半緣於後人詮釋的誤謬，然而卻不能因而絕對地否定客體本身出現差池的可能（如果我們可以看見後人不自覺的詮釋衝突，那麼便不能否認個人思想亦有自生矛盾的時候）。無奈的是，在具備信仰色彩的經學傳統中，經的本身具有絕對的眞理地位，在這種前提下，「誤謬」的可能，便直接轉移，而責令詮釋者的一方全然承受。這不僅增加了解經的困難度，同時也使得經的通解幾如登天。然則悖理的情況尚不止此，亭林更進一步強調五經通貫，並以之爲必要條件。在上段引文中，吾人已可得見，「通貫經文」是解經能「對」的必要條件，同文另處，亭林又謂：「讀書不通五經者，必不能通一經。」更是明確標舉。如斯概念，站在儒家、思想的立場而言，自是理之必然，只是如果換個角度，以今人科學、理性之眼光視之，似乎便有些牽強。如李幼蒸所謂：

> 就《四書》而言，在一個解釋系統中相互一致的諸文本，在另一個解釋系統中相互就會不一致。先秦之「論孟」和後秦之「大學，中庸」不僅歷史根源不同，論理方式也不同。……。所謂重解宋明正在於解析先儒是如何處理儒學眾多內在論理矛盾的：他們何處屈服，何處反抗，何處躲避，何處又在寄托遙遠。（〈論四書不必道貫〉，《歷史符號學》，頁208）

同樣的道理，五經實際上也來自不一的源頭，並且在相異的時空下形成了諸多的解釋系統。因此如果就史實而言，五經自應分歧，而如果要求貫通，便必須承認，在「強制」整合後的單一系統理應不是原貌，即令其思想核心不離儒家

之命，於穆不已」（《詩經・周頌・維天之命》），繼之者善也。「天下雷行，物與无妄」（《周易・无妄・象傳》），成之者性也。是故「天有四時，春秋冬夏，風雨霜露，無非教也。地載神氣，神氣風霆，風霆流形，庶物露生，無非教也」（《禮記・孔子閒居》）。「天地絪縕，萬物化醇」（《周易・繫辭下》），善之爲言，猶醇也。曰：「何以謂之善也？」曰：「誠者，天之道也」（《禮記・中庸》；《孟子・離婁》），「豈非善乎？」（《日知錄》，卷一）又，各文句出處主要引自周蘇平、陳國慶點注《日知錄》。

〔註15〕此處之傳，泛指一切解經之作。

本旨，其結果也將是因應各個時代需求而帶有發展成份的「大」儒家系統，而不會是亭林所以爲的三代聖人的原意。

因此就思想角度而言，亭林標舉「五經通貫」的概念，實際上帶有相當的不客觀性，這與科學的立場是頗見衝突的。同時在此概念下，本文也不以爲亭林將會處在出於疑經進而考證的理路中。相反的，「通貫經文」的要求必然帶有引證經典的意味，凡事必將於經有據，其實也隱含五經義理的完備性。換句話說，一切義理的疑義皆可在五經中得到解釋，不假外求，亦不得外求。而如果將答案限制在五經之中，則經文外的考證似乎顯得多餘，或者也刺激不出多大的考據動力。此時若有考據，恐怕也只將導向經文的解釋，以及經文的板本，這便出現了治經導向訓詁以及「疑經」的可能。就前者而言，在《日知錄》中便能檢出不少名詞術語的條目，如「互體」(卷一)、「卦變」(卷一)「帝王名號」(卷二)「繼之者善也，成之者性也」(卷一，語出《周易・繫辭上》)「上天之載」(卷三，語出《詩經・大雅・文王》)、「未有義而後其君者也」(卷七，語出《孟子・梁惠王上》) 等等，而若其解「王事」之類，在內容上則完全見不出有任何「致用」的直接導向：

> 「王事適我，政事一埤益我」。凡交於大國、朝聘、會盟、征伐之事，謂之王事。其國之事，謂之政事。(〈王事〉，《日知錄》，卷三)

本文以爲，正視亭林以至一般儒生的治經前提，也許，這些「不切實際」的條目之所以受到偌大的重視，將比較容易理解。而就後者而言，雖然也不難發現，在《日知錄》中諸多懷疑經書板本錯訛的陳述，如：

> 《禮記・樂記》"寬而靜"至"肆直而慈"一節，當在"愛者宜歌商"之上，文義甚明。然鄭康成因其舊文，不敢輒更，但注曰："此文換簡，失其次，'寬而靜'宜在上，'愛者宜歌商'宜承此"……其他考定經文，如程子改《易・繫辭》"天一地二"一節於"天數五"之上；《論語》"必有寢衣"一節於"齊必有明衣布"之下。……。後人效之，妄生穿鑿。《周禮》五官，互相更調，而王文憲作《二南相配圖》、《洪範經傳圖》，重定《中庸章句圖》，改《甘棠》、《野有死麕》、《何彼穠矣》三篇於《王風》。仁山金氏本此，改"斂時五福"一節於"五曰考終命"之下，改"惟辟作福"一節於

> “六曰弱”之下，使鄒魯之書，傳於今者，幾無完篇。殆非所謂畏聖人之言者矣。(〈考次經文〉,《日知錄》，卷七)

然而這種「疑經」質實只停留在經書的板本異同而已，至於一般所謂經書之眞僞問題，亭林蓋未嘗深切觸及。

（二）治史：實事求是

與治經相衡，治史顯然具備較高的自由度。因爲史料只是故實的記載，並非聖賢的教諭，而除卻少數不可批判的典型聖人外，歷史人物也不存在絕對的善惡性，是「活生生」地可供參酌、褒貶的對象。因此，如果說亭林身上帶有考據學的因子，那麼其治史經驗理應存在更大的強度。

遺憾的是，除了鈔書入史，以及「金石文字序」中指出的，以金石文字「與史書相證明」外，吾人卻甚少看到亭林自言治史之道。亭林治史，卻鮮言其徑，這樣的現象頗令人懷疑：亭林對其治史之道恐不甚自覺，抑或者，亭林在此只沿舊途，略無新說、創舉。不論何者，吾人似乎都很有理由，從亭林治史的淵源，以及一般治史的理路來揣度其門徑大要。

首先，最值得注意的是司馬光。在其〈答范夢得書〉中，嘗言及《資治通鑑》成書的前置程序：

> 夢得今來所作業目，方是將實錄事目標出，……。但稍與其事相涉者即注之，過多不害。……。其修長編時，請據事目下所該新舊紀志傳，及雜史小說，盡檢出一閱，其中事同文異者，則請擇一明白詳備者錄之。彼此互有詳略，則請左右采獲，錯綜銓次。自用文辭修正之，一如《左傳》敘事之體也，此並作大字寫。若彼此年月事跡有相違戾不同者，則請選擇一證據分明，情理近於得實者，修入正文，餘者注於其下，仍爲敘述所以取此捨彼之意。(《司馬文正公傳家集》，卷六十三)

這段敘述，與亭林由鈔書纂史的方式如出一轍。不僅如此，司馬光之史學巨著《資治通鑑》，書名雖非作者自定，然其修史態度，亦與亭林屢屢強調，以儒家思想爲據的引古籌今不有二致，司馬光〈進《資治通鑑》表〉謂：

> 每患遷固以來，文字繁多，自布衣之士，讀之不遍，況於人主，日有萬機，何暇周覽。臣常不自揆，欲刪削冗長，舉撮機要，專取關

> 國家興衰，繫生民休戚，善可爲法，惡可爲戒者，爲編年一書，使先後有倫，精粗不雜。……。伏望陛下寬其妄作之誅，察其願忠之意，以清閒之燕，時賜省覽，監前世之興衰，考當今之得失，嘉善矜惡，取是捨非，足以懋稽古之盛德，躋無前之至治。（《司馬文正公傳家集》，卷十七）

而逯耀東亦謂：

> 以《古今人表》爲評價標準的《漢書》論贊，將歷史人物完全納入儒家價值標準的框限中，鑄成爲後世史傳論贊的版型。《史記》「太史公曰」至裴松之《三國志注》始得其遺意。《三國志注》的「臣松之案」與「臣松之以爲」，則包括材料處理，和史事議論與人物評價兩個部份。雖然，司馬光……。至於其對史事議論與人物評價，則見於《通鑑》「臣光曰」。（〈司馬光《通鑑考異》與裴松之《三國志注》〉）

是《通鑑》之作，在理念與表現上，正是亭林史學主張的具體實踐。這二個面向，下至步驟程序，上至概念理論，實已幾近全盤地涵攝了亭林的治史理路，果亭林眞有異趣，也許亦只能是小範圍的發揮了。然而眞正將本文的目光從明末清初的亭林遠溯到宋代的司馬光，主要還在於亭林自幼所承的家學。在上引〈三朝紀事闕文序〉與〈鈔書自序〉中，吾人已可得見《通鑑》一書本爲亭林自幼（十一歲）所習，這種啓蒙性的教育對亭林自然不無影響。同時，在亭林自述的學習歷程中，除了輕描淡寫地「就外傳」、「習帖括」之外，〔註 16〕對亭林學術方向、價值標準較具引導作用的恐怕還是其嗣祖顧紹芾與嗣母王碩人。如前所述，在顧紹芾的安排下，亭林少時的學術內容大抵以史學爲重，而亭林之習《通鑑》，正是這位晚年仍勤閱邸報的祖父所親授。〔註 17〕至於其嗣母，亭林則謂：

> 吾母居別室中，……。尤好觀《史記》、《通鑑》及本朝政紀諸書，而於劉文成、方忠烈、于忠肅諸人事，自炎武十數歲時即舉以教。（〈先妣王碩人行狀〉，《亭林餘集》）

〔註 16〕見〈三朝紀事闕文序〉。

〔註 17〕見〈三朝紀事闕文序〉。

應該不難想像，在此二位至親、「師承」耗費苦心的諄諄教誨下，亭林焉得不具一定的史學涵養？而二人對《通鑑》的特別重視，又如何使亭林將與之南轅北轍？在沒有發現亭林曾對此表現抗拒或反省的態度前，這種淵源令人可以合理地推測，前述亭林與《通鑑》的類同並非偶然，以是司馬光的治史經驗理應可以是理解亭林治史程序的良好指標。

將目標暫時導向司馬光，有二個現象值得留意。其一，同在〈答范夢得書〉中，司馬光嘗自注云：

> 先注所捨云，某書云云，某書云云，今案某書證驗云云。或無證驗，則以事理推之云云。今從某書爲定，若無以考其虛實是非者，則云今兩存之。其實錄正史，未必皆可據，雜史小說，未必皆無憑，在高鑒擇之。

這樣的程序正揭示出治史過程中，對異聞的處理方式。特別是「以事理推之」、「在高鑒擇之」二句，正隱隱透露開出考據的可能。逯耀東謂：

> 司馬光雅不喜經生論史，不據史實，橫生褒貶。……。所以司馬光奉詔修《通鑑》，即欲力挽頹風，敘事論事，皆以史實爲據。（〈司馬光《通鑑考異》與裴松之《三國志注》〉）

也正是在如斯概念下，司馬光除了《通鑑》本書外，又在材料的取捨上，別出《通鑑考異》三十卷。這個做法可說是司馬光的創舉：

> 《考異》「參諸字異同，正其謬誤，而歸一總」。所謂「參諸家之異同，正其謬誤」，也就是對《長編》所引的諸的材料，作一次總結性的考辨，以定其取捨。（同上）
>
> 《考異》「明所以去取之故」，而自成一書，自司馬光開始。然而其「詳辨群書，評其異同，俾歸一途」的體例，和裴松之《三國志注》的「詳引諸書錯互之文，折衷以歸一是」，對材料的考辨方法是相同的。（同上）

雖然，在此仍必須謹慎地說，這只是一個可能的理路發展，事實上，檢視《通鑑考異》，不難發現，其內容多半只列示異聞，表示取捨，至於取捨之因則少見說明，是知所謂「事理」者，其實是主觀經驗的衡量，而「高鑒」之謂更是一種心證的功力深淺。要之，吾人只能說，在司馬光的時代，雖然考據的技術仍然粗糙，然而緣於歷史記載的異聞，因而逼出了考據的需求，在理路與事實上皆可得到確證。而在這個既成的模式下，吾人沒有發現跡象，亭林同樣不具理由，要去避免、抑制這種發展。

順著這樣的思路，也許可以進一步「比對」出亭林治史的其他傾向。〔註 18〕其一，司馬光之蒐集史料，務求博廣，略無限制，大大地開發了史料的來源；其二，司馬光之治史，並非由種種跡象，透過推論而力圖重建事件之原貌，而主要基於「高鑒」，在可見的史料中有所取捨。嚴格來說，這是一種史料的整合，而非史實之尋繹。這二種跡象決定了司馬光的史學基本上處理的對象是歷史文獻而不是歷史事件。同樣反映在亭林身上，我們亦可見出其史學大抵上亦著重在文獻的徵實與整理，以是雖然亭林亦曾周遊名川大澤，其所采集者並非現實世界的風土民情，而仍是散落民間的文獻記錄：

> 及讀歐陽公《集古錄》，乃知其事多與史書相證明，……。比二十年間，周遊天下，所至名山、巨鎮、祠廟、伽藍之跡，無不尋求，登危峰，探窈壑，捫落石，履荒榛，伐頹垣，畚朽壤，其可讀者，必手自抄錄，得一文爲前人所未見者，輒喜而不寐。一二先達之士知余好古，出其所蓄，以至蘭亭之墜文，天祿之逸字，旁搜博討，夜以繼日，遂乃抉剔史傳，發揮經典，頗有歐陽、趙氏二錄之所未具者，積爲一帙，序之以貽後人。（〈金石文字記序〉，《亭林文集》，卷二）

這導致亭林的考據其實大體還專在文獻上做工夫，以是其考據雖較司馬光有所推進，增加了許多具體技術，然而卻不免因其根柢門徑的影響，與夫認知領域的限制，而仍走回校勘、板本的考訂。在此理解下，對照逯耀東所謂：

> 裴松之《三國志注》的「臣松之案」經過對材料的考辨異同後提出的批判，則是後來劉知幾《史通》淵源所自，是中國傳統史學評論形成的關鍵，因爲中國傳統的史學評論，由考辨材料的異同始。（〈司馬光《通鑑考異》與裴松之《三國志注》〉）

似乎可以得到支持，抑或者，可以反過來說，亭林之治史，始終仍未溢出傳統

〔註 18〕本文所謂的「比對」並不做爲證明，只是以司馬光的模式爲觀察面向，藉以旁敲亭林治史的可能樣貌耳。

之史學脈絡。至此本文以為，如果要在亭林身上找尋考據的淵源，較為可能的面向只宜在史，不在經。同時，就亭林的史學工夫而言，置於傳統的史學發展中，其實也只是個常態。

五、經學與小學

在上述亭林的治學結構中，雖然本文曾提及音韻與文字之學，其中音韻主要用於異文的辨析，文字（嚴格而言，只是金石文字）則在乎徵驗、補充史書，大抵宜屬之校讎板本，與吾人所謂考訂文字、確定詞義的小學乃大異其趣。然而若循小學的方向以窺，其結果恐怕仍是令人失望的。在亭林為數不少的著述中，大約只能發現以下二段對小學直接的描述：

> 夫小學，固六經之先也，使人讀之而知尊君親上之義，則必自其為童子始。（〈呂氏千字文序〉，《亭林文集》，卷二）

> 古之教人，必先小學，小學之書，聲音文字是也。《顏氏家訓》曰：「夫文字者，墳籍根本。世之學徒，多不曉字，讀五經者，是徐邈而非許慎；習賦誦者，信褚詮而忽呂忱；明《史記》者，專皮〔徐〕、〔註19〕鄒而廢篆、籀；學《漢書》者，悅應、蘇而略《蒼》、《雅》。不知書音是其枝葉，小學乃其宗繫。」吾有取乎其言。（〈邑歠〉，《日知錄》，卷四）

是亭林所謂之小學仍是傳統、眞正的「小學」，雖亦包含文字、音韻二類，卻還只是蒙學階段，讀書識字的基本訓練，容有附加價值，則是隱涵「尊君親上之義」者。小學之定義如斯，大概也很難期待它可以具備如何的「學術」發展。換言之，在亭林的體系中，小學其實尚未成為工具之學，而將與經學密切配合。

自然，吾人也可以從後覺的立場，在理路上認為只要結合校讎與小學中的文字、音韻，而今日訓詁系統中的文字、音韻之學便可水到渠成。然而，一門學術的建立，除了材料本身的可能應用之外，最主要地，還有賴於理論意識的形成。因此如果亭林不可能在語言學的概念下去運用文字、音韻材料，那麼即

〔註19〕周蘇平、陳國慶以為「皮」應作「徐」，指徐廣。見《日知錄・邑歠》注10，卷四，頁210。

使這種結果在乾嘉時期得到了確定，本文也不認爲可以直接追溯回亭林身上，那畢竟是個歷史事實。

只是，這一種理路的可能性似乎也無法被澈底、絕然的否定，以是其在乾嘉時期後續的建立完成，多多少少也應在亭林的呈現上找到一點跡象。在唐鈺明〈顧炎武的訓詁學〉一文中，曾特別指出了亭林的諸多訓詁成績：

（一）用歷史的發展的眼光考察古詞古義……

（二）利用出土文獻與傳世文獻互證……

（三）因聲求義、不限形體……

（四）運用異文對勘、數量統計等多種手段（《第四屆清代學術研討會論文集》）

此四大項或許尚不足以展現亭林全面的訓詁樣貌，然而卻也已經點出了多數學者持以肯定亭林訓詁學的主要認知。

大體而言，本文無意否認亭林的治學確實存在這些「現象」，同時也不否定這些方式很可能便是影響乾嘉考據的重要面向。只是對於這些「現象」，在亭林體系中的意義內涵，是否等同後人的理解，卻仍有待商榷。本文以爲，精確的揭示這些意義，而亭林的訓詁學，以至其對小學的學術性發展，才能有較爲正確的定位。

首先，就所謂出土文獻的運用而言，前已述及，亭林主要之施用方向仍是與史相證，因此所重者多在史料的蒐集與比對。同樣的心態施於治經，主要則衍成《九經誤字》一類，以石經、逸字對勘於當時之監本、坊刻。此其內容雖爲治經，而性質固仍校勘之屬，間或有訓詁之用者，亦是異文之效所致。要之，其本不由文字訓詁而來，又有劉敞、歐陽（脩）爲其先導，實與唐氏所謂「系統而有意識的應用」、「應以顧氏爲嚆矢」頗不相稱。

其次，就所謂統計手段云云，唐氏之例曰：

值得特別提出的是，顧氏訓詁中還出現了統計方法的萌芽，請看：(1)永嘉之亂，三家之書並亡，故孔氏傳獨行，以其書校之石本，多十字、少二十一字、不同者十五字、借用者八字……通用者十一字。——《石經考》(2)《孟子》書引孔子之言凡二十有九，其載於《論語》者八……夫子之言其不傳於後者多矣。——《日知錄，卷七，孟子引論語》(3)孝惠諱「盈」，而《說苑，敬愼篇》引《易》「天道虧盈而益謙」四句，「盈」字皆作「滿」，在七世之內故也。班固《漢書，律曆志》「盈元」、「盈統」、「不盈」之類，一卷之中字凡四十餘見。——《日知錄，卷三十二，已祧不諱》(4)《論語》之言「斯」者七十，而不言「此」。《檀弓》之言「斯」者五十有三，而言「此」者一而已。《大學》成於曾氏之門人，而一卷之中，言「此」者十有九。《爾雅》曰：「茲、斯，此也。」今攷《尚書》多言「茲」，《論語》多言「斯」，《大學》以後多言「此」。——(《日知錄・卷六・檀弓》前二例說明顧氏相當住〔注〕意用統計數字來說明問題，後二例則是統計數字在訓詁中的直接運用。(〈顧炎武的訓詁學〉)

其中，例二、三不過是一種資料匯纂後的計數，而例一則是校讎中慣用的表述模式，如《漢書・藝文志》即謂：

劉向以中古文校歐陽、大小夏侯三家經文，〈酒誥〉脱簡一，〈召誥〉脱簡二，率簡二十五字者，脱亦二十五字，簡二十二字者，脱亦二十二字，文字異者七百有餘，脱字數十。

是三者皆不應以爲統計之方法。唯有例四，則似乎是種典型的統計運用。然而吾人也不必對之太過渲染，一則因爲此例恐爲孤證，且與其他三例亦只一線之隔，未足以證實亭林在方法上的自覺。二則由於類似的模式並不始於亭林，而於傳統傳注中屢屢得見，如《左傳・隱三年》，《正義》曰：

朔則交會，故食必在朔。然而每朔皆會，應每月常食，故解之，言「日月動物，雖行度有大量，不能不小有盈縮，故有雖交會而不食者，或有頻交而食者」。自隱之元年，盡哀二十七年，積二百五十五年，凡三千一百五十四月，唯三十七食，是「雖交而不食」也。襄二十一年九月、十月頻食，二十四年七月、八月頻食，是「頻交而食」也。(卷三，頁1)

其末即以37／3154與二次的2／12相較來表示「頻」與不「頻」。其意固同於「斯、此」之變。而《焦氏筆乘》中又有「熊朋來論六書」一段：

熊朋來曰：「……。世間文字雖多，《玉篇》諸部，不過二萬七千七百二十六字，夾漈《六書略》凡二萬四千二百三十五字，於內諧聲二萬一千三百四十一字，是諧聲居六書十分之九矣。漢字猶有有聲無字者，番字則皆諧聲矣。荊公《字說》則字皆會意，無復六書矣，故王氏《周禮新經》至六書無可說。」（焦紘，卷六）

則亦由數字之比，呈現諧聲於漢字分量之眾，不可有闕於六書。此一在唐，一在明（保守估計，以焦紘爲定），同是由統計而推論之確例。〔註20〕而如果不煩詞贅，更將上引《左傳・正義》一文前半表出：

古今之言歷者，大率皆以周天爲三百六十五度四分度之一。日行比月爲遲，每日行一度，故一歲乃行一周天。月行比日爲疾，每日行十三度十九分度之七，故一月內則行一周天又行二十九度過半，乃逐及日。言一月一周天者，略言之耳，其實及日之時，不啻一周天也。日月雖共行於天，而各有道，每積二十九日過半，行道交錯而相與會集，以其一會，謂之一月。每一歲之間凡有十二會，故一歲爲十二月。日食者，月掩之也。日月之道互相出入，或月在日表，從外而入內；或月在日裏，從內而出外。道有交錯，故日食也。二十九日過半，月及日者，以歷家一度分爲九百四十分，則四百七十分爲半。今月來及日，凡二十九日又四百九十九分，是過半校二十九分也。（卷三，頁1）

不難對比出，其在數理上的表現較亭林精密許多，而這些歷算知識形成的背後，更潛藏著諸多長期的天文觀測以及歸納統計的技術，著實不容低估。因此如就統計的概念來看，亭林所及，其實仍在日常應用的層次，與眞正方法論上的統計，不啻天壤。

事實上，如果吾人可能強調訓詁中的統計操作，所指涉的多半是「有意識」地透過歸納，而以明確的數字統計呈現其發生頻率，藉以分析詞義，與其演變者。如胡樸安所謂：

單文孤證，爲考據家之所不取。然則考據學家必文多而證廣也，如此必將文之同類者搜集以爲證，已略含有統計之意義。阮元有〈論語論〔仁論〕〉一篇，列舉《論語》之論仁者，凡五十有八章。仁字之見於《論語》者，百有五見，而總納於「仁者，人也」一釋。此

〔註20〕其確實比例爲0.77、0.89，是所謂「十分之九」者可爲實指。

已實用統計之方法，惜未能明言之。惟阮氏只知在仁字本身上之統計，而不知用此種統計之方法，為訓詁上之應用，此則為時所限也。（《中國訓詁學史》，頁 357）

唐氏雖道及胡氏此文，卻仍以亭林之說為據，奉為嚆矢，實不知統計，亦於胡氏有所未解。若眞執胡氏意以見亭林，則即如「斯」、「此」之例者，所述亦只用語之改易，而於詞義之分析實亦未及。

與此相涉，吾人可以再看唐氏所論亭林訓詁的另一特色：「用歷史的發展的眼光考察古詞古義」。其言曰：

顧炎武不但在音韻學方面弘揚了陳第「時有古今，地有南北，字有更革，音有轉移」的歷史主義原則，而且將此原則推廣到訓詁學上面，從而突破了訓詁學偏重於共時研究的傳統模式，從歷時的角度對古詞古義作出了一系列具有開創意義的研究。（〈顧炎武的訓詁學〉）

其例則謂：

「寺」字自古至今凡三變，三代以上凡言「寺」者，皆奄豎之名。《周禮・寺人》注：「寺之言侍也。《詩》云：『寺人』」《孟子易》之「閽寺」，《詩》之「婦寺」，《左傳》「寺人貂」、「侍人披」、「寺人孟張」、「寺人惠牆伊戾」、「寺人柳」、「寺人羅」，皆此也。自秦以宦者任外廷之職，而官舍謂之寺。御史府亦謂之御史大夫寺。《漢書・元帝紀》注：「凡府庭所在，皆謂之寺」。《風俗通》曰：「寺，司也」。……。又變而浮屠之居亦謂之寺矣。《石林燕語》：「漢以來九卿官府皆名曰寺，鴻臚其一也。本以待四裔賓客，明帝時攝摩騰、竺法蘭自西域以白馬負經至，舍於鴻臚寺。既死，屍不壞，因留寺中。後遂以為浮屠之舍，即洛中白馬寺也」，僧居寺本此。——《日知錄・卷二十八・寺》

顧氏在收集大量書證的基礎上，將「寺」字的詞義演變概括為三個階段——先秦為「奄豎之名」、秦以後為「官舍」、東漢以後為「浮屠之居」（同上）〔註 21〕

〔註 21〕唐氏引文與今見《日知錄》略有或異，今附原文於此：「『寺』字自古至今凡三變，事實上，這類的例子不但是亭林研究歷時詞義的呈現，也常是後人用以表彰其擅用歸納與博證的證據。雖然，對詞義有歷時演變概念者，本不始於亭林，早在郭璞《方言注》中，吾人便可得見詞義在異時異地的不同演變，然則有意識地透過多數證據而明確申論詞義之發展過程者，亭林無疑是頗爲見突出的。就此而言，本文要說，亭林此處的成就並不在個別的概念表現，而是能將概念與證據、技術配合，做出許多頗爲可靠的結論。

對於這個成就，我們確實不需質疑，同時也可以肯定，這是亭林影響乾嘉考據的重要部分。只是在此，本文仍擬確定的是，在這個現象背後，所代表的學術（特別是技術）意義是不是眞如我們所直接認識的？

即就上例而言，其實便可以發現，亭林並未從語言文字的學理上去解釋「寺」字意義的生成與演變，大抵亦是輯搜文獻材料歷時排列耳。而《說文》中的解釋「廷也」，論其字義，似乎應屬秦漢階段，唯《說文》所釋，乃就造字言之，於理則時代更在秦，甚至三代之前，頗不符合其歸結的階段演變，而在此受到忽略。再看唐氏所指另例：

> 「寫」，《說文》曰：「置物也」。《詩》：「駕言出游，以寫我憂」、「既見君子，我心寫兮」（〔原注〕傳曰：「寫，輸寫也」）。……。《禮記・曲禮》：「器之溉者不寫，其餘皆寫」（〔原注〕注：「傳之器中」）。……。今人以書爲寫，蓋以此本傳於彼本，猶之以此器傳於彼器也（〔原注〕《說文》：「謄，移書也」，徐氏曰：「謂移寫之也」）。始自《特牲・饋食禮》：「卒筮寫卦」，注：「卦者，主畫地識爻，爻備以方寫之」。《漢書・藝文志》：「孝武置寫書之官」。……。至後漢而有「圖寫」（〔原注〕〈李恂傳〉）、「繕寫」（〔原注〕〈盧植

三代以上凡言『寺』者，皆奄豎之名。《周禮，寺人》注：『寺之言侍也。《詩》云：『寺人孟子』』，《易》之『閽寺』，《詩》之『婦寺』，《左傳》『寺人貂』、『侍人披』、『寺人孟張』、『寺人惠牆伊戾』、『寺人柳』、『寺人羅』，皆此也。自秦以宦者任外廷之職，而官舍通謂之寺。（〔原注〕：又御史府亦謂之御史大夫寺。《漢書・元帝紀》注，師古曰：『凡府庭所在，皆謂之寺』。《風俗通》曰：『寺，司也』。……）又變而浮屠之居亦謂之寺矣。（〔原注〕：《石林燕語》：『漢以來九卿官府皆名曰寺，鴻臚其一也。本以待四裔賓客，明帝時攝摩騰、竺法蘭自西域以白馬負經至，舍於鴻臚寺。既死，屍不壞，因留寺中。後遂以爲浮屠之居，即雒中白馬寺也』，僧居稱寺本此）」（卷二十八）

傳〉）之稱，傳之至今矣。〔註22〕

雖然舉出《說文》解釋，卻不計其六書說解。這種現象似乎代表著亭林並不特別重視本義與字形的聯繫。〔註23〕對《說文》的運用若此，更遑論其可能在古文字學上有所發揮了。

談詞義的發展，而不顧及文字形體所透露的訊息，與夫詞義演變的可能規律等等諸多語言學理的考量，則亭林如此的論述方式自然不能說是一種學術化的治學程序：亦即在一種專業考量下，爲解決某特定命題而衍生出的一系列論證模式與步驟。同時如前所述，本文也不認爲亭林具有嚴謹的歸納邏輯，因此，吾人自然不需期待亭林在此可能具備如何的學術開展。至此，暫且淡出後人所賦予亭林的先驅形象，樸實地回到亭林的時代、亭林的自身，不難發現，在亭林一貫的治學方式中，同樣也可以出現如此的型態，因爲這仍舊不外是一種主題資訊的歷時性排列，所不同的只是其中的主題由事件換成了語詞。在如此的理解下，本文以爲其一，亭林的語言研究，應是鈔書輯纂的應用結果，並非語言學內部的理論發展；其二，如果亭林不具明顯的語言研究意識，那麼其對乾嘉訓詁學的影響便只能是被動的，換句話說，亭林並無積極的力量去導引、推動訓詁的發展，相反的，是乾嘉諸儒在訓詁學的立場上，擷取了亭林的治學方法，使其在語言文字的研究結構中發生了理論意義。

最後，吾人看到唐氏指出的第四種成績：「因聲求義、不限形體」。唐氏云：

> 顧氏有一句綱領性的名言：「讀九經自考文始，考文自知音始，以至於諸子百家之書，亦莫不然」（《顧亭林文集・卷四》）……。他之所以重視語音，潛心撰述《音學五書》，爲的也是更好地「考文」——亦即對文字的辨識以及語義的疏通。顧氏的「考文」，往往能夠打破文字形體的局限，從語音出發去探求語義。例如：(1)「批亢擣虛」，《索隱》曰：「亢，言敵人相亢拒也」，非也。此與「劉敬傳」「搤其

〔註22〕唐氏所引與原文略有異同，本文以《日知錄》原書爲據，見該書，卷三十二。

〔註23〕從字形解說詞義，亭林並非無有。如《日知錄》卷二的〈矯虔〉：「《說文》：「矯，從矢，揉箭也。」故有用力之義。《漢書・孝武紀》注引韋昭曰：「稱詐爲矯，強取爲虔。」《周語》注：「以詐用法曰矯。」然此例可說絕無僅有。

> 肮」之「肮」同，張晏曰：「喉嚨也」。下文所「據其街路」是也。——《日知錄・卷二十七・史記注》……兩例均採用「讀破」的辦法，解決了疑難問題。(〈顧炎武的訓詁學〉)

唐氏此處所述，適正反映了一般訓詁學者的典型誤解：將「讀九經自考文始」之「文」解爲「文字的辨識」，以是下句「考文自知音始」便存在如此的語言學意義：「打破文字形體的局限，從語音出發去探求語義。」然而前此，本文已從亭林的理路以及原文的上下文中，確定了此處之「文」只宜是校讎學意義的「文」，不應是文字學意義的「文」。唐氏的詮解適正證明了理解背景相異所造成的誤差，因爲亭林所揭示的是異文的問題，並且這種異文主要是因爲古今音的不同，致使後人「叶音」濫改所造成。引而伸之，或可導出通假的認識，然不論通假或改字，本字與異文（含通假字）間除了聲音上的近似外（二字古音同近或本字古音與訛字今音同近）。沒有任何意義上的聯繫，同時也正因其意義上的訛舛，才導致亭林求「本字」的強烈意圖，一旦「本字」得出，而諸多異文皆因訛誤而不再具備意義。而唐氏所說的「從語音出發去探求語義」，卻是從同源詞的立場出發，肯定了語音同近的字多半意義亦相似，故其歸諸「因聲求義、不限形體」，在不需改字的情況下可以藉由音同音近字互相訓釋。故知，理解背景設定的差異所可能發生的影響將是南轅北轍的。就此而言，我們不僅將誤解亭林的學術體系，同時也將同源詞的發展推估得過早，更重要的是，如果不能瞭解乾嘉學術前身的意義，那麼便無以從底層正確地理解其學術體系，而使得乾嘉學術的眞正意義發生質變。

綜上所述，本文認爲唐氏所標舉亭林的訓詁成績（其實也大約是一般學者所理解的），在極大的程度上都是後人在乾嘉的基礎上回溯的附會。這種附會不僅不能正確地理解亭林，同時也不能正確地理解乾嘉。本文以爲，縱然亭林有許多操作的模式確實影響了乾嘉的訓詁發展，然而這些模式在亭林自身的意義卻不在訓詁、不在語言文字，而多半在於輯纂與校讎。這個意義儘管與乾嘉的學術立場有著不小的差距，然而乾嘉既由此借重、轉化了諸多的治經技術，吾人便極有理由相信，亭林的治學基礎可能便是乾嘉技術體系的一個底層，發揮著具體與潛在、正面與負面的影響。

在整體的討論中，本文試圖順著亭林的學術結構勾勒其治學技術的本然意義，而經過如斯之過程，在此仍想指出二個值得留意的現象，其一，在學術史的發展中，顧亭林屢屢見視為宋明理學轉入乾嘉經學的重要樞紐。在如此定位上，隨著形象而來的，常令後人以為亭林在學術的研究上饒有許多創舉。然而在本文的理解過程中，除了對其執著的儒家精神印象深刻之外，似乎沒有發現相應的開創性。舉凡其上層的思想架構，以迄於下層治學程序，無一不在傳統的既定模式中。這樣的結果，對本文前章所言，認為潮流的發展主要取決於輿論定向的這一概念，無疑得到了一定的支持，因為相同的理念一直存在，其能否蔚為風潮，在極大的部分上實繫乎時之相與或者不與。其二，至於亭林在其時之所以能夠得到矚目與重視，除了亭林自身的領袖氣質之外，尚可注意的是一種學術場域的置換，這使得亭林的學術產生一種虛擬的創造性。換句話說，亭林實際上只是一個具有儒家思想的史學家，從來便以相沿的史學方法治學，唯其方法在理學的反動中相對具有蹈實的傾向，以是而為經學所借用，遂開創了經學中一個方法論的運動。然質實而言，卻只是以治史之方法治經而已。

欲將亭林主要定位為史學家，也許會引起某些質疑。然而本文首先必須強調，一個歷史人物的身份，常常是「身不由己」的，大體而言，其定位多取決於「後人」對其學術與成就的認知，甚至是有意識的操作，如孔子，便在今古文經學的論爭中，具有史學家、經學家等不同的身份。而亭林，其主要的學術表現被認定為對乾嘉經學的影響，同時在黃宗羲以浙東史學見稱的互襯下，其經學家的身份竟日見突顯。然而如果將亭林暫且抽離出學術史的位置，卻不難發現，針對亭林的個人特質，要將其視為經學家，其實是更見困難的。

對此，在上述的討論中，本文已曾透露過一些跡象。其一，就亭林的啓蒙教育而言，其治史的部份於質於量，皆大大地超過治經，其中尤以《通鑑》一書影響至深；其二，在亭林的家學與師承中，影響最大的二人：其嗣祖顧紹芾與嗣母王碩人，皆治史、好史，並以之規劃亭林之學術訓練。其三，以上二方面的影響，大抵已決定了亭林史學為本的治學根柢，以是亭林日後的著述過程，往往便圍繞在史料的蒐輯、比對，以及鑑定上。因此在上述的分析裏，亭林的治學之道，無一不在史學傳統中可以得其淵源。除此而外，如若綜覽亭林一生之事蹟與著作，亦可得見一致的傾向。首先，就亭林的生平而言，其在入清之後，曾二次為人招薦修纂明史，全祖望〈顧先生炎武神道表〉謂：

> 方大學士孝感熊公之自任史事也，以書招先生為助。答曰：願以一死謝公，最下則逃之世外。孝感懼而止。戊午大科，……。次年，

> 大修明史，諸公又欲特薦之。貽書葉學士訒菴，請以身殉。得免。（錢儀吉纂錄，《碑傳集》，卷一百三十）

二次皆因亭林之堅拒而未能成事。雖然，亭林卻在其後與史館人員的答問間，提供了若干的實質建議。〔註 24〕這樣的事跡，說明了亭林在當時，其實史學家的身份是較爲著稱的。

其次，就亭林一生的學術呈現而言，史部計有《天下郡國利病書》、《肇域志》、《歷代帝王京宅記》等三十餘種，而經部含纂錄、勘定者唯只《左傳杜解補正》、《五經同異》、《九經誤字》、《音學五書》、《韻補正》、《唐宋韻補異同》、《五經緒錄》、《易解》、《別本干祿字書》等九種。此在數量上之輕重頗爲明顯，而如果進一步檢視其內容，經部中音韻學三種，是乃「『羽翼』六經」之作；《九經誤字》雖爲經籍，《別本干祿字書》固是蒙學，而亭林之功則僅校勘而已。〔註 25〕較接近經學核心者，大抵僅《五經同異》、《五經緒錄》、《易解》、《左傳杜解補正》等四種。然前三者大抵純爲纂錄之書，成書與否以及眞僞問題仍有待考證。〔註 26〕而《左傳杜解補正》，雖見列經書，究其本質，則同時爲史。況且，亭林之自序亦謂：

> 吳之先達邵氏寶有《左觿》百五十餘條。又陸氏粲有《左傳附注》，傅氏遜本之爲《辨誤》一書，今多取之，參以鄙見，名曰《補正》，凡三卷。若經文大義，《左氏》不能盡得，而《公》、《穀》得之；《公》、《穀》不能盡得，而啖、趙及宋儒得之者，則別記之於書，而此不具也。

〔註 24〕詳見陳祖武，《曠世大儒——顧炎武》，頁 165～167。

〔註 25〕今見朱振祖抄本《別本干祿字書》二卷，上有四十七條眉批。依朱氏之序所云，或爲亭林與陳上年、李因篤等人所批，其中標明「炎武按」者，僅十四條，內容大抵皆異文之校勘。要之，即不論其內容，僅此十四條眉批，此書本不應列於亭林著述中。

〔註 26〕亭林讀書本有鈔書之習慣，這種材料之彙輯是否得視爲著作，本有待商榷。加以後世所見亭林著作，多爲後人所刊刻，其在亭林自身，亦未必有其付梓成書之意。此處三書，有《五經同異》者，今可得見，已有章學誠疑之爲僞，即不爲僞，章氏蓋亦不以著作視之。《五經緒錄》、《易解》二者已不得見，然依亭林所述推測，亦應不外《五經同異》之一類。

是該書本無意涉入義理，故其所謂「鄙見」者，其實亦多在於訓解之確定。今檢閱其例，如：

> 三年蘋蘩薀藻之菜：《玉篇》：薀，於粉切，菜也。毛晃曰：薀，亦水草。(《左傳杜解補正》，卷上)
>
> 而以夫人言許之：以夫人言爲句。公語以立之爲夫人言也。許之，孟任許公也。《左傳杜解補正》，卷上)

是知此書純然章句訓詁之一類。因此，綜觀亭林在經部著述的呈現，其實全無義理思想之闡述，眞如勞思光之謂：

> 亭林既不講義理之學，故嚴格言之，原無一「顧氏之哲學」可說。(《中國哲學史》三下，頁666)

而即使退視其在經籍上的修治，亦止三卷之《左傳杜解補正》涉及經文之詁訓理解，是欲以之確定，甚至強調亭林的經學家傾向，恐怕力量仍稍嫌薄弱。

綜而言之，從亭林個人的諸多面向看來，與其稱之爲經學家，不若將之視爲史學家要來的精確。至於亭林諸般經學上的主張，如「通經致用」、「經學即理學」等，只能視爲一種儒家理想的堅持與宣言。要之，如果我們可以不把司馬遷視爲經學家，那麼同樣便可以理解，亭林亦只是一個懷抱儒家信念的史學家而已。

強調這樣的定位，吾人才能理解，亭林在學術史上的意義，其實是由史入經的樞紐，以史學的方法治經，帶入了強烈的懷疑精神，由是造就一段經學方法論的革新運動。勞思光謂：

> 故約言之，亭林在中國學術史上之重要性，即在於以廣義「史學」觀點治學。就此意義看，清人之所謂「樸學」、「實學」皆當溯源於亭林；而清代學人大抵皆欲以「史學」代替「哲學」，亦亭林之治學觀點有以啓之。此點在論中國哲學思想之演變時，最爲重要。(《中國哲學史》三下，頁665)

其言信然。

其次，本文以爲，亭林本身並不是一個創造型的人物，其學術概念在學術史上，質實而言，並不特見異趣。以是，亭林之所以還能成爲清代的學術典範，除了個人的領袖特質之外，多半更有賴於時代潮流的發掘，亦即，緣於時代具有考據的需求，才使得當時具備考據傾向的人物、學說受到矚目、得到推崇。如果我們留意到號稱清初三大家的顧、黃、王，盡皆呈現濃厚的史學色彩，便應可理解，亭林不必然是改變空疏學風的唯一人選。

再者，亭林之學既不外乎史學傳統，如謂亭林治學具有科學精神，便須肯定傳統之史學本有科學基礎，如不能認同傳統史學的科學性，那麼或者也只能承認，標榜亭林的科學概念，其實不免荒謬。錢穆有言：

> 即謂清代經學皆自鈔書工夫中來，亦非不可。此即章實齋所謂「輯纂」之學也。纂輯之風，已盛於明中葉以後，特至是而漸趨精卓耳。故亭林得自庭訓，而出門合轍，非亭林之自闢户牖，亦可見矣。近世盛推清代漢學家尚證據，重歸納，有合於歐西所謂科學方法者。其實此風源於明代，由一種分類鈔書法，而運用之漸純熟，乃得開此廣囿也。(《三百年》，頁 138)

以「分類鈔書法」稱之，頗得其實，至比附於科學方法則未免仍見表象。在這一點上，勞思光以爲：

> 知亭林所求者主要爲對經之知識，而目的又在於致用，則可知亭林治學之態度實與所謂科學態度大異；蓋科學研究之求客觀知識，正以「知」本身爲目的，與致用之學不同。另一面，就知識之成立之標準説，持科學方法者必須立某種客觀之方法論，而不能依一信仰而言眞僞。而亭林顯然以所謂「經」爲標準，則其治學之第一假定即在於經書之權威地位，此與所謂科學精神距離即遠。學者不可忽視此種重要分別，而輕易隨俗諸而謂亭林倡「科學方法」或具「科學精神」也。(《中國哲學史》三下，頁 674)

由態度、精神以言亭林治學方法與科學之相歧，所論也許更爲眞確。

第四章　清代訓詁理論之奠基
——戴震

相對於亭林由史學根柢開展了考據的視野，東原則是在程朱的基礎下走進了漢學的領域。緣於東原始終沒有放棄義理的追求，以是面對外在的考據壓力，東原的學術歷程，其實便是一場具體而微的「漢宋之爭」。〔註 1〕弔詭的是，這場競爭對東原自身而言，是「宋學」贏得了勝利，然而東原以外，自乾嘉諸儒以迄於現今的後學，多數卻認爲東原爲「漢學」取得了優勢。不論勝負如何，可以肯定的是，後者決定了東原的歷史、學術地位，而乾嘉漢學也因東原而在治經的體系上臻於完備。

第一節　學術體系

一、爲學宗旨

東原的學術宗旨，大抵可以由其一生的學術歷程，以及歷程中所致力的目標來考察。一般論及東原的學術發展向有二期、三期的轉折，儘管在影響的來源上略有異見，早期學者如梁啓超、胡適、錢穆等多主二期之說，以爲東原在考據的主軸上，自早期的反陸王走向晚期的反宋。此後則有余英時首倡三期之

〔註 1〕此處的「漢宋之爭」指的是考據與義理的衝突，而非清儒與宋儒後人的論難。

說，將晚期又別以爲二，以《原善》成書以前，東原曾特重考據的地位，至與義理並列。隨著《原善》的成書，東原自家義理確立，因而除繼續排斥宋儒義理之外，又將考據地位降於義理之下。下表所列，即胡、錢、余三家大致意見：〔註 2〕

分　期	二　期　說		三　期　說
論　者	胡適：《戴東原的哲學》	錢穆：《中國近三百年學術史》	余英時：《論戴震與章學誠》
第一期	分期： 遊揚州前 論學： 漢宋得失中判 論述依據： 〈與方希原書〉（1755） 〈與姚姬傳書〉（1755）	分期： 遊揚州前 論學： 學風近江永 義理推宋、制數尊漢 （東原傾向制數） 論述依據： 〈與是仲明論學書〉（1753 前） 〈與方希原書〉（1755） 〈與姚姬傳書〉（1755） 段玉裁〈戴東原先生年譜〉	分期： 入都前 論學： 義理、考據、文章三分，以義理爲重 以考證扶翼程朱義理 論述依據： 《經考》（入都前） 《經考附錄》（入都前） 〈答鄭丈用牧書〉（早年） 〈與是仲明論學書〉（1753 前） 〈爾雅文字考序〉（1749） 〈與方希原書〉（1755）〔註 3〕 〈與姚姬傳書〉（1755）
轉變原因	顏李學派影響 （程廷祚爲媒介）	結識惠棟	考證運動影響 結識惠棟
第二期	分期： 遊揚州後〔註 4〕 論學： 排斥宋學義理 論述依據： 〈與某書〉（晚年）	分期： 35 歲（1757）遊揚州後〔註 5〕 論學： 學風近惠棟 尊漢抑宋 義理統於故訓典制 論述依據： 〈題惠定宇先生授經圖〉（1765） 〈古經解鉤沈序〉（1769）	分期： 32 歲（1754）入都後 論學： 義理、考覈、文章三者平列，各有其源 斥宋儒義理 （東原自家義理始創） 論述依據： 〈題惠定宇先生授經圖〉（1765） 段玉裁〈戴東原先生年譜〉

〔註 2〕嚴格說來，梁氏僅約略交代東原中年以後，可能因爲從方（望溪）家、是仲明（及其門人）、二程（綿莊、魚門）等三方面接觸到顏、李學說，復結合早期的考證底子而鎔鑄出其「東原哲學」（參見《戴東原哲學》，頁 20～22）。梁氏既未強調，亦未深論此意，故本表不擬論列。

〔註 3〕余英時以爲，東原 1755 年雖已入都，然接觸考證學風未久，思想尚未大變，故仍將〈與方希原書〉歸入早期思想。（《論戴震》，頁 134～135）同理，〈與姚姬傳書〉亦可類推。

〔註 4〕胡適在事件發生的年份與影響產生的時點上頗見淆亂。同在《戴東原的哲學》中，我們看到以下三段互有異同的陳述（引文中西元紀年爲原文本有）：

轉變原因	無	無	自家義理確立
第三期	無	無	分期： 44歲（1766），《原善》成書後 論學： 義理爲文章、考覈之源 （東原自家義理確定） 論述依據： 〈與某書〉（晚年） 段玉裁〈戴東原先生年譜〉 〈戴東原集序〉

製表依據：胡適：《戴東原的哲學》，《胡適學術文集：中國哲學史》，頁1008～1103。
錢穆：《中國近三百年學術史》，《中國現代學術經典：錢賓四卷》，頁267～330。
余英時：《論戴震與章學誠》，頁134～142、192～229。

大體說來，二期、三期之分實無顯著差異，胡、錢二人雖指出東原在晚期有排斥所有宋儒義理的意思，然而卻也同時肯定東原並未貶斥義理本身。胡適《戴東原的哲學》（以下簡稱《戴東原》）所謂：

> 戴震在清儒中最特異的地方，就在他認清了考據名物訓詁不是最後的目的，只是一種「明道」的方法。他不甘心僅僅做個考據家；他要做個哲學家。〔註6〕

而錢穆則謂：

「後來乾隆二十年（1755）戴震入京之後，他曾屢次到揚州（1757、1758、1760），都有和程廷祚相見的機會。」（頁1008～1009）

「我們研究戴震的思想變遷的痕跡，似乎又可以假定他受顏李的影響大概在他三十二歲（1755）入京之後。」（頁1009）

「可以推知戴氏三十二歲入京之時還不曾排斥宋儒的義理；可以推知他在那時還不曾脫離江永的影響，還不曾接受顏李一派排斥程朱的學說。如果他的思想眞與顏李有淵源的關係，那種關係的發生當在次年（1756）他到揚州以後。」（頁1010）

短短二、三頁中，而影響產生的時點有二說：入京、到揚州；初次到揚州的時間亦有二說：1757、1756。揆諸胡氏之意，既以程廷祚爲東原接觸顏李學說之媒介，則思想的轉變自以遊揚州之後爲宜，唯其事究竟始於何年？於該文中實難確定胡氏本意。

〔註5〕錢穆於東原入都年份及〈與是仲明論學書〉撰作時間另有考訂（見《三百年》，頁276～277、272～273），故與胡適之說略有出入。余英時大抵依錢氏所訂。

〔註6〕《胡適學術文集：中國哲學史》，頁1011。又本文引用之《戴東原的哲學》，俱爲收錄於該書之本，頁數亦爲從該書總頁數。以下不另說明。

> 東原不欲以六書、九數自限，在初入都時已然，而昌言排擊程朱，則實始晚年。(《三百年》，頁 291）

同時又引章實齋〈朱陸篇書後〉之語，以爲深知東原：

> 戴君所學，深通訓詁，究於名物、制度，而得其所以然，將以明道也。時人方貴博雅考訂，見其訓詁、名物，有合時好，以謂戴之絕詣在此，及戴著《論性》、《原善》諸篇，於天人理氣，實有發前人所未發者，時人則謂空説義理，可以無作，是固不知戴學者矣。(《三百年》，頁 292～293）

這樣的意見不僅肯定了東原自創義理的企圖，同時也認定，對東原而言，訓詁始終只是通經聞道的「過程」而已。因此二人所謂的晚期，其實約即三期説的第三期。

相較之下，三期説的特點便在於余氏突顯的第二期。余氏以爲在這個階段，東原曾受惠棟以及北京考證學風的影響，而將考據的地位與義理並列。其主要的依據便是〈題惠定宇先生授經圖〉（以下簡稱〈授經圖〉）以及段玉裁所記東原之語二者：

> 蓋先生之學，直上追漢經師授受，……。震自愧學無所就，於前儒大師，不能得所專主，是以莫之能窺測先生涯涘。然病夫六經微言，後人以歧趨而失之也。言者輒曰：「有漢儒經學，有宋儒經學，一主于訓故，一主于理義。」此誠震之大不解也者。夫所謂理義，苟可以舍經而空憑胸臆，將人人鑿空得之，奚有于經學之云乎哉？惟空憑胸臆之卒無當于賢人聖人之理義，然後求之古經。求之古經而遺文垂絕，今古縣隔也，然後求之訓故。訓故明則古經明，古經明則賢人聖人之理義明，而我心之所同然者乃因之而明。賢人聖人之理義非它，存乎典章制度者是也。松崖先生之爲經也，欲學者事于漢經師之訓故，以博稽三古典章制度，由是推求理義，確有據依。彼歧訓故、理義二之，是訓故非以明理義，而訓故胡爲？理義不存乎典章制度，勢必流入異學曲説而不自知，其亦遠乎先生之教矣。震入都過吳，復交于先生令子秉高，與二三門弟子，若江君琴濤、余君仲林，皆篤信所授，不失師法，先生之學有述者，是先生雖云已

> 逝，而謦欬仍留。（〈授經圖〉，《東原文集》，卷十一）
>
> 天下有義理之源，有考覈之源，有文章之源，吾於三者皆庶得其源。（段玉裁，〈戴東原先生年譜〉，《戴震文集》附錄，頁246）

在〈授經圖〉中，余氏認爲：

> 其中考證的地位顯得最爲突出。照他這種說法，好像故訓弄清楚了，聖賢的義理就立刻會層次分明地呈現在我們的眼前，義理之學在此已失去它的獨立地位，祇是依附於考證而存在。（《論戴震》，頁137）

而段氏之語，余氏則解讀爲東原將義理、考據、文章三者平列的表現。

然而此二者是否便足以證明東原曾有如此極端的意思？事實上，這一點在余氏自身也不能確定：

> 這全不似出諸一個深知義理工作本身的曲折和困難者之口。我很懷疑東原自己是否篤信這一理論。很可能地，東原因爲其時正捲入考證潮流的中心，一時之間腳步不免浮動，致有此偏頗之論。此事雖無法有確據，但證之以東原早期和晚期的持論皆與此有異，實使人不能不如此推測。（《論戴震》，頁137）

這是余氏論證時的思考，「不能不如此推測」的語氣更造成一種「唯一可能」的印象。然則本文以爲，這種「受迫性」的推論主要還來自於余氏忽略注意材料的性質，以及解讀時的預設立場。

首先，就〈授經圖〉而言，錢穆便同時引爲東原晚期思想的證據，但是並不以爲其中考據有被特別強調的意味。換句話說，其中議論雖然讓人感覺到東原對考據的重視，然而至推論成「義理之學在此已失去它的獨立地位，祇是依附於考證而存在」的結論則不免顯得浮誇。事實上，東原類此的言論並不止一處，此則余氏亦曾提及：

> 這與他在1769年爲余古農（仲林）寫〈古經解鉤沈序〉時的態度恰成強烈的對照。〈序〉云：「後之論漢儒者，輒曰故訓之學云爾，未與於理精而義明。則試詰以求理義於古經之外乎？若猶存古經中也，則鑿空者得乎？」其實東原在這裏正是用他中年以後的見解來否定《經考》時代〔早期〕的自己。（《論戴震》，頁198）

余氏所謂之「中年」屬於何期？未可確知，如就年代而言，1769 年已入東原晚期；然就內容而言，其言論與〈授經圖〉之所言實無二致。余氏既曾注意及此，卻未將二者並列闡釋，亦未對此衝突有所交代，實令人費解。要之，如對此缺乏妥善安頓，而三期之分便因此難以自圓。

本文以爲，在這個問題上應該考慮的是資料性質的判別，換句話說，吾人不應脫離現實，在一個「眞空」的語境中去解讀東原的本旨，而須更眞實地去衡量，東原究竟是在何種情境？面對何種對象？而有如此議論。正如岑溢成所謂：

> 戴震「論學」的言論，大多見於書信、書序、題辭等比較容易受客觀處境影響的文章。書信有特定的受信人、書序和題辭亦有特定的關係人。這些文章，對於特定受信人或關係人的思想和學術背景有時不得不顧，所以不一定能充分反映戴震本人的眞正觀點。(《詩補傳與戴震解經方法》，頁 20)

特別是當吾人以爲東原在現實上有「言不由衷」的可能時。

正如余氏所曾強調的：

> 「依違其說」是對考證派的敷衍，「不肯竟其辭」是內心別有主見而自知不能爲考證派所了解或同情。兩股不同的力量時常在彼此牽扯之中，這是東原內心緊張的根源。(《論戴震》，頁 125)

這段解釋是針對章實齋〈書朱陸篇後〉中對東原的這段議論而發的：

> 大約戴氏生平口談，約有三種：與中朝顯官負重望者，則多依違其說，間出己意，必度其人所可解者，略見鋒穎，不肯竟其辭也。與及門之士，則授業解惑，實有資益；與欽佩慕名而未能遽受教者，則多爲慌惚無據，玄之又玄，使人無可捉摸，而疑天疑命，終莫能定。(《文史通義・內篇三》)

儘管二人所說的是口談，然而實可從中見出東原現實人生中「因時、因地制宜」的性格。如果稍加仔細斟酌，從一個現實人物的角度來檢視東原議論，其實不難覷出實齋之言果眞看穿東原性格上的局限。如：

> 余竊謂儒者治經，宜自《爾雅》始。取而讀之，殫心於茲十年。(〈爾雅文字考序〉，《東原文集》，卷三)

> 僕自少時家貧，不獲親師，聞聖人之中有孔子者，定六經示後之人，求其一經，啓而讀之，茫茫然無覺。尋思之久，計於心曰：「經之至者道也，所以明道者其詞也。所以成詞者字也。由字以通其詞，由詞以通其道，必有漸。」求所謂字，考諸篆書，得許氏《說文解字》，三年知其節目，漸睹古聖人制作本始。（〈與是仲明論學書〉，《東原文集》，卷九）

> 先生十六、七以前，凡讀書，每一字必求其義。塾師略舉《傳》《注》訓詁語之，意每不釋。塾師因取近代字書及漢許氏《說文解字》授之，先生大好之，三年盡得其節目。又取《爾雅》、《方言》及漢儒《傳》、《注》、《箋》之存於今者，參伍考究。（段玉裁，〈戴東原先生年譜〉，頁 216）

此三段議論均爲東原早期言論，其中蓋已呈現二處東原在態度上的游離。首先在治經的進程上，後二段的陳述是一般所習知的概念，東原治經實是由字而詞而經的，依此程序，識字宜早於故訓，讀《說文》應先於治《爾雅》，而東原實際的學術歷程亦是如此。然則前段意見指出的卻是「儒者治經，宜自《爾雅》始」。雖然大旨不變，未可厚非，而文字、訓詁二者先後的互置則是明顯可見的。乍看之下，也許會令人對這個差異產生些許的困惑，不過，如果注意到這一段意見的出處正是〈爾雅文字考序〉，那麼吾人便很有理由懷疑，在此語境中，東原有強化《爾雅》地位的可能，所以筆鋒略轉，發此「非常態」之陳述。其次，東原之接觸《說文》，究屬自發，抑是塾師所授，在此亦出現曖昧的語氣。由段氏的記戴，《說文》乃出於塾師的傳授，〔註 7〕而東原〈與是仲明論學書〉中，卻是「尋思之久，計於心」的自發。段、洪二人的理解大抵亦從東原而來，同時也沒有特別的理由去擅自修改，是此中矛盾可能還是在東原自身。在此也許毋需過度去揣測東原的心態與人格。〔註 8〕然而東原議論上具有「權變」性的傾向應是可以確定的。

以是回頭檢視〈授經圖〉與〈古經解鉤沈序〉（以下簡稱〈鉤沈序〉）中的

〔註 7〕洪榜〈戴先生行狀〉所載亦同。

〔註 8〕這裏可能還反映出東原有攬功的傾向。如以此心態衡量東原，則《水經注》之校訂者歸屬，以及東原對江永的態度問題，也許並非空穴來風。

自然，將經與道明顯的分隔，可能將出現另一個連帶的發展，那便是經書地位的下降。這個邏輯其實與宋學是如出一轍的，緣於一旦把目標指向了道體本身，則經書不過只是聞道的「指南」而已，因此可能產生二種認知：其一，經書是聞道的媒介，同是又只是道的部份呈現，以是，因此在聞道的過程，必須通過經書，直入道體，不可執於治經，而止於治經。一旦窺入道體，則經亦可不論，故東原乃謂：

> 治經先考字義，次通文理。志乎聞道，必空所依傍。（〈與某書〉）

以東原之理路，治經與聞道不爲一事，是此處「空所依傍」者，乃包涵經書在內，以爲得魚而須忘筌。其二，窺入道體而後，是其對道體的詮釋，便是直接的掌握，而非透過他人詮釋（經即聖人對道的詮釋）之有隔的揣測。以是，在解釋的層級上，得上追經典，故懋堂乃直以「吐辭爲經」謂之東原：

> 先生於性與天道，了然貫澈，故吐辭爲經（〈戴東原先生年譜〉，頁246）

本文以爲，唯有此般自我定位，而東原乃敢以《疏證》而排擠程朱，乃敢藉《孟子》而別出其理義。黃愛平所謂：

> 但實際上，戴震卻並未按照孟子的思想進行疏解，不過是藉用“明道”的名義，采取“疏證”《孟子》“字義”的方式，闡發自己的思想主張，並對“蔽以異趣”宋明理學予以了尖鋭的批判。探尋戴震的學術實踐，可以説，其起點爲“我注六經”，即訓詁考據；終點卻是“六經注我”，亦即借題發揮，包括《孟子》在内的經籍，只是闡述其義理思想的工具而已。（〈戴震的學術主張與學術實踐〉）

實道出東原何以如此自矜其《疏證》的機括。

至此，在肯定東原義理上尚有另行的途徑後，本文擬進一步呈現這個途徑的樣貌。以下，復引出東原一般治學進程：

> 經之至者，道也；所以明道者，其詞也；所以成詞者，字也。由字以通其詞，由詞以通其道，必有漸。（〈與是仲明論學書〉）

> 經之至者，道也；所以明道者，其詞也；所以成詞者，未有能外小學文字者也。由文字以通乎語言，由語言以通乎古聖賢之心志。（〈鉤沈序〉）

> 文字之鮮能通，妄謂通其語言；語言之鮮能通，妄謂通其心志。（〈爾雅注疏箋補序〉，《東原文集》，卷三）

> 惟空憑胸臆之卒無當于賢人聖人之理義，然後求之古經。求之古經而遺文垂絕，今古縣隔也，然後求之訓故。訓故明則古經明，古經明則賢人聖人之理義明，而我心之所同然者乃因之而明。賢人聖人之理義非它，存乎典章制度者是也。（〈授經圖〉）

此數端是多數學者引證東原由小學以通經的歷程。大致而言，不論東原發語對象爲何，其內容並無二致。在這些說法裏，東原其實存在一個概括性的階段表述：文－詞（語言）－道（聖人心志），〔註22〕而一般考據之事所可致力者其實只在文－詞（語言）之間，東原曾語段氏謂：「非從事於字義、制度、名物，無由通其語言。」（見前引）是語言至道一段，正有賴於另一階段之工夫。然而在諸家的詮釋中，實際上只看見了前半，而忽略了後半。本文在此的論述，正是要正視那後半進程，而結合了後半進程的整體架構，竟隱約呈現一種由宋學包覆漢學的樣貌，而這恐怕是東原所不曾自覺者。

於是，吾人似應窺入東原的義理範疇。

在上述的引文中，不難發現，東原於「道」、「理」、「我心之所同然者」與夫「聖人心志」者常是混用不別。以東原之理解言，此數語雖施於不同層面，定義內涵亦有所異，然均可指向同一外延，即所謂道者。〔註23〕唯具體之表述，東原乃以「理」字爲說。何謂「理」？此《疏證》所率先申論者：

> 理者，察之而幾微必區以別之名也，是故謂之分理；在物之質，曰肌理，曰腠理，曰文理；得其分則有條而不紊，謂之條理。孟子稱「孔子之謂集大成」曰：「始條理者，智之事也；終條理者，聖之事

〔註22〕東原之謂「詞」、「語言」者，有時泛指陳述，是客體、思維的語言呈現。在這個意義上，可包含一般所謂之語言，亦可能擴及由語言構成的句、章、篇。意者，「道」是被「語言」描述的客體，「文」是「語言」的形跡。而介於「道」與「文」之間，東原便籠統稱爲「語言」或是「詞」。如前引〈與某書〉：「治經先考字義，次通文理。志乎聞道，必空所依傍。」同樣的三階段，而中間則謂「文理」也。

〔註23〕蓋孟子有語謂：「心之所同然者，謂理也，義也；聖人先得我心之所同然耳。」（《孟子・告子上》）東原殆本乎此，而東原又謂：「古聖哲往矣，其心志與天地之心協，而爲斯民道義之心，是之謂道。」（〈鈎沉序〉）是此四者乃可互相指稱也。

也。」聖智至孔子而極其盛，不過舉條理以言之而已矣。(《疏證》，卷上，頁 151)

又：

是故就事物言，非事物之外別有理義也；「有物必有則」，以其則正其物，如是而已矣。就人心言，非別有理以予之而具於心也。(《疏證》，卷上，頁 158)

「理」因是褪去了形上色彩，而成爲一種具體、散見事物中的條理、秩序。而這一點正是東原與宋儒歧異之樞紐。而理既外在，不具足於心，則東原對所謂「心」者，亦別有一種認定：

故孟子曰：「耳目之官不思，心之官則思。」是思者，心之能也。精爽有蔽隔而不能通之時，及其無蔽隔，無弗通，乃以神明稱之。凡血氣之屬，皆有精爽。其心之精爽，鉅細不同，如火光之照物，光小者，其照也近，所照者不謬也，所不照（所）〔斯〕疑謬承之，不謬之謂得理；……。故理義非他，所照所察者之不謬也。何以不謬？心之神明也。人之異於禽獸者，雖同有精爽，而人能進於神明也。理義豈別若一物，求之所照所察之外；而人之精爽能進於神明，豈求諸氣稟之外哉！(《疏證》，卷上，頁 156)

此殆如胡適所釋：

他認定心不是理，不過是一種思想判斷的官能。這個官能是“凡血氣之屬”都有的，只有鉅細的區別，並不專屬於人類。心不是理，也不是理具於心。理在於事物，而心可以得理。心觀察事物，尋出事物的通則(《疏證》三說，“以秉持爲經常曰則”)，疑謬便是失理，不謬之謂得理。心判斷事物(“可否”就是判斷)，並不是“心出一意以可否之”；只是尋求事物的通則，“以其則正其物”。(《戴東原》，頁 1029)

心只是一種能覺知、能思考、能判斷的官能。唯此官能，因性之所使，而能悅於理義：

孟子言「口之於味也，有同耆焉；耳之於聲也，有同聽焉；目之於色也，有同美焉；至於心獨無所同然乎」，明理義之悅心，猶味之悅

> 口，聲之悅耳，色之悅目之爲性。味也、聲也、色也在物，而接於我之血氣；理義在事，而接於我之心知。血氣心志，有自具之能：口能辨味，耳能辨聲，目能辨色，心能辨夫理義。味與聲色，在物不在我，接於我之血氣，能辨之而悅之；其悅者，必其尤美者也；理義在事情之條分縷析，接於我之心知，能辨之而悅之；其悅者，必其至是者也。（《疏證》，卷上，頁155～156）

由此而東原確立了人獲致理義的模式，亦即聞道的可能。在此模式下，東原自亦指出另一條聞道的進路：「以情絜情」。

> 理也者，情之不爽失也；未有情不得而理得者也。凡有所施於人，反躬而靜思之：「人以此施於我，能受之乎？」凡有所責於人，反躬而靜思之：「人以此責於我，能盡之乎？」以我絜之人，則理明。天理云者，言乎自然之分理也；自然之分理，以我之情絜人之情，而無不得其平是也。（《疏證》，卷上，頁152）

東原於此，乃將「情」繫於「理」，欲在同理心的作用下，破除個人的絕對專斷，使彼此認知、判斷互相調和、互相制約，達到一個眾人皆能接受、皆以爲是的客觀結果。是蔡元培乃謂：

> 至東原而始以人之欲爲己之欲之界，以人之情爲己之情之界，與西洋功利派之倫理學所謂各人自由而以他人之自由爲者同。〔註24〕

這一點自然是就宋儒理具於心之說之非而發：

> 於宋儒，則信以爲同於聖人；理欲之分，人人能言之。……。而及其責以理也，……。於是下之人不能以天下之同情、天下所同欲達之於上；上以理責其下，而在下之罪，人人不勝指數。人死於法，猶有憐之者；死於理，其誰憐之！（《疏證》，卷上，頁161）

以是欲破其「師心自用」之心態。

然則果然東原之理路僅在乎此，固不免要如容肇祖之批評了：

> 戴震以情絜情的學說，就是由於他的大前提「欲出於性，一人之欲，

〔註24〕見〈戴東原的倫理學〉，輯自《中國倫理學史》，收錄於《戴震全書》冊七，頁580。

> 天下人之同欲也」的謬誤。欲不是很簡單的東西，從細細的分析上去看，人的欲望也有由於習慣的養成，不能是完全同一的。概言之，「人是有同欲的」，這是可以說；如果說「人是同所欲的」可就不對了。「遂己之好惡，忘人之好惡，往往賊人以逞欲」，即所謂侵犯他人的自由，這固然是不好；而施於人以己所能受者，亦不免有時流於困苦他人的毛病。則所謂「以情絜情而無爽失於行事」，當不易做到。（〈戴震說的理及求理的方法〉）〔註25〕

然而這其實是種誤解，蓋東原何嘗不知眾人之欲、眾人之情未必皆一，亦未必得理，東原曾謂：

> 以眾人與其所共推為智者較其得理，則眾人之蔽必多。（《疏證》，卷上，頁154）

是同欲、同理者，在東原而言，亦不將以為是順理成章的立即效果。

事實上，故東原亦曾明言：

> 欲者，血氣之自然，其好是懿德也，心知之自然，此孟子所以言性善。心知之自然，未有不悅理義者，未能盡得理合義耳。由血氣之自然，而審察之以知其必然，是之謂理義；自然之與必然，非二事也。就其自然，明之盡而無幾微之失焉，是其必然也。如是而後無憾，如是而後安，是乃自然之極則。（《疏證》，卷上，頁171）

適正回答了容氏之議。具體言之，吾人不應忽略，東原「以情絜情」之背景，乃是「心」之能悅理義的設定。唯「心」之能悅理義，故在理論上，其自有至於同然的可能，只是，「心」畢竟血氣之質，此在東原而言，則有不齊：

> 人之血氣心知，其天定者往往不齊，得養不得養，遂至於大異。（《疏證》，卷上，頁159）

得於天而廣大者，其蔽也少；得於天而狹小者，其蔽也多。聖人即是所謂無蔽者，唯是無蔽，故能得其「心之所同然」。是知「以情絜情」之能得其理義者，實為無蔽之聖人境界：

〔註25〕胡適、鮑國順等亦有類似意見。前者見《戴東原》，頁1030；後者見於《戴震研究》，頁351～352。

> 心之所同然始謂之理，謂之義；則未至於同然，存乎其人之意見，非理也，非義也。凡一人以爲然，天下萬世皆曰「是不可易也」，此之謂同然。舉理，以見心能區分；舉義，以見心能裁斷。分之，各有其不易之則，名曰理；如斯而宜，名曰義。是故明理者，明其區分也；精義者，精其裁斷也。不明，往往界於疑似而生惑；不精，往往雜於偏私而害道。求理義而智不足者也，故不可謂之理義。自非聖人，鮮能無蔽；有蔽之深，有蔽之淺者。人莫患乎蔽而自智，任其意見，執之爲理義。吾懼求理義者以意見當之，孰知民受其禍之所終極也哉！（《疏證》，卷上，頁 153）

苟未至聖人者，則仍欠一段養心、擴充之功夫：

> 以心知言，昔者狹小而今也廣大，昔者闇昧而今也明察，是心知之得其養也，故曰「雖愚必明」。（《疏證》，卷上，頁 159）

又：

> 人物以類區分，而人所稟受，其氣清明，異於禽獸之不可開通。然人與人較，其才質等差凡幾？古聖賢知人之材質有等差，是以重學問，貴擴充。（《疏證》，卷上，頁 167）

唯是不斷長養此心、擴充此心，而蔽乃愈減，終至心知無蔽，而情乃有節，則所絜之情得以無不依於理。

至此，儘管尚未能具體評斷東原此論之得失與其在哲學上之貢獻，然則可以確定是，至少東原在其理路上是可以自圓其說的。除此而外，透過這個議題的理解，其實還引出了另一個值得注意的意義。亦即，如果稍加留意容氏等人之疑，似乎不難發現，儘管容氏等人是在方法途徑的意義上來定位東原的「以情絜情」，然而其所置疑、要求之處卻是結果面的成效，以是忽略了從途徑到結果之間，尚須一段涵養的工夫：心之擴充。在心知有蔽之時，容氏之疑確然可立，然則一旦心知充實具足，此心即得「我心之所同然」而盡其善端，是所絜之情無不中節，而容氏之疑便不有太大的道理了。然則不論容氏從方法理解，或是從結果質疑，東原之「以情絜情」論皆有以應之，是知東原此論實可涵蓋途徑、結果二面，一方面，它是聞道過程中破私得理的方法，一方面它又是得理後的實際表現，所不同者，前者不免有蔽，而後者全然是理。或者，也可以換個角度說，「以情絜情」其實是個爲人應事的實際表現，不論其心知得理之多寡，皆不妨礙其做爲心知在應事上的實踐意義。這種實踐在一定意義上可做爲日常行事之依據，並且在「格物」的過程中又不斷促進心知的擴充。東原在《疏證》的答問，正可覷出如斯意味：

> 問：「……。在孟子言『聖人先得我心之同然』，固未嘗輕以許人，是聖人始能得理。然人莫不有家，進而國事，進而天下，豈待聖智而後行事歟？」曰：「子貢問曰：『有一言而可以終身行之者乎？』子曰：『其恕乎！己所不欲，勿施於人。』《大學》言治國平天下，不過曰『所惡乎上，毋以使下，所惡乎下，毋以事上』，以位之卑尊言也；『所惡於前，毋以先後，所惡於後，毋以從前』，以長於我與我長言也；『所惡於右，毋以交於左，所惡於左，毋以交於右』，以等於我言也。曰『所不欲』，曰『所惡』，不過人之常情，不言理而理盡於此。惟以情絜情，故其於事也，非心出一意見以處之，苟舍情求理，其所謂理，無非意見也。」（《疏證》，卷上，頁 154～155）

是東原乃復以「絜情」者應其所問聞道前的行爲據依者。〔註 26〕

〔註 26〕與我們同樣強東原「心知」作用的學者大抵尚有黃愛平、周光慶等人。前者見〈戴震的學術主張與學術實踐〉，後者見於〈戴震《孟子》解釋方法論〉。就黃氏而言，雖然曾形容東原之「心」的作用在於「思考、判斷和認同」，然而卻又認爲「這一概念，主張『心之所同然』，亦即人心的主觀認同」，乃明顯忽略了所謂的「同然」乃是以「理」做爲背景的客觀意義，是主觀之「心」爲客觀之「理」所擴充，而主觀性亦因此消失，此正所謂東原進學、解蔽之意者。因此我們認爲黃氏由此出發，自不免有違東原力圖破宋儒「意見」之意也。其次，周氏則以爲：「『以心相遇』，遙接于孟子的『以意逆志』，主要是以設身處地進行『體驗』的方式，解釋主體從心理上轉移到著作者的心境之中，也就是現代所說的『心理解釋』。」而謂「『心』，則指經典作家的生命體驗。」這種理解模式似乎是得自施萊爾馬赫（Schleiermacher）的詮釋學理論。大體言之，這或者也可以是理解東原理論的一種模式，然而如果我們也「以意逆志」地趨近東原，其中不免有隔。意者，我們不應忽略，「以心相遇」的具體操作，其實便即是「以情絜情」，「理」在其間實具樞紐地位。換言之，聖凡之間，論「心」雖有才性之異，然則「心」有擴充之能，一旦「理」具足於心，而凡亦可爲聖，因謂聖人乃「『先』得我心之所同然」耳。是知「以心相遇」乃擴充己心，與聖人同，故能因「理」之同而有所會通者。「心」

（三）由進學以擴充

上述二項，東原分別指出考據、以情絜情等二個進程。乍看之下，此一屬之漢學，一屬之宋學，似乎不將有所交集。然而東原卻透過「進學」，而會通、整合了二者。

首先，應該指出的是，考據與絜情二者，是東原在人與道之間擬出的二條並行不悖的進程。其中，考據的終點在通經，而絜情的終點在聞道。就整體結構言，無疑地，聞道畢竟是最終目的，以是在絜情本身便可獨立操作的狀態下，此一途徑已足以負擔完整任務。相反地，考據一途，其用止於治經，又在通經與聞道間欠缺一段聯繫，相對而言，在定位上便顯得附屬，甚至多餘。然則東原何以如此強調？

本文以為其中關鍵在於通經與絜情的聯繫。上述的討論曾經提及，「以情絜情」欲得其正者，乃有待於「心」之擴充，而「心」之擴充實又有待於「學」之工夫，此乃東原屢屢道之者：

> 然人與人較，其材質等差凡幾？古賢聖知人之材質有等差，是以重問學，貴擴充。（《疏證》，卷上，頁167）
>
> 就人言之，有血氣，則有心知；有心知，雖自聖人而下，明昧各殊，皆可學以牖其昧而進於明。（《疏證》，卷上，頁170）
>
> 心知之資於問學，其自得之也亦然。以血氣言，昔者弱而今者強，是血氣之得其養也；以心知言，昔者狹小而今也廣大，昔者闇昧而今也明察，是心知之得其養也，故曰「雖愚必明」。（《疏證》，卷上，頁159）

然則所「學」者何？東原謂：

> 有己之德性，而問學以通乎古賢聖之德性，是資於古賢聖所言德性埤益己之德性也。（《疏證》，卷中，頁188）
>
> 以今之去古既遠，聖人之道在六經也。……。是以凡學始乎離詞，中乎辨言，終乎聞道。（〈沈學子文集序〉，《東原文集》，卷十一）

既以「理」根柢，而為覺知判斷的官能，則雖然在絜情的過程中可能觸及「體驗」的感知，卻不能將「心」直接等於「體驗」也。

人之有道義之心也，亦彰亦微。其彰也，是爲心之精爽；其微也，則以未能至於神明。六經者，道義之宗而神明之府也。古聖哲往矣，其心志與天地之心協，而爲斯民道義之心，是之謂道。士生千載後，求道於典章制度而遺文垂絕。（〈鈎沈序〉）

是知「學」者在以「聖賢所『言』德性埤益己之德性」，聖賢所言，自是六經，以是具體作爲即是「離詞」、「辨言」之通經一事。由是通經乃爲擴充此心，而使「以情絜情」隨著「心」之擴充而漸次得乎其理、中乎其節。

至是，可以合併二條路徑圖示如下：

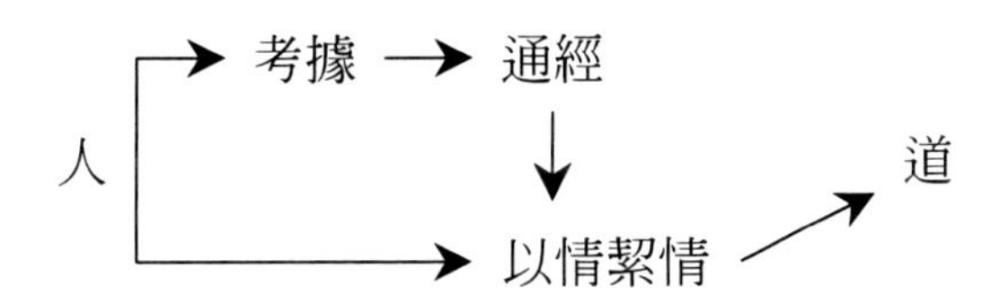

於是通經乃爲養心之助而入於絜情，考據乃爲義理之需而終乎聞道也。就此而言，東原可謂實以宋學吸納漢學，以宋學的架構爲主軸，而又特重於漢學之徵實者。

（四）由正本以清源

同是聞道，而東原在宋儒的雜糅、鑿空之後，提出上述二項進路。其目的無非是更精確地掌握經典、探見眞理。具體而言，這表現在以下兩端，而使所踐之道得乎其正：

1. 十分之見

東原〈與姚孝廉姬傳書〉中謂：

凡僕所以尋求於遺經，懼聖人之緒言闇汶於後世也。然尋求而獲，有十分之見，有未至十分之見。所謂十分之見，必徵之古而靡不條貫，合諸道而不留餘議，鉅細畢究，本末兼察。若夫依於傳聞以擬其是，擇於眾說以裁其優，出於空言以定其論，據於孤證以信其通，雖溯流可以知源，不目睹淵泉所導，循根可以達杪，不手披枝肄所歧，皆未至十分之見也。以此治經，失不知爲不知之意，而徒增一惑，以滋識者之辨之也。

則「十分之見」者乃是確然不移的肯定，同時又是直接面對客體，建築在充分證據下的結論。如斯結果，確是東原以與對抗宋儒「意見」的堅決主張。然而在此尚需指出的是，這樣的理解其實尚未及乎「十分」。緣於此論對治之對象在宋學，同時其理路確與今日科學概念有其近似者，以是後人多以此歸諸漢學，並以之爲漢學通於科學之跡，如梁啓超、容肇祖：

> 梁啓超先生謂「其所謂十分之見與未至十分之見者，即科學家定理與假說之分」。可謂能知戴氏者。觀此，很可以知清代的「樸學」，確有「科學」的精神。（容肇祖，〈戴震說的理及求理的方法〉，《戴震全書》，冊七）

然而如果更將下文引出，則知此論不只端在漢的一偏：

> 先儒之學，如漢鄭氏、宋程子、張子、朱子，其爲書至詳博，然猶得失中判。其得者，取義遠，資理閎，書不克盡言，言不克盡意。學者深思自得，漸近其區，不深思自得，斯草薉於畦而茅塞其陸。其失者，即目未睹淵泉所導，手未披枝肆所歧者也。而爲說轉易曉，學者淺涉而堅信之，用自滿其量之能容受，不復求遠者閎者，故誦法康成、程、朱不必無人，而皆失康成、程、朱於誦法中，則不志乎聞道之過也。誠有能志乎道，必去其兩失，殫力於其兩得。既深思自得而近之矣，然後知孰爲十分之見，孰爲未至十分之見。（〈與姚孝廉姬傳書〉）

蓋此謂漢宋「得失中判」，而欲知「十分之見」者，需「去其兩失」，而「殫力於其兩得」實有兼采漢宋之長之意者。至其中所謂得者：「取義遠，資理閎」，固分明偏向宋學之一端。鮑國順曾謂：

> 〈與某書〉所陳，意在「空所依傍」；〈與姚姬傳書〉所論，旨存「實事求是」。……。東原治學由訓詁考證起手，已是盡人皆知之事實，然空所依傍、實事求是，則爲超越於訓詁名物以上之一種識斷。（《戴震研究》，頁 193）

已略觸其旨，在此本文更要明確指出，這種「識斷」，其實亦頗有待於義理之鍛鍊。是東原「十分之見」者，大抵仍是「考據」、「絜情」兩相確定下的結果，未可片面得之。而漢學在東原方法論中的定位、效用亦可窺見一般。

2. 正本清源

「十分之見」，落實在具體的義理上，東原所預期的結果便是正本清源：在各家的經典下正確地掌握各家義理，不使互相淆亂。段玉裁謂：

> 彭〔紹升〕君有書與先生。先生答此書，以六經、孔、孟之恉，還之六經、孔、孟；以程、朱之恉，還之程、朱；以陸、王、佛氏之恉，還之陸、王、佛氏。俾陸、王不得冒程、朱，釋氏不得冒孔、孟，其書幾五千言。有此而《原善》、《孟子字義疏證》之說愈明矣。（〈戴東原先生年譜〉，頁240）

頗中東原本旨，然此自然是一種較爲和緩的表述。事實上，在以儒家本位，以六經、孔、孟爲唯一眞理的立場下，東原眞正的意圖，乃是剔除宋儒所雜的老、莊、釋氏之說，以回復醇儒、以防邪說之害道。東原謂：

> 六經、孔、孟而下，有荀子矣，有老、莊、釋氏矣，然六經、孔、孟之道猶在也。自宋儒雜荀子及老、莊、釋氏以入六經、孔、孟之書，學者莫知其非，而六經、孔、孟之道亡矣。（《疏證》，卷上，頁172）

又：

> 嗚呼！雜乎老、釋之言以爲言，其禍甚於申、韓如是也！（《疏證》，卷上，頁161）

其激切若此。而如懋堂所述，東原《疏證》之作，確有如是之意圖。其自序曰：

> 孟子辯楊、墨；後人習聞楊、墨、老、莊、佛之言，且以其言汨亂孟子之言，是又後乎孟子者之不可已也。苟吾不能知之亦已矣，吾知之而不言，是不忠也，是對古聖人賢人而自負其學，對天下後世之仁人而自遠於仁也。吾用是懼，述《孟子字義疏證》三卷。（《孟子字義疏證・序》，《戴震全書》，冊六，頁147～148）

此雖不能用以完全解釋東原的學術動機，然而可以確定的是，在議論的理路與方法論的建構上，東原確是如此塑成其義理之系統。

第二節　治學方法與訓詁運用

東原〈鉤沉序〉有謂：

> 是故鑿空之弊有二：其一，緣詞生訓也；其一，守訛傳謬也。緣詞生訓者，所釋之義，非其本義。守訛傳謬者，所據之經，併非其本經。

「鑿空」一詞，是東原常見用以指斥治經誤謬者。雖然，有岑溢成氏曾指出「鑿空」非專為宋儒而發」，〔註27〕不過，就東原批評的主要對象以及在此標準下的衡量而言，顯然仍是指向宋儒的。而更重要的是，不論東原之對象為何，「鑿空」之弊既為東原所常言，是其為東原在治經上所耿耿於懷者殆可無疑。這種著眼，或者是反省現狀的引發，也或者是先有自覺而後對外的檢討，可想而知地，都將成為東原治經的主要對治目標，而反映在治經技術的設定上。

同在岑溢成的文章中，吾人看到其對鑿空之弊的解釋：

> 緣詞生訓，是訓詁方面的弊端；守訛傳謬，是校勘方面的缺失。(《詩補傳與戴震解經方法》，頁123～124)

大體說來，如此的解釋是可以認同的，只是在此要稍加補充的是，「守訛傳謬」雖然主要可能在校勘，然亦不能僅限於校勘，若「宋儒則恃胸臆為斷，故其襲取者多謬」云云，〔註28〕則不啻鑿空與傳謬，其所襲取者，自又不外乎雜糅釋道之說，是「訛」者、「謬」者，大約又可泛指一切非儒之道。至「緣詞生訓」者，其直接的內涵是「斷章取義」式的「以意逆志」，因此東原修正的態度便是徵實，便是字字有說，言言有據。而如果我們認為東原的訓詁只局限在語言一端，那麼徵實之道便應不止一途，而應包含名物度數，甚至義理。統而言之，東原的治經進程其實是以「文－詞－經」為綱目，而由校勘起手，通過訓詁（配合文字、聲韻）、制數、義理，而終至於正本清源地達成通經的目的。此中，自以訓詁為其樞紐。

一、校　讎

校讎之事在東原言論中雖未曾極力強調，然而由其事蹟、著述，以及少數

〔註27〕見《詩補傳與戴震解經方法》，頁126。

〔註28〕見東原〈與某書〉。

的言論中，亦可見出此事實甚爲東原所重，且爲其治經一貫的基礎工夫。

在程瑤田的〈五友記〉中，有對東原如是的記述：

> 庚午辛未之閒，余與稚川及余姊婿汪松岑三人同研席，每論當世士可交而資講習益者。余曰戴東原也。……先是己巳歲，余初識東原。當是時，東原方躓於小試，而學已粗成，出其所校《太傅禮》示余。《太傅禮》者，人多不治，故《經》、《傳》錯互，字句訛脫，學者恒苦其難讀，東原一一更正之。余讀而驚焉，遂與東原定交。至是，稚川、松岑亦咸交於東原矣。……東原曰：「《水經》酈道元《注》亦如《太傅禮》，人所不治者。其《經》《注》之錯互，字句之訛脫，與《太傅禮》無異。揚雄《方言》，所謂『懸諸日月，不刊之書』，治古文者資之，與《爾雅》、《說文》同功。而文章之古，益以轉寫之訛，人望之如蠶叢未闢者然。是皆不可不治其蕪雜，使就條理。」……。蓋東原之治經也，以能知古人之文章；其知古人之文章也，以能窺六書之微指，而通古人之訓詁。三書之舛繆難治，苟非東原以其所能治之，後之人雖有一知半解，欲爲功於三書者，吾知其有所不能也。(《修辭餘鈔》，《通藝錄》，《叢書集成續編》，冊十一)

此處主要呈現了二個訊息，其一，己巳年，値東原二十七之歲，不論何家所論，皆在東原論學之初期。是知東原治學初成，而將出茅廬之際，即以校讎之精而爲時人所贊嘆，即程氏自身，亦因此與之定交者。其二，依程氏的轉述，東原之校讎非止一端，即《水經注》、《方言》者亦爲東原所計劃者，這自然呈現了其在校讎上的重視程度。同時依程、戴二人的語氣，此三書者蓋訛亂已久，向爲人所不能通讀。而東原乃引爲己任，願意、嘗試去解決此一長期被擱置的問題。本文以爲，如果不是具備高度的重視，若非具有充份的把握，殆亦不能存此雄心。事實證明，東原果然不負眾望。而此成就絕非是單純比對異文所可成之者，如程氏所述，其中自有非東原而不能勝任者。因此本文相信，校讎之於東原，顯然是一要項，段玉裁有謂：

> 蓋《大戴禮》一書，訛舛積久，殆於不可讀，先生〔戴震〕取雅雨堂刻，一再讎校，然後學者始能從事。至癸巳，召入四庫館充纂修

> 官，取舊說及新知，悉心覈訂。(〈戴東原先生年譜〉，頁 225)

其態度之謹、用心之深，可窺見矣。

至於東原的實際操作，吾人可從以下二段文字略見一二：

> 《大戴禮記》刻後印校，俗字太多，恐傷壞版，姑正其甚者，不能盡還雅也。所有誤字，縣未覈出，如〈保傅・注〉「謂俎豆傳列及食之等」，「謂」訛作「男」，「食」訛作「嗜」，……。凡此類即就印本改正。又……明嘉靖癸巳袁氏依宋本重刊之《大戴禮記》，「齊」皆作「亝」，後人不識古字，遂訛作「參」，……，字形轉寫之謬，前改正者皆是也。……。苟害六書之義，雖漢人亦在所當改，何況魏、晉、六朝？此書中仍有未盡俗謬者，準、准，殺、煞，陳、陣，參差互見，宜使之畫一，以免學者滋惑。震愚昧，徑行改易。(〈與盧侍講召弓書〉，《東原文集》，卷三，頁 281～283)

> 謹排比原文，與近本鉤稽校勘，凡補其闕漏者二千一百二十八字，刪其妄增者一千四百四十八字，正其臆改者三千七百一十五字。……。至于《經》文《注》語，諸本率多混淆，今考驗舊文，得其端緒。凡水道所經之地，《經》則云「過」，《注》則云「逕」，《經》則統舉都會，《注》則兼及繁碎地名。凡一水之名，《經》則首句標明，後不重舉，《注》則文多旁涉，必重舉其名以更端。凡書內郡縣，《經》則但舉當時之名，《注》則兼考故城之跡。皆尋其義例，一一釐定，各以案語附于下方。至塞外群流，江南諸派，道元足跡皆所未經，故于灤河之正源、三藏水之次序、白檀、要陽之建置，俱不免附會乖錯，甚至以浙江妄合姚江，尤爲傳聞失實。自我皇上命使履視，盡得其脈絡曲折之詳。御製〈熱河考〉、〈灤源考證〉諸篇，爲之抉摘舛謬，條分縷擘，足永訂千秋耳食沿訛。(《校書提要・水經注》，《戴震全書》，冊六，頁 630～631)

雖然《水經注》的校訂者仍有其爭議性，然則比照東原其它校訂工作，其間之概念、原則固可不二。大抵就中可以見出，除了一般性異本比對，勘出闕、衍、訛字外，東原更著力的其實是後人所謂的「理校」部份。具體而言，東原在此探究了錯訛的原因，建立了勘改的原則，僅此二項，實已足令校讎之學深入考據而體制更精。而更重要的是，其審定義例，以爲辨正據依一項，更是後人所極力贊嘆、屢屢稱道者。是懋堂所謂：

> 然東原氏之功細大宜辨，據古本，搜群籍，審地望，尋文理，一字之奪必補之。一字之羨必刪之，一字之誤必更之，東原氏之能事也。（〈與梁耀北書論戴趙二家水經注〉，《經韻樓集》，卷七）

洵非虛語。

二、訓詁定義

儘管東原強調由字而詞而經的理解進程，然而就實際情況而言，卻不可能是如此盈科後進的。首先，就東原所謂的「字」而言，除了有蒙學識字義之外，更重要的還在於文字之學，意欲通過文字的呈現精確地掌握文字的本義，以及可能的用義。甚至如章學誠之轉述：

> 獨怪休寧戴東原振臂而呼曰：「今之學者，毋論學問文章，先坐不曾識字。」僕駭其說，就而問之。則曰：「予弗能究先天後天，河、洛精蘊，即不敢讀『元亨利貞』。〈與族孫汝楠論學書〉）

則其「識字」者，更包含透過專業知識來掌握文字的表達，充實文字的意指。以是在這三層義涵中，除卻第一義之外，餘二義皆非按部就班，可確實循序漸進者。以第二義而言，在一般的閱讀過程中其實是不存在的，即如宋儒，幾近不涉文字之學，仍能通過經文，說出一片義理。雖然吾人可以懷疑，宋儒之解經不見得盡合經文，卻不能因而否認，這種「粗疏」的閱讀同樣可以形成一種「意義」。事實上，吾人可以說，漢儒的解經也在極大的部份，透過這個粗疏的理解，進一步與文字訓詁互證而漸趨精確。因爲文字要使用在語句才能形成語義，反過來說，一個「字」的「語義」也必須在上下文中才能被確定。以此類推，一句、一章、一篇之義，其實也必須藉由上一層（章、篇、全書）的「語境」來限定。此不啻形成一個與戴氏次序適正相反的「限定」理路。因此，單純地逐一確定每一個文字的本義、用義，以串講章句云云，其實是不切實際的。至第三層意義，則根本已不在「文字」領域內。並且同理可證，經書的理解，也必然不能完全脫離義理而進行。於是本文認爲，東原之治經在具體操作上，理應是以訓詁爲先。甚至清儒之治經，在極大的部份上也是依違在這些或者籠統、或者互異、或者殘闕、誤謬的經解系統下進行的。這些「前說」，其實就是「故訓」。

於是在校讎、比對底本之後，不論是進一步理解文本，抑或是解決校讎中出現的，諸如異文、衍脫等疑義，訓詁便成爲主要接續步驟。

（一）定義

「訓詁（學）」一詞之定義與內涵，在面臨轉型的今日中，不可避免地存在許多期待與爭議。這些期待常常本末倒置地潛在影響了對傳統訓詁（學）的認知。〔註 29〕在此，本文擬暫且跳脫這些「要求」，只在東原的語境中檢視「訓詁」之意義，由是則「訓詁」的用法，大抵只是與文字、聲韻鼎足，三分小學的「註解」、「釋義」之義，並且在極大的程度上偏指「故訓」一義，亦即前人所作之註解。

以下是東原許多論及諸詞之語：

> 古故訓之書，其傳者莫先於《爾雅》，六藝之賴是以明也。所以通古今之異言，然後能諷誦乎章句，以求適於至道。（〈爾雅文字考序〉）
>
> 惟空憑胸臆之卒無當于賢人聖人之理義，然後求之古經。求之古經而遺文垂絕，今古縣隔也，然後求之訓故。訓故明則古經明，古經明則賢人聖人之理義明，而我心之所同然者乃因之而明。（〈授經圖〉）

此二段文字所呈現的訊息其實不二。在比對中可以見出，「訓故」、「故訓」二詞雖句法結構倒置，卻不妨礙其用義，皆指「前人之解釋」者。而其中以《爾雅》爲「故訓之書」之傳，〈爾雅文字考序〉一名〈古訓〉，並同斯意。

> 余嘗欲搜考異文，以爲訂經之助；又廣擘漢儒箋注之存者，以爲綜考故訓之助。……。後之論漢儒者，輒曰故訓之學云爾，未與於理精而義明。（〈鉤沉序〉）
>
> 漢儒訓詁有師承，亦有時傅會。（〈與某書〉）

〔註 29〕大抵因爲不論主張訓詁（學）該何去何從，仍必須與傳統狀態維持一定的聯繫，而且是核心、根本的聯繫，以是在這種「期許」中，常常不自覺地將訓詁削足適履的套入自身的模式，以支撐自己的立場。

字書主于訓詁，韻書主于音聲，然二者恒相因。音聲有不隨詁訓變者，則一音或數義；音聲有隨詁訓而變者，則一字或數音。(〈論韻書中字義答秦尚書〉,《聲韻考》，卷四,《戴震全書》，冊三)

此三段文字，前者以漢儒之箋注爲故訓之學，而次段則直接稱爲「漢儒訓詁」，同時，末段又以「訓詁」、「詁訓」互用，則「故訓」又通於「訓詁」蓋可推知。至是我們可說，所謂「故訓」、「訓故」、「古訓」、「訓詁」、「詁訓」者，在東原的使用上大抵是可以互訓通用的。

在這個基礎上，本文以爲此諸詞在實際的用義上尚有部份變化。其一，詞書之性質畢竟與箋注不同，前者之解釋僅限獨立詞義，略無時代之別，後者則隨文注解，範疇擴及章旨、篇旨，甚至微言大義，並且強調時代之異；東原將《爾雅》直接視爲故訓，儘管對《爾雅》而言並無扞格，然則可能因此逐漸淡化「故」、「古」、「詁」等「前說」的意味，而使「訓詁」之意可以只是「解釋」或者「釋詞」。其二，上引〈答秦尚書〉中，「字書主于訓詁」、「音聲有不隨詁訓變者，則一音或數義」等語，雖然此中「訓詁」由「字書」而出，略有「釋詞」之義，然而「一音或數義」云云，事實上已偏向單純的「詞義」、「語義」，而與訓解可以無涉。唯可注意者，此項用法似不用於「故訓」、「訓故」等詞。

至是歸納言之，吾人可以說，東原之於「訓詁」:

1. 統言之，「故訓」、「訓故」、「古訓」、「訓詁」、「詁訓」五者相通，詞義偏向「故訓」，指稱「前人之解釋」，尤其是漢代以前。同時這個用法亦是東原使用最頻繁、最核心者。
2. 除上義外，「故訓」等詞有時僅泛指一切「釋詞」，時代的因素可以忽略。
3. 「詁訓」、「訓詁」二詞可能引申出單純「詞義」、「語義」之用義，而其餘諸詞則未見。

（二）《爾雅》與故訓

在上述定義下，東原「訓詁」的具體材料，主要蓋以《爾雅》爲主，而佐以漢人傳注。東原謂：

余竊謂儒者治經，宜自《爾雅》始。(〈爾雅文字考序〉)

> 及論列故訓，先徵《爾雅》，乃後廣搜漢儒之說。功勤而益鉅，誠學古之津涉也。(〈與王內翰鳳喈書〉)
>
> 《爾雅》，六經之通釋也，援《爾雅》附經而經明，證《爾雅》以經而《爾雅》明。然或義具《爾雅》而不得其經，殆《爾雅》之作，其時六經未殘闕歟？爲之旁摭百氏，下及漢代，凡載籍去古未遙者，咸資證實，亦勢所必至。(〈爾雅注疏箋補序〉)

凡此之類，皆存斯意。而東原之如此重《爾雅》，主要仍在最爲近古。如〈與王內翰鳳喈書〉中所謂：

> 孔《傳》「光，充也」，陸德明《釋文》無音切，孔沖遠《正義》曰：「光，充，《釋言》文。」據郭本《爾雅》「桄、熲，充也。」注曰：「皆充盛也。」《釋文》曰：「桄，孫作光，古黃反。」用是言之，光之爲充，《爾雅》具其義，漢、唐諸儒，凡於字義出《爾雅》者，則信守之篤。
>
> 然如光字雖不解，靡不曉者，解之爲充，轉致學者疑。蔡仲默《書集傳》「光，顯也」，似比近可通。古說必遠舉「光，充」之解，何歟？雖《孔傳》出魏晉間人手，以僕觀此字據依《爾雅》，又密合古人屬詞之法，非魏晉間人所能。必襲取師師相傳舊解，見其奇古有據，遂不敢易爾。後人不用《爾雅》及古注，殆笑《爾雅》迂遠，古注膠滯，如光之訓充，茲類實繁。余獨以謂病在後人不能遍觀盡識，輕疑前古，不知而作也。

是在語言古今有別的前提下，後人既不得直解古語，自無由輕疑前人之說。在這個例子上，東原尊重故訓的態度清楚可見。事實上，如果仔細去體會東原此處的用心，那麼對於以古爲是的惠棟，也許可能獲得不小的共鳴。而王鳴盛「舍古亦無以爲是」之語亦得因之順理成章。

以近古爲標準，《爾雅》以外，東原依次又特重三類故訓，其一是經典本身，東原曰：

> 以《周禮》解《周禮》，一書之中，無事於更端立異矣。(〈周禮太史正歲年解一〉，《東原文集》，卷一)

以此類推，本經不足，更可援引他經。並且在道體一貫的概念下，以經證經之途不但爲解經之方，同時還成爲必要條件，要求五經通貫而後可；其二是漢人注疏，在儒家義理與師法傳述的直承下可以存古；其三是上述之「百氏」，亦即先秦諸子百家典籍，因與聖人同時，在語言的層面上可以佐證。唯須略加說明者，經典證據一面有助語言之理解，一面又可能做爲事件詳略的互補，並且以其自身經典的地位，在解釋效力上本爲最高，只是或許因爲可供參酌的資料較少，以是在具體的操作上，其運用反似不若《爾雅》之廣。

就語言層面而言，在經文與故訓之間，實已達成一定的理解。然而這種理解畢竟仍是粗糙的，僅知其然而不知所以然，雖然言出有據，亦不能根除緣詞生訓之弊。以是東原分由文字、度數二者，一面限定語言，一面又突破語言，首尾貫串，建構一個完整的理解結構。

三、文字與聲韻

除了故訓外，文字語言本身同樣具備條件可以直探上古原貌。緣於文字語言雖然在後世的使用可有不同的引申，然而字形、音聲的形質，卻仍保留創制之初的一定跡象。因此確實掌握文字、音聲的最早意義，實可爲經典語言的重要佐證，即使容有或易，蓋亦不得離其源者。

在此概念下，東原頗強調，說解一字之義，必須符合字形結構，而後可信，如其釋「芼」字云：

> 毛《傳》曰：「芼，擇也。」《集傳》曰：「芼，熟而薦之也。」震按：《爾雅》：「芼，搴也」，郭《注》云「謂拔取菜」。蓋因采之、芼之相次比，宜其不遠。《毛詩》則以三章之次：先求、次取、次宜爲擇，故不從《爾雅》。《集傳》以「采」已兼「擇」，故用董氏說爲熟薦，不從《毛詩》。三說皆緣詞生訓，於字之偏旁不能明也。許叔重《說文解字》亦引此詩而云「艸覆蔓」，又於詩之前後失次。大致說經者，就經傳合而不可通於字；說字者，就字傳合而不可通於經。舉此一字知訓詁之失傳久矣。考之《禮》，羹、醢、菹、芼凡四物，肉謂之醢，菜謂之菹；肉謂之羹，菜謂之芼。菹、醢生爲之，是爲豆實。芼則湆烹之。故菹、芼有別，芼之言用爲鉶芼也。（《杲溪詩經補注》，《戴震全書》，冊二，頁 7）

而本義的確定、六書的分析自是成爲必要程序。東原謂：

> 又疑許氏於故訓未能盡，從友人假《十三經注疏》讀之，則知一字之義，當貫群經、本六書，然後爲定。(〈與是仲明論學書〉)

待本義確定後，而引申、假借亦有所由，而詞義的所由所往乃可有其據依。

除此而外，如果把客體定位在語言上，那麼顯然在這個音義結合體上，音韻便取代了上述文字的地位，成爲確定語義的另一個重要途徑。「轉語」可說是其間最明顯的發用。(說見下)

然則一個完整的文字，實際上是由形音義三者所構成，以是三者雖各有其司，卻也相互成全。就東原而言，主要則落實在其談六書、論諧聲與定假借上，上引〈論韻書中字義答秦尚書〉中語，蓋即此意。而〈與是仲明論學書〉謂：

> 而字學、故訓、音聲未始相離，聲與音又經緯衡從宜辨。

〈六書音韻表序〉：

> 夫六經字多假借，音聲失而假借之意何以得？故訓音聲相爲表裏，故訓明，六經乃可明。(《東原文集》，卷十)

其意不二。是文字、聲韻、訓詁三者必須密切配合爲說，而一字一詞之義才能說得確實、說得完整。

最後尚需提及者，文字、聲韻二者，在顧亭林的體系中，主要是依校讎的需要而施用於異文的勘謬、確認上。在東原而言，則直接與故訓相配，在語言的解釋上發揮其功用。這種轉變自然代表了語言概念的逐漸成形，而如果我們說乾嘉訓詁有走向現代語言學的跡象或可能，其契機也正在於此。至是而語言的特質漸次顯明，語言與文字、語言與思想間的異同也逐漸被感知。同時，文字與聲韻亦因此而發生語言學的意義，存在進一步被探索的需要。事實上，六書的重視以及轉語、因聲求義等議題，大抵便是此發展下的產物。

四、名物與度數

文字是語言的記錄，而語言又是概念選擇性的描述。概念透過語言呈現，而語言卻不同於概念本身，這一點東原是具有深刻體認的，因此東原屢屢強調治經不等於聞道，欲人穿透經典，直入道體者耳。同樣的道理，東原在處理名物制度上亦有其一貫之處。段玉裁〈戴東原先生年譜〉中有此二段記載：

> 璇機玉衡，《虞夏書》觀天之器，自漢以後失其傳，而先生神晤於四千年之下，即詳其制於〈原象〉第四章，令善讀者可構造矣。曾自指點巧匠爲之，藏於孔户部家。（頁247）

> 先生謂：「《考工記圖》既成，後來乾隆某年所上大鐘，正與吾說合。」（頁249）

這二件事，就其目的言，顯示東原之理解，在具體掌握、呈現經文所描述之客體；就其過程言，東原之自矜與後人之推許，正透露其事之不易，此不易處，蓋即語言與概念之間的差距。

在如此認知下，如果能夠反向操作，先掌握概念、客體，而後解釋經文，則不啻反掌折枝，而經文之意乃得充分展現，甚至塡補語言之所不能盡處，這是本文所謂突破語言者。事實上《七經小記》之規劃、「以情絜情」之施用，目的端在於此。同時也唯有語言與概念的密合無間、互補互證，而經典的理解才是眞正的飽滿、通透。

至此可謂東原已徹上徹下地建構出一套治經的基本模式。概括而言，可如其〈爾雅文字考序〉所述：

> 夫援《爾雅》以釋《詩》、《書》，據《詩》、《書》以證《爾雅》，由是旁及先秦以上，凡古籍之存者綜核條貫，而又本之六書音、聲，確然於故訓之原，庶幾可與於是學。

此中雖不及名物、義理，然配合〈與是仲明論學書〉之謂，蓋亦不可無之，甚至其札末所謂「淹博難、識斷難、精審難」三者，大抵亦多賴此耳。

五、訓詁理論

上述之基本模式雖然可謂完整，然而卻只是一種理想狀況的表象。事實上，在操作這個進程時，不免發生文獻不足、疑義難定之窘境。固然「知之爲知之，不知爲不知」（《論語．爲政》）是乃儒者闕疑之義，然則容有輾轉可推知者，或有至要不得闕者，而考據之積極精神乃不得不出。東原〈詩生民解〉正呈現此一態度：

> 此詩異說紛然，秦、漢間，儒已莫能徵考，治經所當闕疑者也。然其事關禮典之大，又不可徒守闕疑之義。合《詩》、《禮》綜覈之。（《東

> 原文集》，卷一）

故潛藏在這個架構下的立論，其實處處存在著「析理」，而此亦爲東原頗爲重視者：

> 近閻百詩《尚書古文疏證》，初亦用劉原甫説，謂虞劇諸人傅會，後既通推步，上推之正合，復著論自駁舊時之失。然其言曰，「康成考之方作箋」，又曰，「經解不可拘以理者，此類是也。」則又不然。《毛詩篇義》云「刺幽王」，《箋》乃謂「當爲刺厲王」，豈與所推合乎？康成蓋決以理而已。……。病在析理未精，猥以爲「經解不可盡拘以理」，是開解經者之弊也。《國語》幽王三年，西州三川皆震，三川竭，岐山崩，此詩所謂「百川沸騰，山冢崒崩，高岸爲谷，深谷爲陵」，正指其事。詩繫之幽王，《國語》亦其一證。……。大致日月交食一事，可以驗推步得失，其有不應，失在立法，不失在天行也。（〈書小雅十月之交篇後〉，《東原文集》，卷一）

尤其可注意者，其中以《國語》之史筆，證《詩經》之景況，在證據之翻檢運用上已頗見精細；至論「推步」之得失者，在態度上亦極成熟。比照 1965 年諾貝爾物理獎得主費曼（Feynman）之言：

> 科學上的所謂「證明」（prove）在這裏的意思其實是檢驗（test），對大眾而言，這整個想法應該翻譯爲「任何法則都必須接受異常情況的考驗」；或者用另一種説法，「『例外』證明了某個法則的錯誤。」這就是科學的原理。任何法則如果出現例外情況，而如果這例外情況經過觀測之後證實不虛，那麼原先設定的法則就錯了。（《這個不科學的年代》，頁 18）

實異曲同工。雖然清儒不特別將之系統化，而構成一種「方法論」，然則其在邏輯推論的概念與操作的精準上眞有自視科學教育下之一般後人所未及者。至此返顧後人論及亭林，尚標舉演繹、歸納、三段論而多所贊譽者，眞不免小覷了古人。

至落實在訓詁方面，東原則有二個値得注意的概念與技術：其一是轉語，其二是通證。

（一）轉語

在〈轉語二十章序〉中，東原有語謂：

> 古今言音聲之書，紛然淆雜，大致去其穿鑿，自然符合者近是，昔人既作《爾雅》、《方言》、《釋名》，余以謂猶闕一卷書，創爲是篇，用補其闕，俾疑於義者以聲求之，疑於聲者以義正之。說經之士，搜小學之奇觚，訪六書之逸簡，溯厥本始，其亦有樂乎此也。（〈轉語二十章序〉，《東原文集》，卷四）

就中可以讀出幾個訊息。其一，《轉語》之性質，重在音聲，要去穿鑿，故以「自然符合」爲原則，說明音聲變化的規律；其二，《爾雅》解古今語；《方言》通異地語，《釋名》求語源，其於釋義已備矣。猶闕《轉語》者，乃在肯定語言孳生現象的前提下，以音聲變化爲綱，繫聯其間之聲義發展；其三，音聲規律有定，而後可以以聲正義、以義正聲。〔註30〕在這種目的下，吾人可以說，《轉語》之作，其實是出於一種考據的需要。

自然，《轉語》的成書，背後尚存在一個更重要的學術意義。它突破了文字的局限，確定了聲義的聯繫，實際上是在語言的概念下進行語義的理解與推論。這一點後來爲王氏父子所繼承發揚，而成爲乾嘉學者在訓詁理論上的最大貢獻。同時在此認知下，聲韻學被賦予新的地位與任務，文字、聲韻並列，成爲直探語義的二大途徑。更由於聲韻與意義的聯繫更爲直接、更爲原始，在長期受到忽略的情況下，引起了更多的矚目與開發。語音變化規律正是此時聲韻學的另一個重要的進階課題。

至於東原之「轉語」者究爲何指？鮑國順曰：

〔註30〕漆永祥有謂：「此可見戴震著書〔《轉語》〕之旨在于：其一，繼《爾雅》、《方言》、《釋名》諸書之後，著《轉語》以明音聲之理。其二，聲韻結合，用聲韻表的形式給聲韻定位以求語音轉變之規律。其三，因聲求義，以明假借。即段玉裁揣測的于『聲音求訓詁之書也』。」（《乾嘉考據學研究》，頁166）乍見之下，與我們所論頗爲相似。然而漆氏將《轉語》視爲東原古聲之研究，又以爲《轉語》即《聲類表》（俱見該書，頁165～168），是主要仍歸諸聲韻之學也。以是其所認同段氏之揣測，似以《轉語》爲音轉規則之書，而可以施用於「明假借」者。而我們則認爲《轉語》之對治不在音聲，而在音義。不只申明音理，更「已」藉此溝通諸多假借干係。故所論雖近，而所立音韻、語言之宗旨有別，不可不辨也。

> 實則揚雄及東原書中言「通語」、「通轉」、「聲轉」、「一聲之轉」等，其例甚多，余意東原《轉語》一書之定名，或將有取於此。(《戴震研究》，頁 410)

其言或是。而在東原的敘述中，吾人可以看到二個主要特徵。其一，轉語是一種假借現象，大抵指稱那些字形不同，而音有同近之同義詞。東原言曰：

> 字書主于訓詁，韻書主于音聲，然二者恒相因。音聲有不隨詁訓變者，則一音或數義；音聲有隨詁訓而變者，則一字或數音。大致一字既定其本義，則外此音義引申，咸六書之假借。其例或義由聲出，如「胡」字，惟《詩》「狼跋其胡」，與《考工記》「戈胡」、「戟胡」用本義。至于「永受胡福」，義同「降爾遐福」，則因「胡」、「遐」一聲之轉，而「胡」亦從「遐」而遠。「胡不萬年」、「遐不眉壽」又因「胡」、「遐」、「何」一聲之轉，而「胡」、「遐」皆從「何」。又如《詩》中曰「寧莫之知」，曰「胡寧忍予」，曰「寧莫我聽」，曰「寧丁我躬」，曰「寧俾我遁」，曰「胡寧瘨我以旱」，「寧」字之義，傳《詩》者失之。以轉語之法類推，「寧」之言「乃」也。凡訓詁之失傳者，于此亦可因聲而知義矣。或聲同義別，如蜥易之「易」，借爲變易之「易」；象犀之「象」，借爲象形之「象」。或聲義各別，如户關之「關」，爲關弓之「關」；燕燕之「燕」，爲燕國之「燕」。六書假借之法，舉例可推。(〈論韻書中字義答秦尚書〉，《聲韻考》，卷四，《戴震全書》，冊三，頁 334～335)

在此首先可以看出，東原「假借」之定義泛指一切本義外的音義引伸，這其實包含後世所爭議本有其字的「通假」、本無其字的「假借」以及引申義三種。或者今日三者混淆之爭議正與東原的主張不無干係。而在東原自身的分類，則有「義由聲出」、「聲同義別」以及「聲義各別」等三種現象。其中「義由聲出」殆其所謂「轉語」者。從文中所舉例比較推之，在條件上，乃形異、音近（同），義同三者，唯其不具「形」跡，以是必須「因聲知義」；而在形成原因上，若「胡」、「遐」之例，「胡」字因與「遐」字一聲之轉，因而生出「遠」義，可知是就被借字的立場而言，因字形被借，因而在本義外，又被賦予一假借義，以是而與借義之本字同義。據此，則謂之「義由聲出」者，乃以此假借義由音近而得也；

謂之「轉語」者，則以聲為媒介而轉其語義於它字也。可想而知的，在此概念下，是假借作用的頻率決定聲近義通現象的普遍性。〔註31〕

其次，東原的「轉語」並不強調時代差異，亦不區別諸詞先後。〈轉語二十章序〉云：

> 參伍之法，台、余、予、陽，自稱之詞，在次三章。吾、卬、言、我，亦自稱之詞，在次十有五章。截四章為一類，類有四位，三與十有五，數其位皆至三而得之，位同也。凡同位為正轉，位同為變轉。爾、女、而、戎、若，謂人之詞。而如、若、然，義又交通，並在次十有一章。《周語》「若能有濟也」，注云「若，乃也。」〈檀弓〉「而曰然」，注云「而，乃也」。《魯論》「吾末如之何」，即「柰之何」。鄭康成讀「如」為「那」。（乃箇切，案《集韻》三十八箇云：「如，乃個切，若也。《書》曰：『如五器，卒乃復』鄭康成讀。」今《尚書音義》無此，蓋開寶中所刪，丁度等據未改《釋文》有之。《毛詩》「柔遠能邇」，箋云「能，伽也」，「伽」字當亦音乃個切）曰乃，曰柰，曰那，在次七章。七與十有一，數其位亦至三而得之，若此類，遽數之不能終其物，是以為書明之。
>
> 凡同位則同聲，同聲則可以通乎其義。位同則聲變而同，聲變而同則義亦可以比之而通。更就方音言，吾郡歙邑讀若「攝」，（失葉切）唐張參《五經文字》、顏師古注《漢書・地理志》已然。「歙」之正音讀如「翕」，「翕」與「歙」，聲之位同者。用是聽五方之音及少兒學語未清者，其展轉訛溷，必各如其位。斯足證聲之節限位次，自然而成，不假人意厝設也。（〈轉語二十章序〉）

視其中所舉，有雅言、有方言，亦有經、傳之異言，則四方古今之詞皆所見列者。東原曾謂：

> 音之流變有古今，而聲類大限無古今。（〈書廣韻目錄後一〉，《東原文集》，卷四）

此或即東原論及轉語而以聲類為綱之因。而既在聲類下，則古今之別亦可不受

〔註31〕依此理解，則「義由聲出」乃就借字與被借字言，故音、義（語言）同而字形不同：而「聲同義別」是就同一字下借義與被借義言，故字形、音同而義不同也。

其限了。

由此兩項特徵，可以推測東原之轉語其實是具有音聲聯繫的「同義詞」，並且在同義的語境中是可以互訓的。依此，則確實在表面上，與揚雄之方言、轉語者可以無別，然而以今日之眼光視之，揚雄之「轉」，乃同一語言在異時、異地下的自然演變，而東原之「轉」則是因有意無意之假借，而使二相異語言得爲同義者，二者之發生內涵實不相同。除此，尚須說明的是，東原的轉語雖然可能構成諸多聲近義同的「字群」，然而這些「字群」卻不能等同於同源詞中所謂之詞族。蓋「字群」中雖字形不同，而其所承載者，實同一語言；而詞族者乃因孳生而形成，其音、義已有變化而成二詞，故其聲雖同近，而義卻只能通，不能完全等同。〔註 32〕不過這並不是東原在意的問題，大抵東原之主要意圖仍在從聲原義耳：

> 人之語言萬變，而聲氣之微，有自然之節限。是故六書依聲託事，假借相禪，其用至博，操之至約也。學士茫然，莫究〔所以〕。今別爲二十章，各從乎聲，以原其義。(〈轉語二十章序〉)

其中「各從乎聲，以原其義」者，「原」者宜與語源無涉，而只是「本然」之義，因此此二句應解釋爲「破除文字的約束，在語言的概念下，透過聲音去說明它眞正的意義」。故只要能達成此一考據目的，而源詞、孳生詞一類之語言學意義反不爲所重，甚至可以不在考慮之列。

在如斯前提下，東原以其所分二十聲母之同位、位同關係做爲聲音同近的標準，〔註 33〕完成其「因聲求義」的理論。雖然其聲韻系統與變化規律的擬測，於今看來仍嫌粗略，以至即使該書果眞完成，也未必眞能達成其預定目標。然則無可置疑地，這個理論確實在訓詁學史上發生極大的影響，遑論王氏父子的成就，即今日論同源、破假借等操作，仍大體建立在這個基礎上。〔註 34〕

〔註 32〕參見龍師宇純《中國文字學》(定本)，頁 316～319。

〔註 33〕何九盈：「所謂『同位』與『位同』的區別，是指聲母發音部位與發音方法的區別。」(《中國古代語言學史》，頁 366) 又，涉乎東原聲類擬定及其配置可參酌該書頁 367，及馬裕藻〈戴東原對古音學的貢獻〉，收錄於《戴震全書》冊七。因東原此聲類系統頗不可靠，對本論題亦不發生影響，故此不更論列。

〔註 34〕雖然我們承認今日語源學運用了東原的理論，同時也有許多學者將東原「轉語」之說直接視爲探求詞源的方法（如何九盈，見《中國古代語言學史》，頁 365～

（二）通證

「通證」，在今日常被視爲歸納法，而吳時英則稱之「通證」，並用以標舉爲東原治《詩》的一個特別方法：

> 他所用的方法就是考據學的方法。「無稽者不信，不信者必反復參證而後即安。」（錢大昕〈戴震傳〉）幾句話可以表示他的方法的精神。考據方法的全體也無須我介紹，此處我僅指出他治詩學用的一個特別方法。
>
> 其實，這個方法在詩學中雖算特別，而在清代考據學中卻是很普通的；即在梁任公先生指出的：
>
> 羅列事項之同類者爲比較的研究，而求得其公則。（見〈前清一代中國思想界之蛻變〉）
>
> 我用戴氏的話來給牠取個名字，叫做：
>
> 「通證」的方法；或以詩證詩的方法。
>
> 這個方法的大概如此：
>
> 取詩中同樣的字歸納攏來求一個共通的解釋；或者取同樣組織的辭句歸納來得一個共同的辭例。（〈戴東原的詩學〉，《戴震全書》，冊七，頁469）

吳氏並分由「字義的通證」、「校正譌字的通證」、「數字同義的通證」、「語式的通證」等諸類舉例明之。〔註35〕以下且循吳氏所例，列舉數端：〔註36〕

> 震按：采采，眾多貌。（〔原注〕：詩曰「采采芣苡」，又曰「蒹葭采采」，又曰「蜉蝣之翼，采采衣服」，皆一望眾多者。卷耳、芣苡又以見其多而易得之物）（《杲溪詩經補註》，卷一，《戴震全書》，冊二，頁10）
>
> 《詩》凡言「綏」者，如「綏以多福」、「綏我眉壽」、「以綏後祿」，

369），然而我們仍要強調，此並非東原立說意圖。大抵一個理論的本然，及其發展、及其可能用途，三者常不盡合，不可不辨也。

〔註35〕〈戴東原的詩學〉，頁470～474。

〔註36〕本文所引仍依東原原書，故摘出字句與吳氏容有出入。

> 辭義并歸主祭者受神降之福。(《毛鄭詩考正・周頌・雝》「綏予孝子」條下)

吳氏之描述頗爲清楚，本文亦不需多費筆墨，然而須稍做說明的卻是「通證」與「歸納」的異同。

誠然，僅就此諸例而言，無疑是具有歸納的模式的，「凡」字云云，更是一種歸納義例的表現，因此，逕以歸納法稱之似亦無可厚非。然則本文在此不欲刻意附會，而仍採用吳氏的名稱：「通證」，理由在於歸納法在西方已是一個成套的方法論，有其自身的理論與技術。而東原的「通證」卻應該來自其「一字之義，必本六書、貫群經以爲定詁。」〔註 37〕的理念。在此要求下，東原的目的主要是透過同時代的群經以確定某字某詞的時代語義而已。如下例：

> 《毛詩》於「振振公子」、「振振君子」，皆曰「信厚也」；於「振振鷺」曰「群飛貌」。晉童謠「均服振振」，杜預云「盛貌」。韋昭云「威武也」。緣詞生訓，故說各不同。(《杲溪詩經補註》，卷一，頁 13)

《毛詩》等注於義並非不通，只是不符經典用法，所以東原仍斥之爲「緣詞生訓」，是知東原「貫群經」的意義除了探究未知的古語外，更要求擺脫今語的慣性，就古語以解古經。以此而言，東原實際的操作可能具有兩種模式，一是從諸語境的可能義項中求其得以「一以貫之」的「交集」；一是從諸經中可確定的文例，形成義例，用以類推他處之解。前者本不爲歸納，然設若交集元素只有一個，亦可能形成歸納的假象；而後者則符合歸納的原則。

然不論前者後者，亦不論一解多解，只要是在諸語境中皆能串講的義項，都有可能是正解，由是在這結果下，對每一個解釋，東原都必須另立證據支持；而進一步的確定、汰選，也有賴於文字、名義度數，以及義理等外部因素。〔註 38〕如其論「不」之爲「丕」：

> 凡《詩》中「不顯」、「不承」、「不時」、「不寧」、「不康」，皆當讀爲「丕」。《詩》之「不顯不承」，即《書》之「丕顯」、「丕承」也。《書・立政》篇「丕丕基」，漢《石經》作「不不基」。(《毛鄭詩考正》，卷二，《戴震全書》，冊一，頁 628)

〔註 37〕見段玉裁，〈戴東原先生年譜〉。

〔註 38〕此所謂「外部因素」者，乃指外於「歸納」邏輯之外。

便尋異文爲證。是可知東原，並不將論證的效力全盤寄託於「通證」之中，而可能只在尋求一種共相的發現而已。這一點，在本質上便與歸納法不盡相同。雖然吾人不能否認，「通證」之中，也可能產生，或者已經產生歸納法的模式，甚至反過來說東原的「通證」根本便是由歸納的邏輯而來。然則在這個簡短的討論中，已可發現，其一，東原並不因此深入歸納法，去發展諸如統計、機率等輔助技術，檢證歸納的效力，甚至證成結論；其二，「通證」之中實含有非歸納的成份，如上述集合的概念。以是在具體的現狀中，歸納既不能涵攝通證，而通證亦不包含歸納，二者的相似便只能說是一種交會而已。在短暫的交會後，二者又將分道揚鑣了。

因此，粗率地逕將「通證」定位爲歸納法也許只是一種誤解。如此難免掩蓋了東原方法論的本質，也可能導致歸納法的庸俗化。充其量或許只能滿足「現代化」、「科學化」的虛榮而已。

六、其　他

上述已大致交代了東原整體的治學進程。以下擬更著重介紹東原從中呈現出的一二特質。

（一）問題意識

比照東原與亭林的論述，明顯可以看出，東原具有顯著的問題意識。大抵亭林無意著作，筆札盡在鈔錄，通篇中幾爲他人言語，中或有說，多只是對鈔錄材料的心得、議論，以及簡略的考證。而東原則勇於立說，行文以推論爲綱，或舉證以要，餘則不更論列，或形成義例，類推其所未知。上引「緌」字、「不」字者可爲斯例。自然東原並非不重視材料的蒐集，如《經考附錄》、《經雅》等皆可見者只是對東原而言，那確實只是「材料」，不須在論述中和盤托出。相較之下，後者在探索未知與解決疑難上，顯然具有更爲積極的企圖，其論證的技術與證據的操作也隨之而更具體系。

在這種強烈的求知態度下，東原對問題的認知常常不只要知其然，更要知其所以然。而知其所以然者，即在原乎其「理」。東原曾謂：

> 古人曰「理解」者，即尋其腠理而析之也。（〈與段茂堂等十一札〉之九）

這種概念自是東原說「理」的發用，而爲東原對「理解」的要求。因此東原的認知，便常導向提綱挈領、以簡御繁，欲以其本然之理，駕御諸端之萬象。如其論六書曾謂：

> 六書也者，文字之綱領，而治經之津涉也。載籍極博，統之不外文字，文字雖廣，統之不越六書。綱領既違，訛謬日滋。（〈六書論序〉）
>
> 是故六書依聲託事，假借相禪，其用至博，操之至約也。（〈轉語二十章序〉）

不可否認，東原在此表現的精神、態度，頗有近於今日之科學者，而後人所以理解「考據」、表彰「考據」，亦皆繫乎此。就此而言，可以說如果在亭林身上尚不呈現如此強烈之色彩，而清代的考據之學便要到東原這個階段才算眞正形成，而東原乃得因其個人魅力而成爲漢學之領袖。

（二）成效

從理論上來看，東原分從小學、義理二方面互相確定的治經體系是頗爲完整的。如果眞能澈底落實，應該能達到一個頗爲理想的結果。然而一則由於東原的目的乃標榜「十分之見」，這一個絕對爲眞的想望在今日看來根本就不可能實現；一則由於東原的設想似乎只就成效言，不就現實言，以致這個連章學誠都大感惶愧的進程，恐怕已超乎個人窮其一生所可能及的負擔。因此在力有未逮而目標又遙不可及的情況下，不免仍出現了許多窘境。

首先，就義理一面而言，這個領域在理路上本來就與考據南轅北轍，而訴諸「以情絜情」這種個人、內在的感悟與體會。這種理解不是認知的，而是實踐的，以是「雖在父兄，不能以移子弟」。〔註39〕不可諱言，儘管本文極其肯定這一個理解途徑，卻不能否認，這種本質將使其缺乏對外溝通的途徑，而在論證上幾無說服力，因此以之爲「十分」之見的一個條件，必然要留下一個「可議」的空間。這種爭議在漢宋之爭裏已是紛擾不休，在此本文亦無意多做引證。唯須強調的是，這並不是理解的問題，而主要是溝通、說服的問題，如果因其缺乏可驗證性，而就此揚棄，眞無疑將緣木求魚了。可惜的是，這卻是後人常見的偏執，只願意相信可驗證的考據與技術，而不願體貼內心眞實

〔註39〕曹丕語，見〈典論論文〉。

的感知。

其次，回到考據一面，這本是「理論上」可以期待爲「眞」的部份。然而姑且不論其需要義理支撐的部份，僅就其純粹考據的證例而言，似乎亦不能保證其結果便能令人信服。以下試就其甚爲自得的「光被四表」一例爲說。

該例主要見於東原〈與王內翰鳳喈書〉，〔註40〕依〈書〉中所述，其事蓋起因於王鳴盛《尚書・堯典》解「光被四表」一詞，引《爾雅》「光，充也」釋之。東原以爲「光」字做「充」解，不無疑義：

> 然如光字雖不解，靡不曉者，解之爲充，轉致學者疑。蔡仲默《書集傳》「光，顯也」，似比近可通。

然則東原相信：

> 漢、唐諸儒，凡於字義出《爾雅》者，則信守之篤。

故「充」字之解可無疑，而「光」之一字可有商榷處。以是東原透過如下的推論，證明「光」字實乃「橫」字之訛誤。

1. 東原首先發現《爾雅》「光，充也。」(孫本如此)，郭本作「桄，充也。」是光、桄可爲異文。
2. 「桄」字者，六經實未見，而《說文》有之，謂「充也。」，孫愐《唐韻》則音「古曠反」。
3. 鄭康成釋〈樂記〉「號以立橫，橫以立武」、〈孔子閒居篇〉「以橫於天下」均曰：「橫，充也。」《釋文》亦音：「橫，古曠反」。
4. 音、義相合，東原以爲，「桄」即「橫」也。故謂「〈堯典〉古本必有作『橫被四表』者。」
5. 至是東原解釋「橫」爲何變成「光」的原因：「『橫』轉寫爲『桄』，脫誤爲『光』。追原古初，當讀『古曠反』。」
6. 其後有錢大昕等人爲舉異文之證數端：《後漢書》「橫披四表，昭假上下」、班固〈西都賦〉「橫披四表」、《漢書・王莽傳》「昔唐堯橫披四表」、王子淵〈聖主得賢臣頌〉「化溢四表，橫披無窮」。益使東原自信其說。

〔註40〕見《東原文集》，卷三。又，以下所引俱見該〈書〉，不更注明出處。

且不深究東原所述前因是否爲實。亦暫且不論王鳴盛與段玉裁的駁斥與迴護。〔註 41〕僅就東原言，蓋符合其標準而令其頗爲自得者。然而如果打破東原的論證脈絡，僅羅列諸字證據，情況似乎不如東原所設想。

1. 橫：

(1) 經：〈樂記〉「號以立橫，橫以立武。」；〈孔子閒居篇〉「以橫於天下」。

(2) 漢注：鄭康成以「充」釋上二句「橫」字。

(3) 漢人用例。

(4) 唐注：《釋文》：「橫，古曠反」。

2. 桄：

(1) 經：郭本《爾雅》。

(2) 漢（注）：《說文》「桄，充也。」

(3) 唐（注）：《唐韻》「古曠反」。

3. 光：

(1) 經：《尚書》「光被四表」；孫本《爾雅》。

(2) 漢注：孔《傳》：「光，充也」。

(3) 唐注：《正義》：「光，充也」。

以資料出處的原始性而言，實看不出「橫」字有何特出之處，反倒是「光」字可略無疑義。而東原之疑，亦無非是「光」字無可會「充」之義也。即此而言，同是漢注，孔《傳》已解爲「充」，如不能信，推至「桄」字，則《爾雅》、《說文》在用義、本義上並可爲證。以通假字、古今字、甚至是訛脫的概念會合二者，亦可不須多慮，何以東原必引一音同義同之「橫」字爲說？況「橫」者，《說文》謂「闌木也」（六上），本義亦不密合。其與「桄」同爲形聲之字，在六書分析上亦不見優勢，果眞其後漢人多有用作「橫被」者，充其量亦不過是異文而已，又何得深信之？或者，東原自亦迷失在其「預見」之能力了。

然則退一步設想，東原之論固然薄弱，而東原之疑亦非全然無稽。是面對

〔註 41〕王鳴盛曾否認東原有此書札與之。前述二事俱參見岑溢成《詩補傳與戴震解經方法》，頁 155～171。

音義皆通的「桄」、「橫」二者，究竟孰是孰非、孰先孰後？此於文字訓詁自無以排解，於名物義理更無入處，而所謂「十分」之見者，又是公道自在人心了。

舉此一例，雖是以蠡測海，然亦可知「十分之見」只是一種理想，考據自亦有其未至之處。岑溢成有謂：

> 在其他五個戴震以「緣詞生訓」責人的實例中，他自己的釋義不是被修正，就是被放棄，甚至被推翻。可見訓詁的工作，不管如何細緻，頂多只能加強說服力，要成爲定論，根本不可能。在這種情況下，如果把「義理存乎訓詁」看成積極的原則，認爲通過訓詁即保證可以達致古聖賢之道，顯然與事實相違。即使不能看成積極的原則，只要「義理存乎訓詁」以及「義理存乎典章制度」還可以用作消極的原則，用來檢查自己或他人所了解的「義理」是否符合古經中所載的古聖賢的義理，是否流入異端邪說，它的功能還是很大的。(《詩補傳與戴震解經方法》，頁 153)

其言確有其是處。唯可稍做說明的是，岑氏在此仍將訓詁、義理二者看成一事，以爲東原的主張是訓詁明「即」義理明。故其所謂之消極原則，其實與東原對訓詁的期待沒有太大差異。而本文所欲呈現的，是即使只在訓詁內部，其絕對的肯定亦是無能爲者。